수전노 외

수전노 외

L'Avare, ou l'École du mensonge

몰리에르 희곡선집 신정아 옮김

L'AVARE, OU L'ÉCOLE DU MENSONGE
by MOLIÈRE (1668)

이 책은 실로 꿰매어 제본하는 정통적인 사철 방식으로 만들어졌습니다.
사철 방식으로 제본된 책은 오랫동안 보관해도 손상되지 않습니다.

수전노

등장인물

아르파공 클레앙트와 엘리즈의 아버지, 마리안을 사랑함

클레앙트 아르파공의 아들, 마리안의 연인

엘리즈 아르파공의 딸, 발레르의 연인

발레르 앙셀므의 아들, 엘리즈의 연인

마리안 클레앙트의 연인, 아르파공의 사랑을 받음

앙셀므 발레르와 마리안의 아버지

프로진 중매쟁이 여인

시몽 영감 중개인

자크 영감 아르파공의 요리사이자 마부

라 플레슈 클레앙트의 하인

클로드 어멈 아르파공의 하녀

브랭다부안, 라 메를뤼슈 아르파공의 시종

수사관과 그의 서기

장소

파리

제1막

제1장

발레르, 엘리즈

발레르　대체 무슨 일이오? 사랑스러운 엘리즈, 친절하게도 내게 당신의 사랑을 맹세해 준 연후에 그리 상심한 얼굴을 하고 있다니요? 세상에! 난 이토록 기쁜데 당신은 한숨까지 내쉬는군요. 말해 봐요. 날 행복하게 만든 게 유감인가요? 아니면 나의 연정 때문에 마지못해 서약을 해서 후회라도 하는 거요?

엘리즈　아녜요, 발레르, 당신을 위해 한 일에는 일말의 후회도 없어요. 난 너무나 감미로운 힘에 이끌려 가는 느낌이라 앞뒤 돌아볼 여력조차 없답니다. 하지만 솔직히 말하면 우리의 앞날이 걱정되긴 해요. 내가 응당 그래야 하는 것 이상으로 당신을 사랑하는 건 아닐까 많이 두렵기도 하고요.

발레르　이런! 엘리즈, 당신이 날 사랑하면 됐지 뭐가 그리 두렵다는 거요?

엘리즈 아! 걱정거리는 수도 없이 많지요. 아버님의 역정, 가족들의 비난, 세인들의 악평 같은 것들이요. 그러나 발레르, 무엇보다 가장 큰 걱정은 당신의 변심이에요. 그리고 당신네 남자들이 흔히들 너무 뜨겁게 사랑을 표현한 대가로 순진무구한 여자들에게 치르게 하는 그 잔인한 냉혹함도 걱정스럽고요.

발레르 아아! 나를 남들과 비교해 판단하는 그런 잘못된 처사는 삼가 주오. 뭐든 의심해도 좋소. 그러나 엘리즈, 내가 당신에 대한 신의를 저버릴 것이라는 의심만은 안 돼요. 그러기엔 당신을 너무도 사랑하고, 당신에 대한 내 사랑은 이 목숨이 다하는 날까지 계속될 테니까요.

엘리즈 아! 발레르, 누구나 똑같은 소리를 해요. 남자들이란 말로는 다 비슷하거든요. 행동하는 걸 봐야만 차이가 드러나요.

발레르 오직 행동만이 우리가 누군지 알게 해준다면 적어도 행동을 가지고 내 마음을 판단할 수 있을 때까지 기다려 봐요. 공연한 지레짐작으로 부당한 걱정을 하면서 내게서 죄를 찾으려 하지 마시고요. 제발 그런 모욕적인 의심으로 고통을 주면서 나를 괴롭히지 말고, 수만 가지 증거들을 통해 당신에게 내 사랑의 진정성을 납득시킬 수 있도록 내게 시간을 주세요.

엘리즈 아! 사랑하는 사람의 말에는 어찌 이리 쉽게 설득되는 걸까요! 그래요, 발레르, 당신의 마음은 날 배반할 수 없을 거라 생각해요. 당신이 나를 진심으로 사랑하고, 변함없이 내게 충실하리라는 걸 믿어요. 그런 의심은 하지 않겠어요. 이제 남은 시름거리는 사람들이 내게 던질 비난뿐이에요.

발레르 한데 왜 그런 걱정을 하는 거요?

엘리즈 세상 사람 모두가 나와 같은 눈길로 당신을 바라본다면야 걱정할 게 뭐가 있겠어요. 당신이라는 사람한테는 당신을 위해 내가 하는 모든 일들이 옳다고 생각할 만한 이유가 차고 넘쳐요. 내 마음은 자기를 항변하기 위해 당신의 장점 전부를 내세우지요. 하늘이 나를 당신과 맺어 주신 은혜에 대한 고마움이야 물론 말할 것도 없고요. 나는 늘 우리가 처음 만났던 그 위험천만했던 순간을 떠올려 보곤 해요. 당신은 사나운 파도로부터 내 목숨을 구하기 위해 자신의 생명을 걸 만큼 놀라운 용기를 보여 주었죠. 물에서 나를 끌어낸 다음에는 정말이지 다정하게 정성껏 보살펴 주었고요. 그러고는 세월도 난관도 절대로 막지 못하는 열렬한 사랑으로 부모와 조국도 저버린 채 나를 위해 신분을 숨기고 이곳에 머물러 주셨잖아요. 심지어 단지 나를 보기 위해서 우리 아버지의 하인이 되는 것까지 감수하셨고요. 이 모든 것이 내 마음속에 마법과도 같은 효과를 불러일으켰어요. 내가 보기엔 이것만으로도 당신에게 했던 사랑의 맹세를 정당화하기에 충분해요. 하지만 다른 사람들의 눈에는 어쩌면 충분치 않을 수도 있겠지요. 남들이 제 심정을 이해할 수 있을지 그걸 어찌 알겠어요.

발레르 방금 나온 얘기 중에서 내가 당신한테 인정받고 싶은 공적이 하나라도 있다면 그건 오로지 당신에 대한 나의 사랑뿐이에요. 그리고 당신의 염려로 말하자면, 당신 아버지 덕분에 당신이 하는 일이 쉽게 이해되고도 남을 겁니다. 아버님은 너무나 인색하고 자식들한테도 지나치게 혹독하게 대하시니 그보다 더한 일을 한대도 다 용인될 수 있을 거예요. 사랑하는 엘리즈, 당신 앞에서 이런 식으로 말을 하게 돼서 미안해요. 하지만 알다시피 이런 상황에서 좋은 말이 나오기는 어려운 법이죠. 어쨌든 바람대로 부모님을 되찾게 된다면 큰 힘 들이지 않고 아버님을 우리 편으로 만들 수 있을 거예요. 나는 지금 부모님의 소식을 애타게 기다리고 있어요. 만일 소식이 늦어지면 내가 직접 양친을 찾으러 가볼 생각이에요.

엘리즈 아! 발레르, 제발 이곳을 떠나지 마세요. 그저 우리 아버지 마음에 들 생각만 하세요.

발레르 내가 어떻게 처신하고 있는지 알잖아요. 그분 수하에 들어가려고 교묘하게 환심을 샀던 일도 그렇고, 그분 마음에 들기 위해 호의와 교감이라는 허울 좋은 가면 아래 나 자신을 감춘 채 매일같이 그분의 애정을 얻으려고 장단을 맞춰 가면서 어떤 역할을 연기하고 있는지 말이오. 난 그 방면에서 놀라운 발전을 했어요. 사람들의 마음을 얻으려면 면전에서 그들에 대한 호의를 과장되게 드러내고, 그들의 좌우명에 공감을 표시하고 결점까지도 치켜세워 주면서, 하는 일마다 박수를 보내는 것보다 더 좋은 왕도는 없더군요. 아첨이 지나친 것은 아닌지 걱정할 필요는 없어요. 사람들을 갖고 논다는 게 뻔히 들여다보여도 상관없어요. 언제나 가장 영리한 자들이 아첨에는 가장 잘 속아 넘어간답니다. 칭찬으로 양념만 살짝 치면 그 어떤 무례하고 우스꽝스러운 일이라도 삼키게 하지 못할 게 없어요. 이런 일을 하다 보면 진정성이 다소 손상되는 건 사실이지요. 그러나 내가 아쉬울 때는 상대에게 맞출 수밖에요. 그리고 그런 방법을 써야만 사람을 얻을 수 있는 거라면, 잘못은 아첨하는 자들이 아니라 아첨받기를 바라는 족속들에게 있는 거죠.

엘리즈 한데 어째서 내 오라버니의 호의를 얻을 생각은 하지 않으세요? 하녀가 우리의 비밀을 누설할 수도 있는데.

발레르 두 사람한테 똑같이 신경을 쓸 수는 없어요. 아버지와 아들의 기질이 너무 달라서 두 분의 마음을 동시에 사로잡기는 어려우니까요. 당신이 먼저 오빠를 움직여 봐요. 남매간의 우애를 이용해서 그분을 우리 편으로 끌어들여 보세요. 마침 저기 오시네요. 그럼 난 이만 가보겠습니다. 이참에 말할 기회를 잡아 봐요. 그리고 때가 됐다 싶으면 우리 이야기를 꺼내 보세요.

엘리즈 그런 속내 이야기를 오라버니한테 할 수 있을지 모르겠어요.

제2장

클레앙트, 엘리즈

클레앙트 마침 혼자 있으니 잘됐구나. 네게 비밀을 털어놓고 싶어서 혼났다.

엘리즈 자, 오라버니, 얘기해 보세요. 무슨 일인데요?

클레앙트 할 말은 많지만 한마디만 하자면, 얘야, 내가 사랑에 빠졌단다.

엘리즈 오라버니가 사랑에 빠졌다고요?

클레앙트 그래, 사랑에 빠졌어. 하지만 그 전에 미리 말해 두마. 나는 내가 아버지에게 종속되어 있다는 것, 그리고 아들이라는 이름 때문에 아버지의 뜻에 따라야 한다는 것을 알고 있단다. 또 우리를 낳아 주신 분들의 동의 없이는 사랑의 맹세를 해서는 안 되고, 하늘이 그분들에게 우리의 애정 관계를 좌지우지할 힘을 주셨기에 그분들의 허락이 있어야만 사랑을 할 수 있다는 것도 알고 있어. 게다가 그분들은 미친 사랑의 열정 따위에 영향을 받지 않으니까 우리보다 실수할 확률이 낮고, 우리에게 적절한 것이 무엇인지 더 잘 가려낼 수도 있겠지. 그러니 우리의 맹목적인 정념보다는 그분들의 신중함에서 나오는 빛을 믿는 편이 더 나을 거야. 그리고 젊은 날의 격정 때문에 종종 난처한 지경에 빠지는 경우가 있다는 사실도 난 모르지 않아. 내가 이런 얘기를 모두 너한테 하는 것은, 얘야, 네가 내게 이 모든 말을 하는 수고를 덜어 주기 위해서란다. 어쨌든 내 사랑에 대한 그 어떤 말도 듣지 않을 것이니, 제발 훈계는 하지 말아 다오.

엘리즈 오라버니, 사랑하는 분한테 맹세는 했어요?

클레앙트 아니, 하지만 그럴 마음은 먹고 있단다. 그러니 다시 한번 말하지만 이러쿵저러쿵 이유를 대면서 나를 설득할 생각일랑 마라.

엘리즈 내가 그렇게 이상한 사람일까 봐서요?

클레앙트 그건 아니다만, 얘야, 너는 사랑을 하지 않잖아. 그러니 사랑이 얼마나 달콤하면서도 맹렬하게 우리의 마음을 사로잡는지 모를 거야. 난 너의 사려 깊음이 염려된다.

엘리즈 어머나, 오라버니! 제가 사려 깊다니요. 그런 말은 하지 마세요. 살면서 한 번쯤 분별력을 잃지 않는 사람이 어디 있겠어요! 오라버니에게 제 마음을 열어 보이면, 아마 오라버니 눈에는 제가 훨씬 더 분별없게 보일걸요.

클레앙트 아, 부디 네 마음도 내 마음처럼…….

엘리즈 일단 오라버니 일부터 끝을 냅시다. 오라버니가 사랑하는 사람이 누군지 말해 봐요.

클레앙트 최근에 우리 이웃에 살게 된 젊은 여자인데, 누구라도 그녀를 보면 사랑하는 마음을 품지 않을 수 없는 그런 사람이야. 자연은 그보다 더 사랑스러운 것을 만든 적이 없단다. 그 여자를 처음 본 이후로 난 제정신이 아니야. 이름은 마리안이라고 하고, 늘 병환에 시달리는 노모와 함께 사는데, 그녀가 어머니를 대하는 따듯한 태도는 감히 상상도 못 할 정도란다. 어머니의 시중을 들고 불쌍히 여기며 위로하는 모습이 어찌나 다정다감한지 너도 보면 분명 감동을 받을 거야. 그 여자는 매사를 세상에서 가장 매력적인 방법으로 해내고, 또 모든 행동거지에는 우아함이 빛을 발한단

다. 매력이 철철 넘치는 그 부드러움, 상냥하기 그지없는 착한 마음씨, 사랑스러운 정숙함하며…… 아! 동생아, 너도 그녀를 봤어야 하는데.

엘리즈 얘기만 들어도 눈앞에 선하네요. 게다가 오라버니가 그 여자를 사랑하는 걸 보면 그녀가 어떤 사람인지 알겠어요.

클레앙트 몰래 알아봤더니 두 모녀의 생활이 말이 아닌 모양이야. 그렇게 검소하게 사는데도 가진 돈으로 생활비를 대기가 빠듯한가 봐. 아, 엘리즈야, 상상 좀 해보렴. 사랑하는 이의 형편을 피게 해줄 수 있다면 얼마나 기쁘겠니. 덕망 있는 가족의 살림살이에 필요한 얼마 안 되는 것을 조금이나마 은근슬쩍 대줄 수 있다면 얼마나 즐겁겠냔 말이야. 그런데 구두쇠 아버지 탓에 그런 기쁨을 누릴 수도 없고, 아리따운 그 여인에게 사랑을 표할 기회도 없으니 내 처지가 참으로 딱하지 않느냐.

엘리즈 그래요, 오라버니, 마음이 얼마나 애달프겠어요?

클레앙트 아, 동생아, 내 슬픔은 생각보다 훨씬 크단다. 왜냐하면 말이지 솔직히 우리에게 부과된 이 가혹한 근검절약이나 우리를 괴롭히는 이토록 별난 궁핍함보다 더 잔인한 걸 어디서 볼 수 있겠니? 그리고 재물이 있다 한들 무슨 소용이 있을까? 우리가 재산을 가지고 무언가를 누릴 수 있는 좋은 시절을 다 보내고 나서야 그것을 쥐어 볼 수가 있고, 지금 당장 내 몸 하나 건사하기 위해 사방에 빚을 져야 하고, 너도 그렇겠지만 날마다 단정하게 차려입을 방도를 찾기 위해 상인들의 도움을 구걸하는 신세라면 말이야. 어쨌거나 내가 너한테 하려던 말은 날 도와주는 셈 치고 아버지에게 가서 내가 품고 있는 이 감정을 어떻게 생각하시는지 좀 알아봐 달라는 거야. 만일 그분이 반대를 표명한다면 나는 사랑하는 사람과 다른 곳으로 가서 하늘이 우리에게 허하실 운명을 받아들이기로 작정했다. 이 계획을 위해 여기저기 돈 빌릴 데를 알아보고 있어. 만일 네 사정도 나와 별반 다르지 않아서 아버지가 우리들의 사랑에 반대한다면, 그땐 우리 둘 다 아버지를 떠나도록 하자. 그렇게 해서 그토록 오랫동안 참기 어려운 인색함으로 시달려 왔던 아버지의 횡포에서 벗어나자꾸나.

엘리즈 아버지 때문에 돌아가신 어머니가 매일매일 점점 더 아쉬워지는 게 사실이에요. 그리고…….

클레앙트 아버지의 목소리가 들린다. 저쪽으로 가서 우리 속내 이야기를 마저 하자. 그 후에 힘을 합쳐 아버지의 완고한 성미를 꺾어 보는 거야.

제3장

아르파공, 라 플레슈

아르파공 예서 당장 나가거라, 말대꾸하지 말고! 자, 어서 내 집에서 꺼지란 말이다. 이 악질 사기꾼에 교수대에 매달아야 마땅할 놈 같으니라고.

라 플레슈 (방백) 저 저주받을 영감태기보다 더 성질머리가 고약한 사람은 본 적이 없어. 이런 말을 해도 될지 모르지만 저 몸뚱이 안에는 악마가 들어앉은 게 분명해.

아르파공 뭘 그렇게 구시렁대는 거야?

라 플레슈 저를 왜 내쫓으세요?

아르파공 이놈아, 네놈이 나한테 그 이유를 물을 처지냐? 얻어터지기 전에 썩 나가지 못할까.

라 플레슈 제가 뭘 어쨌다고 이러세요?

아르파공 네놈이 꺼져 버렸으면 싶을 만한 일을 했지.

라 플레슈 제 주인이신 나리의 아드님이 여기서 기다리라 명하셨는데요.

아르파공 그럼 길가에 나가서 기다려라. 내 집에 말뚝처럼 박고 서서 무슨 일이라도 있나 살피다가 네 잇속이나 챙기려 들지 말고. 나는 그 빌어먹을 눈으로 내 일거수일투족을 엿보고, 내 재산에 눈독을 들이면서 뭐라도 훔칠 게 없는지 사방을 두리번거리는 음흉한 배신자를 한시도 내 눈앞에 두고 싶지 않단 말이다.

라 플레슈 아니, 대체 어떤 놈이 어르신의 물건을 훔칠 수 있겠어요? 뭐가 됐든 안에 딱 챙겨 두고 밤낮으로 보초를 서시는데요. 어르신이 그리 쉽게 도둑맞을 사람인가요?

아르파공 챙길 만하니까 챙겨 두는 거고, 내가 좋으니까 보초도 서는 게다. 네놈이야말로 내가 하는 일을 유심히 살피는 염탐꾼 중 하나가 아니더냐? (방백) 혹시나 녀석이 내 돈에 대해 뭔가 낌새를 챈 거 아니야? 이거 떨리는데. (큰 소리로) 설마 네놈이 내가 집에 돈을 숨겨 놨다고 소문을 퍼뜨리고 다니지는 않겠지?

라 플레슈 돈을 숨겨 두셨다고요?

아르파공 아니다, 못된 놈 같으니. 그런 말이 아니야. (방백) 아, 열받네. (큰 소리로) 행여 네놈이 심술이 나서 내게 숨겨 놓은 돈이 있다고 소문을 내고 다닐 건지 물어봤던 게다.

라 플레슈 에이! 나리가 돈이 있든 없든 그게 우리랑 무슨 상관이에요? 그러거나 말거나 우리한텐 마찬가지인데요.

아르파공 이놈 따지는 꼴 좀 보소. 그렇게 따진 벌로 귀싸대기라도 한 대 쳐줄까. (따귀를 때리려 손을 치켜든다) 다시 한번 말하는데 여기서 썩 나가.

라 플레슈 정 그러시다면, 저 나갑니다요.

아르파공 잠깐, 너 내 거 슬쩍하는 거 없어?

라 플레슈 제가 나리 걸 뭘 슬쩍한다고 그러세요?

아르파공 이리 와봐. 어디 좀 보자. 손 좀 펴봐.

라 플레슈 자, 여기요.

아르파공 다른 쪽도.

라 플레슈 다른 쪽이요?

아르파공 그래.

라 플레슈 자, 여기요.

아르파공 (반바지를 가리키면서) 이 속에 뭐 넣어 둔 거 없지?

라 플레슈 직접 보시든가요.

아르파공 (반바지 아래쪽을 더듬으며) 이렇게 통 넓은 반바지는 훔친 물건을 숨기기에 딱 좋지. 그런 짓거리를 하는 놈들은 목을 매달아야 해.

라 플레슈 (방백) 아! 이런 작자는 자기가 두려워하는 일을 당해 봐야 싼데! 내가 이 양반 걸 훔치면 얼마나 좋을까!

아르파공 뭐라고?

라 플레슈 뭐가요?

아르파공 훔친다니 무슨 소리야?

라 플레슈 제가 훔쳤는지 보려고 샅샅이 잘도 뒤지신다고 얘기했습니다요.

아르파공 내가 하려는 게 바로 그거다.

그는 라 플레슈의 주머니를 뒤진다.

라 플레슈 자린고비 짓을 하는 수전노들은 나가 뒈져라!

아르파공 뭐? 뭐라고 했느냐?

라 플레슈 제가 뭐라고 했냐고요?

아르파공 그래, 자린고비 짓을 하는 수전노들이 어쨌다고?

라 플레슈 자린고비 짓을 하는 수전노들은 나가 죽으라고 했습죠.

아르파공 대체 누구를 말하는 거냐?

라플레슈 수전노들 말입니다.

아르파공 그 수전노들이 누구냐?

라 플레슈 악질에다 노랑이죠.

아르파공 그래서 그게 대체 누굴 두고 하는 소리냐고?

라 플레슈 아니, 뭐가 그리 걱정되세요?

아르파공 그럴 만하니까 그러는 게다.

라 플레슈 제가 나리 얘기라도 할까 봐요?

아르파공 난 내가 믿는 걸 믿는다. 그러나 네놈이 누구 들으라고 그런 말을 했는지 알아야겠다.

라 플레슈 저는 그러니까…… 제 모자에 대고 말했습죠.

아르파공 그럼 나는 네놈 따귀를 때려 모자를 떨어뜨리면 되겠구나.

라 플레슈 전 수전노들 욕도 맘대로 못 한답니까?

아르파공 아니. 하지만 시건방지게 굴거나 헛소리를 해대는 건 안 될 말이지. 입 다물란 말이다.

라 플레슈 전 누구 이름도 말하지 않았는뎁쇼.

아르파공 한마디만 더 하면 맞을 줄 알아.

라 플레슈 남의 비판이 옳은 것을 알면 자기 행실을 바로 해라.

아르파공 주둥이 닥치지 못할까?

라 플레슈 네, 본의 아니게 말이 나왔습죠.

아르파공 아! 아!

라 플레슈 (몸에 꼭 끼는 윗저고리의 주머니 하나를 보여 주며) 자, 여기도 주머니가 하나 더 있네요. 이제 됐습니까?

아르파공 뒤지지 않을 테니까 어서 내놓아라.

라 플레슈 뭘요?

아르파공 네놈이 가져간 것 말이다.

라 플레슈 가져간 게 아무것도 없는데요.

아르파공 맹세코?

라 플레슈 그럼요.

아르파공 가거라. 어서 썩 꺼져 버려.

라 플레슈 이런, 아주 멋들어지게 잘렸군.

아르파공 네놈의 양심에 대고 생각해 보거라. 빌어먹을 하인 놈이 퍽이나 귀찮게 하는군. 저 절름발이 녀석을 보는 게 영 께름칙하단 말이야.

제4장

엘리즈, 클레앙트, 아르파공

아르파공 자기 집에 많은 돈을 보관하는 건 보통 일이 아니야. 딱 쓸 돈만 남기고 전 재산을 밑천 삼아 이자 놀이나 하면 좋으련만. 온 집안을 둘러봐도 안전하게 돈 숨길 곳 찾기가 이렇게 어려워서야. 금고도 미심쩍기는 마찬가지니 절대 안심할 수가 없지. 금고야말로 도둑놈들한테 공공연히 미끼를 던져 주는 꼴이 아닌가. 언제나 놈들이 처음으로 공격하는 게 그거란 말이야. 그건 그렇고 어제 돌려받은 1만 에퀴를 정원에다 묻어 놨는데 잘한 일인지 모르겠어. 금화 1만 에퀴는 집에 두기엔 꽤 많은…….

이때 남매가 나직이 이야기하며 들어온다.

아르파공 아이코, 내가 스스로 비밀을 폭로한 셈이군. 더워서 정신이 나갔던 게야. 혼자 생각하다가 너무 크게 말했나 보군. 무슨 일이냐?

클레앙트 아무것도 아닙니다, 아버지.

아르파공 너희들 여기 온 지 오래되었느냐?

엘리즈 지금 막 왔어요.

아르파공 혹시 들었느냐?

클레앙트 뭘 말입니까?

아르파공 그러니까…….

엘리즈 뭐요?

아르파공 조금 전에 내가 한 얘기 말이다.

클레앙트 아뇨.

아르파공 들었어. 들은 게야.

엘리즈 잘못했어요.

아르파공 보아하니 몇 마디 들은 게로군. 그러니까 말이지 내가 요새는 돈 구경하기가 어렵다고 혼잣말을 하면서 집에 1만 에퀴가 있는 사람은 행복하겠다고 말하는 중이었다.

클레앙트 저흰 아버지한테 방해가 될까 봐 가까이 가지 않았어요.

아르파공 너희들한테 이 말을 하고 나니 속이 시원하구나. 행여나 이야기를 잘못 알아듣고 나한테 1만 에퀴가 있다고 착각이라도 할지 모르니.

클레앙트 저희는 아버지 일에 끼어들지 않습니다.

아르파공 내게 1만 에퀴가 있으면 얼마나 좋을까!

클레앙트 과연 그럴지…….

아르파공 그러면 참 좋을 텐데.

엘리즈 그런 돈은…….

아르파공 그런 돈이 꼭 필요한데.

클레앙트 제 생각에는…….

아르파공 나한테 꽤 요긴할 텐데.

엘리즈 아버지는…….

아르파공 그러면 지금처럼 시절 탓이나 하고 있지 않으련만.

클레앙트 이런, 아버지! 아버진 불평할 이유가 없어요. 다들 아버지 재산이 상당하다는 걸 알고 있다구요.

아르파공 뭐? 내가 재산이 많다고? 그런 말을 하는 놈들은 거짓말을 하는 거야. 그보다 더 허튼소리가 어디 있어. 천하의 나쁜 놈들이 그런 소문을 퍼뜨리고 다니는 게지.

엘리즈 노여워하지 마세요.

아르파공 참말로 별일이 다 있지. 자식 놈들까지 나를 배신하고 원수가 되다니 말이야.

클레앙트 아버지에게 재산이 있다고 말하면 원수가 되는 겁니까?

아르파공 그럼. 그따위 말이나 지껄이면서 네놈처럼 돈을 쓰고 다니면 내가 금화 더미라도 깔고 앉은 줄 알고 언젠가는 웬 놈이 내 목을 따러 집으로 들이닥칠 게다.

클레앙트 제가 무슨 돈을 많이 쓴다고 그러세요?

아르파공 무슨 돈이냐고? 네가 동네를 싸돌아다닐 때 입고 다니는 호화로운 옷차림보다 더 파렴치한 일이 또 있느냐? 어제 네 누이도 야단쳤다만 네놈은 더한 놈이다. 천벌을 받아 마땅한 일이야. 네놈이 머리 꼭대기부터 발끝까지 걸친 것만 투자해도 이자 수익이 짭짤할 거야. 내가 골백번도 더 얘기했지. 네놈 하고 다니는 꼴이 영 못마땅하다고. 아주 기를 쓰고 멋쟁이들을 따라 하는구나. 그렇게 차려입으려면 내 돈을 슬쩍할 수밖에.

클레앙트 아니! 어떻게 아버지 돈을 슬쩍해요?

아르파공 내가 어떻게 알아? 그렇지 않으면 돈이 어디서 나서 그런 차림을 유지한단 말이냐?

클레앙트 아버지, 저 말씀이세요? 제가 노름을 하거든요. 억세게 운이 좋아서 노름판에서 딴 돈을 옷 해 입는 데다 몽땅 썼지요.

아르파공 그게 아주 잘못된 일이란 말이다. 운이 좋아서 노름 돈을 땄으면 그걸로 이익을 얻을 생각을 해야지. 적당한 고리로 이자를 놓아 나중에 늘려 받아야 하는 게야. 다른 얘기는 않겠다만, 머리부터 발끝까지 덕지덕지 달아 놓은 그놈의 리본들은 다 어디다 쓰는 게냐? 멜빵끈이 여섯 개나 되는데도 바지를 고정시키는 데 충분하지가 않은 게냐? 게다가 돈 한 푼 안 들어가는 멀쩡한 생머리가 있는데, 가발에 돈을 쓸 필요가 어디 있느냔 말이다. 내 장담컨대 가발하고 리본에만 적어도 20피스톨이 들어갔어. 그 돈이면 8부 좀 더 되는 이자[1]로만 굴려도 1년에 18리브르 6솔하고

1 원문에는 *au denier douze*로 되어 있는데, 12드니에당 1드니에의 이자를 받는다는 뜻으로 이율로 치면 8 1/3퍼센트가 된다. 1665년 칙령에 따르면 당시 합법적 이자가 5퍼센트로 정해져 있었던 걸로 보아 아르파공이 제시한 이율은 상당한 고리임을 알 수 있다.

8드니에는 받을 게다.

클레앙트 지당하신 말씀입니다.

아르파공 그 얘긴 관두고 다른 얘기를 하자. (낮은 목소리로, 방백) 어라? 이것들이 내 지갑을 훔치려고 서로 신호를 보내고 있네. (큰 소리로) 그 손짓은 대체 무슨 수작이냐?

엘리즈 오라버니랑 저랑 둘 중 누가 먼저 말을 꺼낼지 망설이고 있었어요. 저희 둘 다 드릴 말씀이 있거든요.

아르파공 나도 너희들한테 할 말이 있다.

클레앙트 아버지, 저희는요, 결혼 문제로 말씀드릴 게 있어요.

아르파공 내가 너희들과 의논하려는 것도 결혼 문제다.

엘리즈 어머나! 아버지!

아르파공 소린 왜 질러? 얘야, 결혼이라는 말이 무서운 게냐, 아니면 결혼 자체가 무서운 게냐?

클레앙트 아버지가 그 말을 어떻게 받아들이시는지에 따라 결혼은 저희 둘한테 무서운 것이 될 수 있어요. 저희들의 감정이 아버지의 선택과 일치하지 않을까 봐 걱정입니다.

아르파공 조금 기다려 보거라. 걱정할 것 없다. 나는 너희 둘한테 뭐가 필요한지 알고 있어. 그러니 내가 하려는 모든 일에 대해 너희들이 불평할 하등의 이유가 없을 게다. 일단 작은 것부터 시작해 보자. (클레앙트에게) 말해 보거라. 예서 멀지 않은 곳에 살고 있는 마리안이라는 이름의 젊은 처자를 본 적이 있느냐?

클레앙트 네, 아버지.

아르파공 (엘리즈에게) 넌?

엘리즈 얘기는 들었어요.

아르파공 아들아, 그 여자가 어떠하더냐?

클레앙트 아주 매력적인 사람이에요.

아르파공 얼굴 생김새는?

클레앙트 아주 정숙하고 지적이죠.

아르파공 태도나 행동거지는?

클레앙트 물론 훌륭합니다.

아르파공 그런 여자라면 충분히 생각해 볼 만하지 않더냐?

클레앙트 그럼요, 아버지.

아르파공 바람직한 배필이겠지?

클레앙트 바람직하고말고요.

아르파공 살림은 잘 하게 생겼더냐?

클레앙트 그렇다마다요.

아르파공 그 처녀와 결혼하는 남자는 대만족이겠지?

클레앙트 물론이지요.

아르파공 작은 문제가 하나 있다면, 그 여자한테 기대할 만한 재산이 없을 것 같아 걱정이구나.

클레앙트 에이, 아버지도 참! 정숙한 여자와 결혼하는데 재산이 뭐가 중요해요.

아르파공 내가 잘못했다, 잘못했어. 그러니까 내가 하려는 말은 말이다. 바라는 만큼 재산이 없으면 다른 데서 그 돈을 만회할 수 있단 얘기다.

클레앙트 무슨 말씀인지 알겠습니다.

아르파공 어떻든 너희들도 나랑 같은 생각인 듯해서 내 마음이 편하구나. 태도도 정숙하고 마음씨도 고운 그 처녀가 내 마음을 사로잡았거든. 해서 지참금을 조금이라도 가져온다면 그 처녀와 결혼할 작정이다.

클레앙트 네?

아르파공 왜 그러느냐?

클레앙트 아버지, 뭘 하신다고……?

아르파공 마리안과 결혼한다니까.

클레앙트 누가요, 아버지? 아버지가요?

아르파공 그래, 나, 내가 말이야. 대체 무슨 일이냐?

클레앙트 갑자기 현기증이 나네요. 전 그만 가볼게요.

아르파공 별일 아닐 게다. 부엌에 가서 냉수나 한 잔 들이켜라. 요즘 젊은 도련님들은 몸이 가늘어 빠진 게 어째 여자들보다도 힘이 없다니까. 내 딸아, 내 일은 그렇게 정했다. 네 오라비로 말하자면 오늘 아침에 얘기가 된 어떤 과부와 짝지어 줄 생각이다. 그리고 너는 앙셀므 나리한테 보내기로 했다.

엘리즈 앙셀므 나리요?

아르파공 그래. 원숙하고 신중하고 사려 깊은 사람이지. 나이는 한 오십쯤 됐을려나. 재산이 많다고들 하더라.

엘리즈 (절을 하면서) 아버지, 죄송하지만 전 결혼할 생각이 추호도 없어요.

아르파공 (엘리즈가 절하는 것을 흉내 내면서) 사랑하는 내 귀여운 딸아, 미안하지만 난 네가 결혼하길 간절히 바란다.

엘리즈 아버지, 용서해 주세요.

아르파공 얘야, 용서해 다오.

엘리즈 앙셀므 나리께 뭐든 해드릴 수 있지만, 죄송하게도 그분과 결혼만은 하지 않겠어요.

아르파공 너에게 뭐든 해줄 수 있다만, 미안하게도 넌 오늘 저녁 당장 그분과 결혼을 해야겠다.

엘리즈 오늘 저녁 당장이요?

아르파공 오늘 저녁에 당장.

엘리즈 아버지, 그렇게는 안 돼요.

아르파공 딸아, 그렇게 될 거다.

엘리즈 안 돼요.

아르파공 돼.

엘리즈 안 된다니까요.

아르파공 된다니까.

엘리즈 이런 일은 아버지가 억지로 시킨다고 될 일이 절대로 아니에요.

아르파공 이런 일은 내가 억지로 시킬 만한 일이야.

엘리즈 그런 남편하고 결혼할 바엔 차라리 죽어 버리겠어요.

아르파공 그런 짓은 절대 안 돼. 그리고 그 사람하고 결혼하는 거야. 한데 버르장머리 없이 지금 어디서 대드는 거야? 제 아비한테 이런 식으로 말하는 딸이 세상천지에 어디 있다더냐?

엘리즈 그럼 자기 딸을 이런 식으로 결혼시키려는 아버지는 세상천지에 어디 있나요?

아르파공 이건 두말할 필요가 없는 혼처다. 장담컨대 세상 사람 모두가 내 선택에 찬성할 게다.

엘리즈 저도 장담컨대 정신이 똑바로 박힌 사람이라면 아무도 찬성하지 않을 거예요.

아르파공 저기 발레르가 오는구나. 우리 둘 중 누가 옳은지 발레르한테 판단을 맡겨 보자.

엘리즈 좋아요.

아르파공 발레르의 판단에 따를 거지?

엘리즈 네, 그 사람이 말하는 대로 하겠어요.

아르파공 그러면 됐다.

제5장

발레르, 아르파공, 엘리즈

아르파공 발레르, 이리 오게나. 나와 내 딸 중 누가 옳은지 자네 의견을 듣기로 했네.

발레르 그야 말할 필요도 없이 나리 말씀이 옳습니다.

아르파공 우리가 무슨 이야기를 할지 알고는 있나?

발레르 아뇨, 하지만 나리가 틀리실 리 없지요. 나리는 언제나 옳으십니다.

아르파공 오늘 밤에 이 아이를 돈도 많고 현명하기도 한 남자한테 시집보내려고 하는데, 글쎄 이 발칙한 것이 내 면전에서 대놓고 그런 사람하고는 결혼하지 않겠다고 하질 않

나. 자네 생각은 어떤가?

발레르 제 생각이요?

아르파공 그래.

발레르 저, 그게.

아르파공 뭐라고?

발레르 제 말씀은요. 저도 사실상 나리와 같은 생각입니다. 나리가 틀릴 수는 없는 일이니까요. 하지만 따님 말씀도 완전히 틀린 건 아니고…….

아르파공 뭐라고! 앙셀므 나리는 좋은 남편감이야. 귀족 신분에다 신사란 말이야. 다정다감하고 분별력 있고 사려 깊은 데다 재산까지 많으시지. 게다가 전처소생의 자식도 하나 없고. 얘가 어디서 이보다 더 나은 혼처를 만나나?

발레르 맞는 말씀입니다. 하지만 따님 입장에서는 너무 조급한 처사라고 얘기할 순 있겠지요. 적어도 따님이 마음을 정할 때까지 얼마간의 시간이 필요할 수도…….

아르파공 이런 기회는 날쌔게 잡아야 하는 거야. 이번 혼담에는 다른 데 없는 이점이 있거든. 글쎄 지참금 없이도 딸애를 데려가겠다지 않겠나.

발레르 지참금 없이요?

아르파공 그래.

발레르 아! 더 이상 할 말이 없군요. 그보다 더 설득력 있는 이유가 없네요. 거기에 따를 수밖에요.

아르파공 나한테는 상당히 절약이 되는 셈이지.

발레르 그럼요. 두말하면 잔소리지요. 그러나 따님의 입장에서 보면 결혼이란 생각보다 훨씬 큰일이고, 평생의 행복이 거기에 좌우되는 데다가, 일단 혼약을 맺으면 죽을 때까지 지속되니 아주 신중하게 결정해야 한다는 얘기를 하고 싶은 게지요.

아르파공 지참금이 없다니까!

발레르 맞는 말씀입니다. 물론 그거면 다죠. 당연한 일이고 말고요. 그런데 이런 경우 따님의 마음이 어떤지 꼭 고려해 봐야 한다든가, 나이나 성격이나 정서가 너무 크게 차이가 나면 결혼 생활에 지장을 줄 수도 있다고 말할 사람들은 있을 겁니다.

아르파공 지참금이 없다는데도!

발레르 아! 그 말씀에는 대꾸할 말이 없습니다. 지당한 말씀이지요. 어느 놈이 감히 토를 달 수 있겠어요? 하지만 내줘야 할 돈보다는 딸들의 만족을 훨씬 더 염려하는 아버지들도 많습니다. 상당수의 아버지들은 이해관계 때문에 딸들의 행복을 희생시키지 않고, 다른 무엇보다 부부 금실을 중요하게 여기지요. 그래야 결혼 생활에서 명예와 평온과 기쁨이 유지되고, 또…….

아르파공 지참금이 없다지 않았나!

발레르 그렇지요. 〈지참금이 없다〉라는 말에는 모두 입을 다물어야지요. 이런 이유에 맞설 수가 있겠습니까?

아르파공 (방백, 정원 쪽을 바라보면서) 아니! 어디서 개 짖는 소리가 난 것 같은데. 어떤 놈이 내 돈을 노리나? (발레르에게) 여기 가만히 있게. 내 금방 돌아옴세.

엘리즈 발레르, 아버지랑 그렇게 얘기하다니 설마 진심은 아니겠죠?

발레르 아버님을 자극하지 않고 만사가 다 잘되게 하려는 거죠. 그분의 심기를 정면으로 거슬렀다가는 모든 것을 망치게 될 겁니다. 우회하면서 공격해야 하는 사람들이 있어요. 이런 사람들은 반대하는 걸 못 참는 성격인 데다 천성이 완고해서 진실을 말하면 불같이 화를 내고 이성적인 해결책 앞에서는 언제나 더 꼿꼿하게 뻗대곤 하거든요. 그러니 그들을 원하는 곳으로 이끌어 가려면 단도직입적으로 말하지 말고 돌아가야만 해요. 아버님이 원하는 대로 따르는 척하세요. 그렇게 해야 당신의 목적 달성이 쉬워질 거고…….

엘리즈 발레르, 그럼 이 혼담은요?

발레르 그걸 깨뜨릴 방법을 찾아봐야죠.

엘리즈 하지만 어떤 묘책이 있겠어요, 오늘 저녁이면 모든 게 끝나는데?

발레르 어디 아프다고 하면서 결혼을 미루겠다고 해봐요.

엘리즈 하지만 의사를 부르면 꾀병은 금세 들통날 거예요.

발레르 지금 농담해요? 의사들이 뭘 압니까? 자, 가서 의사한테 아무 데나 아프다고 해보세요. 뭣 때문에 아픈지 의사가 이유를 찾아 줄 테니까요.

아르파공 (방백, 들어오면서) 다행히 아무 일도 아니었군.

발레르 어쨌든 우리가 마지막으로 기댈 것은 이 모든 위험을 피해 도망치는 겁니다. 사랑하는 엘리즈, 당신의 사랑이 이런 결심을 할 만큼 굳건하다면…… (아르파공을 발견하고)

그래요. 딸은 아버지에게 복종해야 해요. 남편 될 사람이 어떤지는 신경 쓸 필요가 없어요. 지참금이 없다는 대의명분이 있는 한 남편감이 누가 됐든 기꺼이 받아들여야만 합니다.

아르파공 좋아! 말 한번 잘했네.

발레르 나리, 용서해 주십시오. 제가 좀 흥분해서 따님께 감히 이런 말씀까지 드리고 있습니다.

아르파공 천만에! 자네 말에 아주 탄복했네. 내 딸한테 자네가 절대적인 권한을 행사해 주게나. (엘리즈에게) 자, 도망쳐 봐야 소용없다. 이 친구한테 하늘이 내게 준 너에 대한 권한을 넘겨줄 테다. 그러니까 이 친구가 시키는 대로 따르도록 해라.

발레르 이런데도 제 충고를 듣지 않고 뻗대실 건가요? 나리, 전 따님을 따라가서 지금까지 하던 훈계를 계속하겠습니다.

아르파공 좋아. 그래 주면 고맙겠네. 정말이지…….

발레르 따님을 좀 엄하게 구속하는 게 좋겠습니다.

아르파공 맞는 말이야. 반드시…….

발레르 염려 붙들어 매십시오. 제가 잘 해결할 수 있습니다.

아르파공 어서 그리하게. 나는 시내에 나가 한 바퀴 돌아보고 오겠네.

발레르 그럼요. 돈이란 세상 그 무엇보다 소중합니다. 아가씨는 이토록 훌륭한 아버지를 내려 주신 하늘에 감사를 드려야 해요. 아버님은 산다는 게 뭔지 알고 계세요. 딸을 지참금 없이 데려가겠다는 사람이 나설 때는 좌고우면(左顧

右眄)할 필요가 없는 겁니다. 모든 게 다 그 안에 들어 있지요. 지참금이 없다는 것은 미모나 젊음, 태생, 명예, 지혜 그리고 정직함까지 모두 대신할 수 있는 거랍니다.

아르파공 아! 참 멋진 청년이야! 마치 신탁을 내리는 것처럼 얘기를 하네. 저런 하인을 두었으니 정말 좋구먼!

제2막

제1장

클레앙트, 라 플레슈

클레앙트 아! 이런 배신자 같으니! 대체 어디 처박혀 있었던 게야? 내가 명령하지 않았더냐?

라 플레슈 네, 도련님. 여기서 꼼짝 않고 도련님을 기다리고 있었습죠. 그런데 세상 사람들 중 가장 고약한 나리 아버님께서 저를 막무가내로 쫓아내시지 뭡니까. 하마터면 얻어맞을 뻔했다고요.

클레앙트 우리 일은 어찌 됐어? 사태가 어느 때보다도 급박해. 네가 없는 동안 아버지가 내 연적이라는 사실을 알게 됐거든.

라 플레슈 아버님이 사랑에 빠졌다고요?

클레앙트 그렇다니까. 그 소식을 들었을 때 당황한 걸 감추느라 무진 애를 썼어.

라 플레슈 어르신이 사랑을요? 대체 무슨 망령이 들었대요? 세상 소문은 아무래도 좋답디까? 사랑이란 게 그런 분이 하라고 있는 건가요?

클레앙트 내가 지은 죄 때문에 사랑의 정념이 아버지 머릿속으로 들어갔나 봐.

라 플레슈 근데 뭣 때문에 도련님의 사랑을 어르신께 감추시는 거죠?

클레앙트 아버지의 의심을 덜 사야지. 그리고 이 결혼을 막을 보다 용이한 수단을 찾아야 하니까. 그나저나 사람들은 뭐라고 대답하든가?

라 플레슈 아이고, 도련님! 돈을 꾸는 사람만 불쌍하지요. 도련님처럼 고리대금업자 손을 거쳐야 하는 처지가 되면 별별 이상한 꼴도 다 당해야 하고요.

클레앙트 일이 잘 안 될 것 같아?

라 플레슈 죄송해요. 우리가 소개받은 중개인 시몽 영감은 바지런하고 열의가 있는 사람인데, 그 양반 말로는 도련님을 위해 백방으로 애를 썼답니다. 도련님의 외모만 보고도 마음에 들었다고 하대요.

클레앙트 그럼 내가 부탁한 1만 5천 프랑[2]을 받을 수 있는 거야?

2 구체제하의 프랑스에서 프랑은 1360년부터 1641년까지 법적으로 통용되던 통화이다. 루이 13세 때 법적인 지위가 폐지되었다. 대신 〈프랑스 파운드〉라고도 불리는 리브르*livre*가 1795년까지 사용되었다. 하지만 당대 사람들은 이 두 용어를 혼용하는 경우가 많았고, 이 작품에서도 그러한 흔적이 나타났다. 한편, 1에퀴는 3프랑이다.

라 플레슈 네, 그렇지만 일이 성사되길 바라신다면 도련님이 몇 가지 사소한 조건들을 받아들여야 한다네요.

클레앙트 그 영감이 널 돈 빌려 줄 사람하고 직접 만나게 해 줬어?

라 플레슈 이런 맙소사! 이번 일은 그런 식으로 쉽사리 진행될 성싶진 않아요. 그 사람은 도련님보다도 더 자기 신분을 감추려 애를 쓰고 있어요. 도련님이 생각하는 것보다 비밀이 훨씬 많다니까요. 이름이 뭔지도 도통 대려고 하질 않아서 그 사람이 누군지 보시려면 도련님이 오늘 임시로 마련된 장소로 가셔야 한답니다. 거기서 도련님 재산과 집안에 대해 본인 입으로 직접 들어 보겠다는 심산이죠. 한데 제 생각으론 도련님 아버지 이름만 대도 일이 쉽게 풀릴 것 같은데요.

클레앙트 그리고 무엇보다 돌아가신 어머니가 내게 물려주신 재산은 빼앗을 수 없을 테니까.

라 플레슈 여기 그 사람이 중개인한테 직접 불러 준 조항이 몇 개 있어요. 일을 시작하기 전에 도련님이 꼭 보셔야 한답니다.

〈채권자는 모든 담보물을 확인한다. 채무자는 성년이어야 하고, 확실하고 안전하며 명확하고 어떤 저당도 잡히지 않은 재산을 많이 가진 집안 출신이어야 한다. 이런 조건하에서 공증인 입회하에 올바르고 정확하게 차용증을 작성할 것이다. 차용증이 규정에 따라 작성되는 것이 채권자에게 가장 중요한 일이므로, 공증인은 가능한 한 가장 정직한 사람으로 채권자가 선정한다.〉

클레앙트 그거라면 이의가 없네.

라 플레슈　〈채권자는 양심의 가책을 받지 않고자 단지 연 5부 5리의 이자로 돈을 빌려 준다.〉

클레앙트　5부 5리라고? 음, 정직한데! 불평할 이유가 없지.

라 플레슈　옳은 말씀입니다.

〈하지만 상기 채권자는 문제가 되는 금액을 수중에 지니고 있지 않은 까닭에 채무자의 요구를 만족시키기 위해서는 그 역시 부득이하게 제삼자로부터 2할의 이율로 돈을 써야 하는 관계로 상기 원 채무자가 별개로 이 2할의 이자를 지불해야 마땅할 것이다. 상기 채권자가 이 돈을 차용하는 것은 오로지 원 채무자의 편의를 봐주기 위해서이기 때문이다.〉

클레앙트　뭐가 어째! 이게 무슨 유대인이야, 아랍인이야![3] 2할 5부도 넘잖아!

라 플레슈　그러니까요. 저도 그렇게 말했습니다. 이 점에 대해서는 생각 좀 해보셔야겠어요.

클레앙트　생각은 무슨 생각? 난 돈이 필요해. 그러니 하라는 대로 해야지.

라 플레슈　제 말이 그 말입니다.

클레앙트　다른 게 또 있어?

라 플레슈　사소한 항목 하나만 남았습니다.

〈요청한 대금 1만 5천 프랑 중 채권자는 1만 2천 리브르만 현금으로 제공할 것이며, 나머지 몇천 에퀴에 대해서는 별지 목록에 따라

3 몰리에르가 활동하던 당시 비기독교인은 모두 야만인 취급을 받았던 까닭에, 이러한 표현은 모욕적 언사라고 할 수 있다. 또한 실제로 다른 직종에 종사할 수 없었던 유대인들은 고리대금업 일을 많이 했다.

옷가지와 장신구, 보석으로 채무자에게 지급한다. 상기 채권자는 선의를 가지고 가능한 한 최저 가격으로 해당 물건들을 내놓는다.〉

클레앙트 그건 또 무슨 소리야?

라 플레슈 별지 목록을 들어 보세요.

〈첫째, 헝가리 점 문양 자수[4] 띠를 두른 올리브색 시트가 덮인 네 발 달린 침대와 그에 잘 어울리는 의자 여섯 개와 침대 커버. 전부 상태가 좋으며 붉은색과 푸른색 실로 교차 직조한 얇은 타프타 천으로 안감을 덧댔음.

다음, 말린 장밋빛 오말산 고급 서지 천으로 만든 천막 형태의 침대 닫집. 비단으로 가장자리와 술 장식을 했음.〉

클레앙트 그걸 나더러 어쩌라고?

라 플레슈 기다려 보세요.

〈다음, 공보와 마세의 사랑[5]을 그린 장식용 벽걸이 양탄자.

다음, 호두나무로 만든 큰 탁자 하나. 원통형 다리 혹은 공들여 세공한 기둥이 열두 개 있으며 양쪽으로 잡아당길 수 있음. 그 아래 들어 있는 등받이 없는 의자 여섯 개.〉

클레앙트 빌어먹을, 뭐 하자는 수작이야?

라 플레슈 인내심을 가지세요.

〈다음, 진주 상감 장식을 한 화승총 세 자루와 거기에 어울리는 총

4 *point de Hongrie*. 당대 유행하던 일종의 자수법으로 도안의 각 형태들을 단색이지만 톤을 달리해 가며 수놓는 방식을 말한다. 이 표현은 또한 프랑스에서 많이 사용되는 마룻바닥 문양을 지칭하기도 하는데, 나뭇조각을 V자 모양으로 이어 붙인 갈매기 모양 문양이 그것이다.

5 공보와 마세의 사랑 이야기는 16세기 말엽부터 17세기까지 특별히 장식용 벽걸이 양탄자와 조각에서 유행하던 목가적인 주제였는데, 젊은 목동들의 삶과 사랑을 통해 농촌 생활의 여러 양상을 그리고 있다.

걸이 양각대 세 개.

다음, 벽돌로 된 가마 하나에 증류기 두 개와 물받이 용기 세 개. 증류에 관심 있는 사람들에게 꽤나 유용할 것임.〉

클레앙트 이거 환장하겠군.

라 플레슈 제발 진정하세요.

〈다음, 현이 전부 혹은 거의 다 부착된 볼로냐산 비파 한 대.

다음, 공굴리기 놀이판과 체스 판. 그리스식 주사위 놀이판도 같이 제공함. 무료할 때 시간 보내기 딱 좋음.

다음, 건초로 속을 채운 석 자 다섯 치 길이의 도마뱀 가죽. 방 천장에 매달아 놓으면 매우 좋을 진기한 물건임.

지금까지 나열한 물건들은 너끈히 4천5백 리브르 이상의 값어치가 있지만 채권자의 배려에 따라 1천 에퀴까지 할인한다.〉

클레앙트 빌어먹을 배려 따위는 집어치우라 그래! 이런 개자식, 악랄한 놈 같으니! 이런 고리대금을 들어 본 적 있어? 그 막대한 이자로도 부족해서 어디선가 쓸어 모은 허접쓰레기들을 3천 리브르에 강제로 떠넘기겠다는 거야? 그깟 것들 다 팔아 봐야 2백 에퀴도 못 건질 거야. 그렇지만 별수 없이 이 작자가 하자는 대로 동의해야겠지. 이 날강도 같은 놈이 내 목에 단도를 들이대니 뭐가 됐든 다 받아들여야 하는 입장일밖에.

라 플레슈 외람된 말씀이지만 도련님은 지금 파뉘르주처럼 파산하기 딱 좋은 길에 들어섰어요. 선이자를 떼고 돈을 빌리고, 그 돈으로 비싸게 물건을 사고, 다시 그걸 헐값으로 파시게 생겼으니 말입니다. 이건 아직 익지도 않은 밀을 먹어 치우는 꼴[6]이 아닙니까.

클레앙트 그래서 어쩌란 말이냐? 지독하게 인색한 아버지를 둔 덕에 신세 망친 젊은이들이 다 그렇게 되는 거지. 그래 놓고도 아들이 아버지가 죽기를 바란다면 아마 놀라 자빠질 게다.

라 플레슈 세상에서 가장 얌전한 사람이라도 도련님 아버지의 인색함 앞에서는 흥분할 만하지요. 다행히도 저는 교수대에 오를 만큼 흉악한 심보는 가지고 있지 않습니다만, 제 동료들 중에는 이런저런 거래에 가담하고 있는 놈들도 있어요. 저야 용케도 적당한 때에 빠져나오는 재주가 있어서 조금이라도 교수대 냄새를 풍기는 일에는 걸려들지 않도록 신중을 기한다지만, 도련님 아버지가 하는 짓을 보면 저라도 가서 도둑질을 하고 싶은 마음이 드는 게 사실이에요. 그 양반한테서 뭔가를 훔쳐내면 칭찬받을 일이 아닌가 하는 생각까지 든다니까요.

클레앙트 그 목록 좀 이리 다오. 다시 봐야겠어.

제2장

시몽 영감, 아르파공, 클레앙트, 라 플레슈

6 몽테뉴와 더불어 프랑스 16세기 문학을 대표하는 라블레의 소설 『팡타그뤼엘*Pantagruel*』 〈제3서〉 2장에 등장하는 이야기로, 팡타그뤼엘 덕에 살미공댕의 영주가 된 파뉘르주가 어떻게 영지의 3년 치 수입을 14일이 채 되기도 전에 탕진했는지를 설명하는 과정에 등장한다.

시몽 영감 네, 나리. 어떤 젊은 양반이 돈을 쓰겠답니다. 일 때문에 돈이 급하다니 나리가 제시한 모든 조건을 받아들일 겁니다.

아르파공 한데 시몽 영감, 설마 위험 부담은 없겠지? 자네가 말하는 그 청년의 이름과 재산, 가족 관계가 어떻게 되는지 아는가?

시몽 영감 아뇨. 그런 것까지 자세히 알려 드릴 형편은 못 됩니다. 저도 우연한 기회에 소개를 받은 거라서 말이죠. 하지만 그 젊은이가 직접 나리께 모든 것을 밝혀 드릴 겁니다. 그 작자의 하인 왈, 자기 주인이 누군지 알게 되면 나리께서도 만족하실 거랍니다. 제가 드릴 수 있는 말씀은 집안이 매우 부유하고, 어머니는 이미 안 계시고, 만일 원하신다면 자기 아버지가 여덟 달 안에 죽을 거라고 약속도 할 수 있다는 겁니다.

아르파공 그건 꽤 괜찮은데. 시몽 영감, 자비심이라는 건 말이야. 우리가 그럴 수 있을 때 남들을 기쁘게 해주는 것 아니겠나.

시몽 영감 그럼요.

라 플레슈 (클레앙트에게 낮은 목소리로) 이게 대체 무슨 일이랍니까? 우리 시몽 영감이 도련님 아버지와 얘기를 하고 있다니요.

클레앙트 (라 플레슈에게 낮은 목소리로) 그 작자한테 내가 누군지 말했다는 거야? 너 나를 배신한 거야?

시몽 영감 아니, 이런! 성질도 급하시지! 누가 당신네들에게 이 집이라고 알려 줍디까? (아르파공에게) 나리, 나리의 성함과 주소를 알려 준 건 제가 아닙니다. 하지만 제 생각에는 별문제 될 게 없어요. 이분들은 믿을 만한 사람들이에요. 기왕지사 이렇게 된 거 여기서 얘기를 나눠 보시죠.

아르파공 뭐라고?

시몽 영감 이분이 제가 말씀드렸던, 1만 5천 리브르를 쓰겠다는 그 사람입니다.

아르파공 뭐야! 이 목매달아 죽일 놈, 이런 온당치 못한 막장 짓을 하려는 놈이 바로 너란 말이냐?

클레앙트 뭐예요! 아버지, 이런 부끄럽기 짝이 없는 행동을 하는 사람이 아버지란 말이에요?

시몽 영감은 나가고 라 플레슈는 숨는다.

아르파공 이렇게 말도 안 되는 빚을 지고 파산을 하려는 놈이 네놈이구나!

클레앙트 그렇게 사악한 고리대금업으로 돈을 벌려는 사람이 아버지였군요!

아르파공 그러고도 네가 감히 내 앞에 나타날 생각을 했느냐?

클레앙트 그러고도 아버지가 감히 세상 사람들 앞에 얼굴을 들고 다닐 수 있겠어요?

아르파공 어디 말해 봐라. 이런 방탕한 길로 빠져들어서 흥청망청 돈을 뿌리고 다니고, 부모가 피땀 흘려 모은 재산을 수치스럽게 날려 버리는 게 부끄럽지도 않느냐?

클레앙트 그러는 아버지는 체면도 불사하고 이런 돈거래를 하고, 끝도 없는 탐욕으로 푼돈까지 쓸어 담으면서 명예와 명성을 희생시키고, 또 역대로 가장 악랄한 고리대금업자도 생각지 못했을 최고로 야비하고 교묘한 술책으로 이자놀이를 하는 것이 부끄럽지도 않으세요?

아르파공 내 눈앞에서 꺼져! 나쁜 놈의 자식. 어서 썩 꺼지란 말이다!

클레앙트 아버지 생각에는 자기가 필요한 돈을 구하는 사람과 하등 필요도 없는 돈을 갈취하는 사람 중 누가 더 나쁜 사람인가요?

아르파공 썩 물러가라지 않느냐. 내 귀를 자극하지 말고. 이런 소동도 나쁘지는 않군. 저놈의 행동거지를 전보다 훨씬 더 철저히 감시하라는 경고니까 말이야.

제3장

프로진, 아르파공

프로진 나리…….

아르파공 잠깐 기다리게. 다녀와서 얘기하지. (방백) 돈이 잘 있는지 한 바퀴 둘러보고 오는 게 좋겠어.

제4장

라 플레슈, 프로진

라 플레슈 일이 참으로 묘하게 돌아가는군. 그 양반이 어딘가에 잡동사니들을 처박아 둔 창고를 가지고 있는 모양이야. 별지 목록에 적힌 물건 중 우리가 아는 게 하나도 없는 걸 보면 말이지.

프로진 어! 너, 라 플레슈 아니야? 이런 데서 만날 줄이야!

라 플레슈 아! 프로진 너로구나. 여긴 대체 무슨 일이야?

프로진 어딜 가나 내가 하는 그 일이지 뭐. 사람들 사이에 다리를 놓거나 심부름을 하면서 내가 가진 잔재주를 최대한 이용하는 거 말이야. 너도 알다시피 이 세상은 요령 있게 살아야 돼. 하늘이 나 같은 사람한테 준 거라고는 꾀와 술책밖에 더 있나.

라 플레슈 이 집 주인 양반한테 무슨 볼일이라도?

프로진 응. 그 양반한테 작은 일을 주선해 주는 대가로 사례비나 받아 보려고.

라 플레슈 그 사람한테? 아이고, 맙소사! 그 작자한테서 단돈 한 푼이라도 받아 낸다면 넌 정말 대단한 사람일 거야. 내 일러두지만 이 집에서는 돈이 아주 귀해요.

프로진 어떤 일들은 아주 멋지게 영향을 미치기도 하거든.

라 플레슈 그러면 내가 너를 업고 다니겠다. 넌 아르파공 나리를 잘 몰라. 아르파공 나리는 이 세상 사람들 중 가장 인정머리가 없고, 그 누구보다도 독하고 빈틈없는 사람이야. 어떤 봉사를 하든 그 양반이 고마워하며 손에 있는 걸 내놓을 리는 없어. 칭찬이든 존경이든 말로 하는 친절이든, 심지어 우정이든 간에 원한다면 얼마든지 받을 수 있지. 하지만 돈은 완전히 별개의 말씀이야. 그 양반이 건네는 친절과 애정의 표시보다 더 실속 없고 메마른 건 세상 어디에도 없다니까. 그 양반은 준다는 말을 너무 싫어해서 인사말도 〈당신에게 인사를 드린다〉가 아니라 〈당신에게 인사를 빌려 드린다〉라고 한단 말이야.

프로진 세상에! 하지만 난 그런 사람들한테서 돈을 짜내는 방법을 알아. 일단 환심을 사고 비위를 살살 맞춰 주면서 가장 민감한 약점을 찾아내는 재주가 있다는 말씀이지.

라 플레슈 여기선 그런 게 다 쓸데없는 일이라니까 그러네. 돈 문제 앞에서 그 양반을 그런 식으로 달랠 수 있는지 어디 한번 해보라고. 그 점에 대해서는 튀르크 사람하고 다를 바가 없어요. 냉혹하기 이를 데 없어서 세상 사람 전부가 절망할 정도야. 사람 하나 죽어 나가도 눈도 깜짝 안 할걸. 한마디로 말해서 그 양반은 명성이니 영예니 덕성이니 다 필요 없고 돈을 제일 좋아하신다 이거지. 뭔가 달라는 사람을 보기만 해도 경련을 일으킬 지경이니 말이야. 그거야말로 그 양반한테는 아픈 곳을 건드리고, 심장을 후벼 파고, 오장육부를 쥐어뜯는 거라고. 그리고 만일…… 한데 저기 그 양반이 돌아오시네. 난 이만 가볼게.

제5장

아르파공, 프로진

아르파공 모든 게 제대로 돌아가고 있어. (큰 소리로) 어이! 프로진, 무슨 일인가?

프로진 아! 세상에나! 신수가 훤하시네요! 혈색도 아주 건강해 보이고요!

아르파공 누가? 내가?

프로진 나리 얼굴색이 이렇게 생생하고 활력 넘치는 건 처음 봅니다요.

아르파공 정말인가?

프로진 그렇다마다요. 나리께선 평생 지금같이 젊어 보인 적이 없었어요. 스물다섯 살밖에 안 됐는데 나리보다 늙어 보이는 사람도 수두룩하게 봤어요.

아르파공 하지만 프로진, 내 나이가 벌써 예순을 넘었네.

프로진 에이! 예순 살 먹은 게 뭐 어때서요? 신경 쓰실 것 없어요. 예순이면 한창때지요. 나리는 이제 인생의 황금기에 들어서신 거예요.

아르파공 그건 그렇지. 그래도 스무 살만 더 젊었더라면 나쁘지 않을 텐데.

프로진 농담하세요? 나리는 그럴 필요 없어요. 백 살까지 사실 체질이시니까요.

아르파공 그렇게 생각하나?

프로진 틀림없어요. 어디를 보나 그렇다니까요. 잠깐, 가만히 좀 계셔 보세요. 옳지! 바로 여기, 양미간에 장수의 표식이 있잖아요!

아르파공 뭘 알기는 하는 거야?

프로진 물론이죠. 손 좀 이리 줘보세요. 그렇지! 세상에나! 생명선 좀 봐!

아르파공 뭐?

프로진 이 손금이 어디까지 뻗어 나가는지 보이시죠?

아르파공 어, 그래! 근데 그게 어쨌단 말이야?

프로진 참말로 아까 백 살이라 그랬는데, 보니까 나리께선 백이십 살도 너끈히 사시겠어요.

아르파공 그게 가능한가?

프로진 비명횡사만 아니라면 나리께서는 자식들과 자식들의 자식들이 늙어 죽는 것까지 보실 팔자네요.

아르파공 잘됐군. 그나저나 우리 일은 어찌 되었나?

프로진 그걸 꼭 물어보셔야 해요? 제가 나서서 하는 일치고 성공하지 못한 걸 본 사람이 있을까 봐서요? 특히나 결혼 중매 일이라면 제겐 놀라운 재능이 있는데 말이죠. 제가 단시간 내로 짝지어 줄 방법을 찾지 못할 커플은 이 세상 어디에도 없다니까요. 사실 말이지 제가 마음만 먹으면 튀르크 제국과 베네치아 공화국도 결혼시킬 수 있을 겁니다. 나리의 혼담 건은 그렇게 어려운 일도 아니었어요. 마침 제가 그 집 두 모녀와 교분이 좀 있는 터라 이미 양쪽에다 나리 얘기를 좀 해놓았지요. 어머니한테는 나리께서 마리안이

길을 지나가거나 창가에서 바람을 쐬는 걸 보시고 결혼할 마음을 갖게 됐다고 말해 뒀어요.

아르파공 그랬더니 뭐라 대답하든가?

프로진 그분은 청혼을 기쁘게 받아들였어요. 그리고 오늘 저녁 따님 결혼식에 마리안이 와주기를 나리께서 간절히 바라신다고 전했더니, 순순히 동의하면서 딸을 데려가라고 하시더군요.

아르파공 그게 말이지, 프로진, 오늘 내가 앙셀므 나리에게 저녁을 대접해야 하는데, 마리안도 잔치에 참석했으면 싶어서 그런 거야.

프로진 옳은 말씀이에요! 마리안은 점심 식사 후에 따님을 방문해서 둘이 같이 장터를 한 바퀴 둘러보고 저녁 식사 전에 돌아올 겁니다.

아르파공 좋아! 마차를 빌려 줄 테니 둘이 타고 가면 되겠군.

프로진 아주 완벽하네요.

아르파공 그런데 말이지, 프로진, 혹시 자기 딸한테 줄 돈이 조금이라도 있는지 그 아가씨 모친이랑 얘기는 해봤나? 이런 기회를 잡으려면 무리도 좀 하고, 애도 좀 써야 하는 거라고 말을 해봤느냔 말이야. 왜냐하면 아무것도 가져오지 않는 여자를 마누라로 삼을 수는 없는 법 아닌가.

프로진 뭐라고요? 그 아가씨는 나리한테 연금을 1만 2천 리브르나 가져다줄 사람인데요.

아르파공 1만 2천 리브르라고?

프로진 그럼요. 우선적으로 마리안은 먹거리에 대해 아주 절

약하는 집에서 자랐어요. 샐러드, 우유, 치즈, 사과 같은 것만 먹는 데 익숙해져서 잘 차린 식탁이나 특별 제작한 맑은 수프, 늘 마셔 대는 탈곡한 보리로 만든 차,[7] 그리고 다른 여자들한테는 필요할지도 모르는 다른 세련된 음식은 필요 없어요. 이게 별것 아닌 일이 아닌 것이, 적어도 매년 3천 프랑은 거기에 들어갈 게 아니겠어요. 그뿐만이 아니라 마리안은 아주 간단한 치장 외에는 관심이 없어요. 또래 여자들이 환장하며 달려들 만한 화려한 옷이나 값비싼 보석, 사치스러운 가구 따위는 전혀 좋아하지 않는단 말이죠. 이런 물건들만 해도 1년에 4천 리브르 이상 나갈 거예요. 게다가 마리안은 노름을 끔찍이도 싫어하는데, 요즘 여자들치고는 아주 드문 일이지요. 저희 동네에 사는 여자 하나도 트랑테 카랑트 카드놀이를 하다가 올해 2만 프랑을 날렸다니까요! 자, 그 노름 돈의 4분의 1만 계산해도 노름에서 1년에 5천 프랑, 의복과 보석에서 4천 프랑을 더하면 9천 리브르가 되죠. 거기에다 먹는 것 1천 에퀴를 합치면 그 합계가 정확히 1년에 1만 2천 리브르 아니겠어요?

아르파공 그래, 그건 나쁘지 않아. 하지만 그런 식의 계산은 실제적이지가 않지.

프로진 죄송합니다만 결혼 상대가 검소한 생활 습관과 소박하게 차려입길 좋아하는 습성, 그리고 노름을 혐오하는 막대한 이득을 나리께 가져다주는 것이 실제적인 일이 아니

7 당시 여성들 사이에선 피부의 생기와 탄력을 유지하기 위해 탈곡한 보리로 만든 차를 마시는 게 유행이었다.

라고요?

아르파공 그 여자가 쓰지 않을 모든 경비를 미리 계산해서 지참금을 퉁치라고 하다니 나를 우롱하는 게 아닌가. 받지도 않은 것에 영수증을 끊어 줄 순 없는 법, 뭐라도 손에 쥐는 게 있어야지.

프로진 아유! 충분히 쥐게 되실 거예요. 두 모녀 말로는 어딘가 다른 고장에 나중에 나리 차지가 될 재산이 있답니다.

아르파공 그야 두고 볼 일이지. 한데 프로진, 걱정거리가 한 가지 더 있네. 그 여자는 보다시피 젊고, 보통 젊은이들은 제 또래들만 좋아해서 자기들끼리만 같이 있으려고 하질 않나. 내 나이쯤 되는 남자가 그 처녀의 구미에 당기는지도 모르겠고, 행여 이 일로 내 집안에 내가 불편할 만한 분란을 일으키는 건 아닌가 걱정이 돼서 말이야.

프로진 이거야 참말로! 어쩜 그렇게도 마리안을 모르실까! 이것도 제가 나리께 특별히 말씀 올리려 했던 사항인데, 그 처녀는 젊은 사람한테는 진절머리를 내고 나이 든 사람들만 좋아한답니다.

아르파공 그 처녀가?

프로진 네, 그래요. 그 점이라면 그 처녀가 말하는 걸 나리가 직접 들어 보셨어야 했어요. 마리안은 젊은 남자라면 꼴도 보기 싫어해요. 그런데 위엄 있게 수염을 기른 괜찮은 노인을 보면 너무 좋아서 어쩔 줄을 모르겠다는 거예요. 그 이상 좋을 수가 없다고 하더라고요. 나이가 들면 들수록 더 매력적으로 보인다고 했어요. 그러니 나리도 지금보다 더 젊게 보이려고 애쓰실 필요가 없다 이 말씀이에요. 마리안에게는 아무리 못 먹어도 나이가 육십은 되어야 하니까요. 넉 달도 안 된 일인데, 혼담이 거의 다 마무리되었다가 깨진 적도 있는걸요. 그때 배우자 될 양반이 쉰여섯 살밖에 안 됐고, 계약서에 서명할 때 안경도 안 쓴 걸 보고는 그리 했다지 뭡니까.

아르파공 단지 그 이유만으로?

프로진 네. 마리안 말이 자기는 나이 쉰여섯 가지고는 만족할 수가 없고, 특히나 코에는 안경이 걸려 있어야 한다는 거예요.

아르파공 정말이지 이런 얘기는 처음 들어 보는군.

프로진 실상은 나리께 말씀드린 것보다 더해요. 마리안 방에는 그림과 판화들이 몇 점 걸려 있답니다. 나리 생각에는 그것들이 어떤 거겠어요? 아도니스? 세팔루스? 파리스? 아니면 아폴론?[8] 천만에요. 사투르누스, 프리아모스왕, 나이 든 네스토르, 그리고 아들이 들쳐 업은 늙은 아비 안키세스[9]를

8 미모로 유명한 젊은 신들과 영웅. 특히 아폴론은 그리스 신화에서 최고의 미남 신으로 그려진다.

9 많은 나이와 지혜로 유명한 신들과 영웅. 그중 안키세스의 경우 젊은 시절 인간 세상의 으뜸가는 미남자로 알려져 있었고, 인간으로 변장한 미의 여신 아프로디테와의 사이에서 아들을 낳게 되는데, 그 아들이 바로 트로이 전쟁의 용장이며 로마 건국의 기틀을 닦은 아이네이아스였다. 안키세스를 주제로 한 작품 중에는 물론 아프로디테와 사랑을 나누는 젊은 미남자 안키세스의 모습을 그린 것도 있지만, 여기서는 이야기의 맥락에 따라 아들 아이네이아스의 등에 업히거나 안긴 채 트로이를 빠져나가는 늙고 병든 안키세스의 모습을 표현한 그림이 논의의 대상이 되고 있다.

그린 멋진 초상화들이란 말씀입니다.

아르파공 그거 굉장하군! 한 번도 생각해 본 적이 없는 일이야. 마리안의 취향이 그러하다니 마음이 놓이는군. 사실 내가 여자였대도 젊은 남자들을 좋아하지는 않았을 게야.

프로진 제 생각도 그래요. 젊은 남자란 보기에만 좋은 건달이나 매한가진데, 그런 사람들을 좋아하다니요! 생긴 것만 멀쩡하지 풋내기에다 멋만 부리면서 자기 피부나 과시하려는 것들이죠. 그런 애송이들한테 대체 무슨 매력이 있다는 건지 알고 싶다니까요.

아르파공 나로서도 전혀 이해가 되지 않는 일이야. 어떻게 그런 녀석들을 그리도 좋아하는 여자들이 있는지 모르겠다니까.

프로진 완전히 돌았지요. 젊음을 멋지다고 생각하다니요! 그러고도 상식이 있다고 할 수 있겠어요? 한껏 멋이나 내고 돌아다니는 젊은 한량들을 사내라고 할 수 있나요? 이런 짐승 같은 녀석들을 좋아할 수가 있냐고요?

아르파공 내가 매일같이 하는 말이 바로 그 말이야. 목소리는 젖비린내 나는 병아리 소리 같고, 고양이 수염처럼 몇 오라기 되지도 않는 수염을 턱수염이랍시고 한껏 말아 올리고, 삼 부스러기로 만든 가발에다 아래로 축 처진 바지에 윗도리는 헐렁하게 반쯤 열어젖힌 채로 돌아다니는 그 꼬락서니하며 말이야.

프로진 아유! 나리 같은 분을 보면 몸이 참 좋아요. 이래야 남자지요. 보기만 해도 좋다니까요. 이 정도 풍채에 의관도 갖추어야 사랑할 마음이 나는 거지요.

아르파공 내가 괜찮아 보이나?

프로진 뭐라고요? 나리는 황홀하게 만드시죠. 나리 얼굴은 그림으로 그려 둬야 할 정도고요. 이쪽으로 한번 돌아 보세요. 그보다 더 나을 수는 없어요. 자, 몇 걸음 걸어 보실까요. 참말로 체격도 건장하고 넉넉한 데다 딱 좋을 만큼 날렵하기도 하시네. 어디 한 군데 불편해 보이는 데도 없고 말이야.

아르파공 다행히 크게 불편한 데는 없다네. 가끔 기관지 때문에 고생을 좀 하긴 해도.

프로진 그깟 것은 아무것도 아니죠. 나리한테 기관지염은 잘 어울려요. 기침하시는 것까지도 매력적이라니까요.

아르파공 어디 한번 말해 보게. 마리안은 아직 나를 본 적이 없는 건가? 지나다니면서 나한테 주의를 기울인 적이 없었다든가?

프로진 네. 하지만 저랑 마리안은 나리에 대한 얘기를 많이 나눴어요. 나리가 어떤 사람인지 제가 상세하게 설명도 해 줬고요. 나리의 장점이며, 나리 같은 분을 남편으로 맞이하는 게 얼마나 좋은 일인지를 하나도 빼놓지 않고 얘기해 줬답니다.

아르파공 잘했네. 고마우이.

프로진 한데 나리, 제가 나리께 드릴 작은 청이 하나 있어요. (아르파공의 표정이 굳어진다) 제가 지금 재판 중인데 돈이 좀 모자라는 바람에 지게 생겼거든요. 나리께서 조금만 도와주신다면 이 재판에서 쉽게 이길 수 있을 것 같아서요. 마리안이 나리를 보면 얼마나 기뻐할지 나리는 생각도 못 하실 거예요. (아르파공의 표정이 다시 밝아진다) 아! 나리를 얼마나 마음에 들어할까요! 그리고 나리 목둘레 깃에 달린 옛날풍 주름 장식[10]을 보면 또 얼마나 감동을 받겠어요! 무엇보다도 푸르푸앵[11] 위로 장식 허리띠를 매서 꽉 조여 입은 반바지를 보면 분명 매료되겠지요. 그 덕에 그 처녀는 나리한테 완전히 푹 빠지게 되겠구먼요. 장식 허리띠를 맨 애인은 마리안에게 짜릿한 매력덩어리로 보일 거예요.

아르파공 참말이지 그렇게 말해 주다니 정말 좋구나.

프로진 사실은요, 나리, 이번 재판은 저한테 참으로 중요한 일이에요. (아르파공의 표정이 다시 굳어진다) 거기서 지면 파산이에요. 아주 조금만 도와주시면 일을 바로잡을 수 있을 것 같아요. 제가 나리 얘기를 할 때 마리안이 기뻐하던 모습을 좀 보셨어야 하는데. (아르파공은 다시 즐거운 표정을 짓는다) 나리의 장점을 얘기하니까 두 눈이 기쁨으로 반짝이더군요. 제가 그 처녀한테 이 결혼이 빨리 성사되기를 초조하게 바라는 마음을 갖게 만들었다니까요.

아르파공 프로진, 네가 나한테 큰 기쁨을 주었다. 그 점에 대해서는 세상 어떤 말로도 고마움을 다 표현하지 못하겠어.

10 스페인 러프를 말한다.

11 푸르푸앵*pourpoint*은 남성들이 입는 대표적 상의로 허리를 V자로 조여 하의(주로 반바지)와 함께 입었으나, 17세기 중반에 들어서면서 길이가 점차 짧아져 더 이상 바지와 연결해서 입지 않았다. 따라서 허리띠로 반바지와 푸르푸앵을 연결해 입은 아르파공의 옷차림은 유행에 뒤떨어진 구식이라고 할 수 있다.

프로진 나리, 제가 청한 작은 도움을 부디 베풀어 주세요. (아르파공의 표정이 다시 굳어진다) 그러면 저는 다시 일어설 수 있고, 그 은혜는 평생 잊지 않겠어요.

아르파공 그만 가보거라. 나는 편지나 마저 써야겠다.

프로진 나리, 장담컨대 나리의 도움이 이보다 더 절박한 때는 없을 거예요.

아르파공 너희들이 장터에 다녀올 수 있도록 마차를 준비시키마.

프로진 저도 피치 못할 사정이 아니라면 나리를 귀찮게 하지는 않을 겁니다.

아르파공 너희들이 탈이라도 나면 큰일이니까 저녁은 일찍 먹을 수 있게 일러두지.

프로진 제발 저의 간청을 거절하지 마세요, 나리. 그러면 제가 얼마나 기쁠지 나리는 모르실…….

아르파공 이만 가보겠네. 저기 누가 날 부르는군. 이따 보세나.

프로진 이런 못돼먹은 늙은이를 봤나. 염병에나 걸려 버려라. 저 구두쇠 영감태기가 내 공격을 다 막아 냈구나. 그렇다고 협상을 포기할 수는 없는 노릇이지. 어쨌든 나한테는 다른 카드가 있으니까, 그걸 가지고 분명히 보상을 제대로 받을 수 있을 거야.

제3막

제1장

아르파공, 클레앙트, 엘리즈, 발레르, 클로드 어멈, 자크 영감,
브랭다부안, 라 메를뤼슈

아르파공 자, 다들 이리로 와봐. 내가 잠시 후 할 일을 지시하고 각자 맡은 바를 정해 줄 테니까. 클로드 어멈, 이리 가까이 오게나. 자네부터 시작하지. (그녀는 빗자루를 들고 있다) 좋아. 벌써 무기를 들고 있군. 자네한테는 집 안 구석구석 깨끗하게 청소할 임무를 주지. 가구들일랑은 닳을 수도 있으니까 너무 세게 문지르지 않도록 특별히 주의하게. 저녁 식사 동안 음료수 병도 잘 관리하도록 하고. 만일 하나라도 없어지거나 뭔가가 깨지는 날에는 책임을 물어 급료에서 제할 거야.

자크 영감 (방백) 좋은 벌칙이군.

아르파공 자, 브랭다부안하고 라 메를뤼슈, 자네 두 사람은 잔을 씻고 마실 것을 따르는 임무를 맡게. 단 손님들이 목

마를 때만 따라 주면 돼. 시건방진 하인 놈들이 그러듯 마실 생각도 없는 사람한테 괜히 술을 권해서 많이 마시게 하지 말고. 두세 번 부탁할 때까지 기다리고 언제나 물을 많이 갖다 주는 걸 명심해야 해.

자크 영감 (방백) 그렇지. 물 타지 않은 포도주는 금세 취기가 오르니까.

라 메를뤼슈 나리, 제복 위에 입는 이 덧옷은 벗을까요?

아르파공 손님들이 오는 게 보이면 그때 벗으면 돼. 제복 더럽히지 않게 조심해.

브랭다부안 나리, 제 윗저고리 앞섶에 램프 기름얼룩이 엄청 크게 나 있는 건 알고 계시죠.

라 메를뤼슈 저는요, 나리, 바지 뒤쪽에 구멍이 났는데, 말씀드리기가 무엇하지만 남들이 볼까 봐…….

아르파공 조용히 해! 그런 건 다 벽 쪽에다 감추고 손님들에게는 늘 앞만 보이도록 하란 말이야. (아르파공은 자기 윗저고리 앞쪽에 모자를 갖다 대면서 어떻게 기름얼룩을 감출 수 있는지 브랭다부안에게 보여 준다) 그리고 자넨 손님들의 시중을 들 때면 모자를 이렇게 갖다 대고 해. (엘리즈에게) 내 딸아, 넌 식탁에 음식을 내가는 것을 잘 감시하고 티끌 하나라도 낭비되는 일이 없도록 주의하거라. 이런 일은 여자아이한테 딱 맞는 일이지. 하지만 내 약혼녀를 맞이하는 일에도 만전을 기하도록 하고. 너를 보러 와서 장터에 같이 갈 거라고 하니까. 내가 하는 말 알아들었느냐?

엘리즈 네, 아버지.

아르파공 그리고 내 아들 멋쟁이 도령. 아까 일은 너그러이 용서해 줄 생각이니까 내 약혼녀 앞에서 인상 찌푸리고 있지 마라.

클레앙트 아버지, 제가 인상을 써요? 뭐 때문에요?

아르파공 허어! 아비가 재혼하면 자식 놈들의 태도가 어떤지, 또 새어머니라고 부르는 사람을 바라보는 눈초리가 어떤지는 나도 잘 알지. 하지만 조금 전 네놈의 경거망동을 내가 잊어 주기를 바란다면 무엇보다 그 사람을 좋은 낯으로 대하고 할 수 있는 한 최선의 환대를 해야 할 것이다.

클레앙트 솔직히 말씀드리자면, 아버지, 그 사람이 제 새어머니가 된다는 사실에 마음이 편할 수는 없을 것 같네요. 그렇다고 말한다면 거짓말이 되겠지요. 하지만 그분을 잘 맞아들이고 좋은 낯으로 대하라는 말씀에 대해서는 어김없이 아버지 뜻을 따르겠다고 약속드립니다.

아르파공 적어도 그렇게 하도록 노력해라.

클레앙트 두고 보시면 알겠지만 그 점에 대해서는 불평하실 일이 없을 거예요.

아르파공 현명하게 처신하거라. 발레르, 자넨 내 일 좀 도와주고. 어이! 자크 영감, 이리 와보게나. 자네가 마지막 차례네.

자크 영감 나리, 지시는 마부한테 하시는 건가요, 아니면 요리사한테 하시는 건가요? 제가 둘 다 하고 있어서요.

아르파공 둘 다한테야.

자크 영감 하지만 둘 중 뭐가 먼저입니까?

아르파공 요리사일세.

자크 영감 그러면 잠깐만 기다리세요.

그는 마부 조끼를 벗고 요리사 복장으로 나타난다.

아르파공 이건 무슨 놈의 빌어먹을 의식이야?

자크 영감 분부만 내리십시오.

아르파공 자크 영감, 나는 오늘 저녁 만찬을 베풀기로 했네.

자크 영감 놀라운 일이군요!

아르파공 어디 한번 말해 보게, 근사한 식사를 준비해 줄 수 있겠나?

자크 영감 그럼요. 돈만 후하게 주신다면야.

아르파공 이런 젠장! 밤낮 그놈의 돈타령이야! 이놈들은 다른 말은 할 게 없나 봐. 만날 돈, 돈, 돈! 입만 열었다 하면 그저 돈이야! 언제나 돈 얘기밖에 없지. 돈이 아주 저놈들 십팔번이야.

발레르 이보다 더 무례한 대답은 들어 본 적이 없습니다. 돈을 많이 들여 좋은 음식을 차려 내겠다니 참으로 대단하십니다. 그런 일이야 누워서 떡 먹기지요. 어떤 멍청이라도 그 정도는 할 수 있어요. 돈을 거의 안 들이고도 근사하게 차려 내겠다고 말해야 수완 좋은 사람이지요.

자크 영감 돈을 안 들이고 잘 차려 내라고?

발레르 그럼요.

자크 영감 여보시오, 집사 나리. 비책이 있으면 우리한테도 알려 주고, 아예 요리사 역할도 맡아 주면 고맙겠구려. 보아하니 이 집의 모든 일을 처리하는 만능 일꾼이 되고 싶어 하시는 모양인데.

아르파공 입들 다물어. 우리한테 필요한 게 뭐지?

자크 영감 여기 집사 나리가 돈 안 들이고도 상을 잘 차려 내겠답니다.

아르파공 어허! 묻는 말에 대답하지 못할까.

자크 영감 만찬에 몇 분이나 오십니까?

아르파공 여덟 명 아니면 열 명이야. 하지만 8인분만 준비하면 돼. 여덟 명이 먹을 음식이면 열 명도 족히 먹을 수 있지.

발레르 알겠습니다.

자크 영감 좋아요. 그러면 큰 접시에 담은 수프 네 그릇하고 요리 다섯 접시가 있어야 될 겁니다. 수프…… 앙트레…….

아르파공 빌어먹을! 그거면 온 동네 사람 다 먹여도 될 분량이잖아.

자크 영감 구운 고기…….

아르파공 (손으로 자크 영감의 입을 틀어막으며) 이런 불충한 것! 네놈이 내 재산을 다 말아먹는구나.

자크 영감 앙트르메…….

아르파공 또?

발레르 사람들의 배를 터지게 할 작정이오? 나리가 배불리 먹여서 죽게 하려고 사람들을 초대한 줄 아시오? 가서 건강 수칙을 좀 읽어 보고 의사한테도 물어봐요. 과식하는 것보다 사람한테 더 해로운 일이 있는지 말이오.

아르파공 이 친구 말이 맞아.

발레르 자크 영감, 당신과 당신 같은 부류들은 좀 알아 둬야 할 거요. 고기 요리가 지나치게 많은 식탁은 목숨을 위태롭게 하는 일이라는 것을 말이오. 초대한 손님들을 진정 친구로 생각한다면 소박한 식사를 차려 내야 해요. 옛 성현의 말씀에 따르면 〈먹기 위해 사는 게 아니라 살기 위해 먹는 것이다〉, 이 말입니다.

아르파공 아! 말 한번 잘했네! 이리 가까이 와봐. 그 말에 대한 보답으로 한 번 안아 주겠네. 내 평생 들어 본 격언 중에서 가장 멋진 말이군. 〈살기 위해 먹는 게 아니라 먹기 위해 사는 것이……〉 아니야, 이게 아닌데. 아까 뭐라고 했나?

발레르 〈먹기 위해 사는 게 아니라 살기 위해 먹는 것이다.〉

아르파공 옳거니. 들었지? 한데 그런 말을 한 위인이 대체 누군가?

발레르 이름은 생각나지 않습니다.

아르파공 잊지 말고 나한테 그 말을 적어 줘. 내 방 벽난로 위에 금박으로 새겨 놓을 생각이니 말일세.

발레르 알겠습니다. 그리고 만찬에 관해서라면 저한테 맡겨만 주세요. 빈틈없이 해결해 놓겠습니다.

아르파공 그럼 그리하게나.

자크 영감 잘됐군. 고생 덜었네.

아르파공 사람들이 잘 먹지도 않고 금방 배가 불러지는 음식들이 좋겠네. 기름진 양고기 스튜에다 밤을 많이 넣은 파테를 곁들여 내놓으면 어떻겠나?

발레르 저만 믿으세요.

아르파공 자크 영감, 그럼 자넨 내 마차나 닦아 놓게.

자크 영감 잠깐만요. 이 말씀은 마부에게 하시는 거죠. (마부 조끼를 다시 입는다) 뭐라고 말씀…….

아르파공 마차를 닦아야 한다고. 그리고 장터에 가야 하니 말도 준비해 놓게나.

자크 영감 나리 말들이요? 아이코, 그것들은 지금 걸을 수 있는 상태가 아닙니다. 그 불쌍한 것들이 쓰러져 누웠는데 깔아 줄 건초 따위는 없으니, 그 녀석들이 건초 더미 위에 누워 있다는 말씀은 차마 못 드리겠네요. 나리가 말들한테 너무나 엄격하게 단식을 시키는 바람에 녀석들은 이제 말의 탈을 뒤집어쓴 유령이나 환영 같은 것일 뿐이라고요.

아르파공 놈들이 단단히 병이 난 모양이로군. 그래서 아무 일도 안 하는 게지.

자크 영감 나리, 아무 일도 안 하니까 아무것도 먹지 말란 말씀입니까? 그 불쌍한 짐승들한테는 차라리 일을 많이 시키고 그만큼 많이 먹이는 게 더 낫지요. 말들이 기진맥진한 걸 보면 제 가슴이 미어집니다. 저는 말들한테 정이 들어서 녀석들이 괴로워하는 걸 보면 마치 제 일같이 속이 상해요. 날마다 그놈들을 위해 제가 먹을 것을 조금씩 덜어 놓고 있다니까요. 나리, 참말이지 자기 이웃한테 추호의 동정심도 없는 사람은 너무 몰인정한 사람입니다.

아르파공 장터까지 가는 게 큰일은 아니잖아.

자크 영감 안 됩니다, 나리. 저는 그놈들을 끌고 갈 용기도 없고, 양심에 꺼려서 저런 상태에 있는 녀석들한테 채찍질을 해댈 수도 없어요. 자기 몸도 주체하지 못하는 말들더러 어떻게 마차를 끌라는 말씀입니까?

발레르 나리, 옆집 사는 피카르디 출신 양반한테 부탁해서 말들을 끌라고 하겠습니다. 저녁 식사 준비하는 것도 도와 달라고 하고요.

자크 영감 그러시든가요. 말들이 내 손에서 죽는 것보다야 남의 손에서 죽는 걸 보는 게 낫겠지요.

발레르 자크 영감은 제법 잘 따지십니다.

자크 영감 집사 나리는 필요한 일을 잘하십니다.

아르파공 그만들 해!

자크 영감 나리, 저는 아첨꾼들 꼴은 못 봐주겠습니다. 전 알거든요. 이 친구가 하는 일들, 그러니까 빵이며 포도주, 장작, 소금, 그리고 양초까지 계속해서 관리하는 것은 그저 나리한테 아첨하고 환심을 사려는 수작 외에 다른 게 아니라는 것을 말이에요. 그걸 보면 성질이 나요. 게다가 사람들이 허구한 날 나리 이야기하는 걸 들으면 속도 상하고요. 좋든 싫든 저는 나리한테 정이 들었으니까요. 나리는 제 말들 다음으로 제가 제일 좋아하는 분이거든요.

아르파공 그래, 자크 영감, 사람들이 나에 대해 뭐라 하는지 좀 들어 봐도 되겠나?

자크 영감 그럼요, 나리. 제 이야기를 들으시고 화를 내지만 않으신다면야.

아르파공 아니야. 절대 화낼 일 없네.

자크 영감 죄송해요. 제가 이 말씀을 올리면 화내실 게 너무

뻔해서요.

아르파공 아니래도 그러네. 오히려 나를 즐겁게 하는 거야. 남들이 나에 대해 뭐라고 하는지 알면 마음도 편할 테고 말이지.

자크 영감 나리께서 원하시니까 솔직하게 말씀드리자면 도처에서 사람들이 나리를 비웃고 있어요. 나리에 관한 조롱거리는 사방팔방 어디를 가도 수두룩하게 많단 말씀입니다. 마치 나리의 사생활을 들추어 놀리고 나리의 인색함에 대해 끊임없이 노닥거리는 것보다 사람들에게 더 재미있는 오락거리는 없는 것처럼 말이죠. 어떤 사람이 말하더군요. 나리가 특별 달력을 만들어 인쇄하는 이유는 금식일하고 축제 전 금식하는 날을 두 배로 늘려서 식솔들로 하여금 그만큼 더 단식을 하게 하려는 거라고요. 다른 사람은 이런 말도 했어요. 나리는 하인들에게 새해 선물 줄 때나 사직할 때 아무것도 주지 않을 구실을 만들기 위해 늘 하인들에게 시비를 걸 태세를 취하고 있다고요. 첫 번째 작자가 떠들기를, 언젠가 한 번은 이웃집 고양이가 남은 양고기 다리를 먹어 치웠다고 나리가 그놈을 사법 당국에 고발했다고 합디다. 두 번째 작자는 나리가 어느 날 밤인가 자기 말들이 먹는 귀리가 아까워 그걸 훔치려다 들켜서, 어두운 와중에 제가 오기 전에 일했던 마부한테 엄청나게 두들겨 맞았는데도 상황이 상황인지라 그 일에 대해선 일언반구 대꾸도 못 했다고 떠들더란 말입니다. 계속해도 되겠어요? 어딜 가든 나리는 사람들의 입방아에 오르내리지 않는 곳이 없고, 세상 사람들의 조롱거리에다 놀림감이 되셨어요. 그리고 나리 이야기를 할 때는 꼭 수전노, 구두쇠, 노랑이, 고리대금업자라는 꼬리표가 따라다닌다 이 말이에요.

아르파공 (자크 영감을 두들겨 패면서) 이런 머저리, 사기꾼, 망나니, 건방진 놈 같으니라고!

자크 영감 아이참! 거봐요, 제가 뭐랬어요? 나리는 제 말을 곧이곧대로 듣지 않으셨어요. 제가 분명히 말씀드렸잖아요. 사실을 말씀드리면 화내실 거라고요.

아르파공 말하는 법을 배우란 말이다.

제2장

자크 영감, 발레르

발레르 자크 영감, 보아하니 솔직함의 대가를 높이 쳐주지는 않은 모양입니다.

자크 영감 젠장! 신참 나리, 자기가 뭐 대단한 사람인 줄 아는 모양인데, 이건 자네가 상관할 바 아니야. 자네가 몽둥이찜질을 당하거든 그때 가서 웃든가 하고, 내가 맞은 것에 대해 비웃지는 말란 말이야.

발레르 이런! 자크 영감님, 제발 그렇게 화내지 마세요.

자크 영감 어째 좀 고분고분해지네. 목에 힘 좀 줘야겠는걸. 이 친구가 바보같이 나를 무서워하면 손도 좀 봐주고 말야. (큰 소리로) 어이, 웃기 좋아하는 양반, 나는 웃지 않는다는 걸 알고 있나? 나를 열받게 하면 다른 식으로 자넬 웃게 만들어 주지.

자크 영감은 발레르를 위협하며 무대 끝으로 밀친다.

발레르 이런! 살살 해요!

자크 영감 뭐, 살살? 그러기 싫은데.

발레르 제발.

자크 영감 자넨 건방진 놈이야.

발레르 자크 영감님…….

자크 영감 그깟 돈 한 푼에 팔릴 자크 영감님 따윈 없어. 몽둥이만 있으면 대차게 두들겨 패줄 텐데.

발레르 뭐! 몽둥이?

발레르는 자크 영감이 그랬듯이 그를 밀친다.

자크 영감 뭐, 그런 말은 아니고.

발레르 미련퉁이 나리, 나야말로 댁을 두들겨 팰 수 있는 사람이란 걸 모르시오?

자크 영감 믿어 의심치 않습니다.

발레르 당신은 고작해야 수프나 만드는 요리사 나부랭이가 아니오?

자크 영감 잘 알고 있습니다.

발레르 당신은 아직 내가 누군지도 모르잖소.

자크 영감 용서하세요.

발레르 그런데도 날 두들겨 패겠다고 말한 거요?

자크 영감 그거야 농담으로 그랬지요.

발레르 난 당신 농담이 맘에 안 들어. (그는 자크 영감을 몽둥이로 때린다) 당신이 얼마나 형편없는 농담꾼인지 알아야 해.

자크 영감 제기랄, 너무 솔직한 게 탈이야! 못 해먹을 일이군. 이젠 그러지 않겠어. 더는 진실을 말하고 싶지 않아. 주인 나리야 그렇다 쳐. 주인이니까 나를 팰 권리가 있겠지. 하지만 이 집사 녀석은 때가 되면 반드시 복수를 하고 말 테야.

제3장

프로진, 마리안, 자크 영감

프로진 자크 영감, 주인 나리가 댁에 계시나요?

자크 영감 네, 확실히 집에 계십니다. 난 너무 잘 알죠.

프로진 그럼, 우리가 왔다고 말씀 좀 전해 주세요.

제4장

마리안, 프로진

마리안 아! 프로진, 기분이 정말 이상해요! 내 느낌을 말하면 어쩐지 이 만남이 두려워요.

프로진 왜요? 뭐가 걱정이오?

마리안 어머! 그걸 몰라서 물으세요? 곧 자기가 묶일 형틀을 보게 될 사람의 불안감이 어떨지 전혀 짐작이 가지 않으세요?

프로진 아르파공이 기분 좋게 죽자고 덤빌 만한 형틀은 아니라는 것쯤은 나도 잘 알지요. 얼굴을 보아하니 지난번에 말한 그 멋쟁이 청년이 떠오르는 모양이네.

마리안 네, 그건 저로서는 피하고 싶지 않은 일이에요. 프로진, 고백하자면 그분이 몇 차례 우리 집을 정중히 방문했을 때 제 마음속에서 뭔가가 움직였어요.

프로진 그 남자가 누군지는 알아냈고?

마리안 아뇨. 저는 그분이 어떤 사람인지는 전혀 몰라요. 하지만 사랑할 만한 용모를 지니셨다는 건 알아요. 내가 스스로 선택할 수 있는 처지라면 다른 사람보다는 그분을 택하겠어요. 사람들이 장차 제 남편이 될 거라고 하는 사람을 생각하면 끔찍하게 고통스러운 것도 사실은 그분 탓이 커요.

프로진 이런! 멋쟁이 청년들이란 모두 다 성격도 좋고 얘기도 잘하지요. 하지만 대부분은 교회 쥐처럼 집안 형편이 찢어지게 가난한 사람들이랍니다. 그러니 당신한테는 재산을 두둑하게 줄 수 있는 나이 많은 남편을 얻는 편이 더 나아요. 물론 내가 얘기한 그 남편감한테 좋은 감정을 갖기란 쉽지 않은 일일 테고, 그런 남편하고 살려면 이런저런 역겨운 일도 좀 감수해야 한다는 건 나도 인정해요. 하지만 그게 그리 오래가지는 않을 거란 말입니다. 내 말을 믿으세요. 얼마 안 있어 그 사람이 죽게 되면 곧 더 사랑스러운 남자를 얻으면 돼요. 그러면 모든 게 다 보상이 되지요.

마리안 아이코, 맙소사! 프로진, 자신이 행복해지려고 남의 죽음을 바라거나 기다려야 한다니 참으로 얄궂은 일이네요. 게다가 죽는 일이 우리 계획대로 되는 것도 아니잖아요.

프로진 지금 농담해요? 아가씨는 곧 과부가 된다는 조건하에서만 그 사람과 결혼하는 겁니다. 그건 반드시 결혼 계약서에 한 항목으로 들어가야 해요. 그 사람이 석 달 내로 죽지 않는다면 아주 괘씸한 일이지요. 저기 당사자가 오네요.

마리안 아! 프로진! 생긴 게 어쩜 저래요!

제5장

아르파공, 프로진, 마리안

아르파공 아름다운 그대여, 내가 안경을 쓰고 나왔다고 언짢아하지는 마시오. 당신의 매력이야 눈에 환하고 육안으로도 잘 보이니 안경을 쓰고 볼 필요가 없다는 건 나도 압니다. 그러나 하늘의 별을 관찰할 때는 안경을 끼고 보는 법이죠. 나는 당신이야말로 별이고, 별나라에 있는 별들 중에서도 가장 아름다운 별임을 주장하고 또 보증합니다. 프로진, 저 아가씨가 통 대답을 안 하네. 나를 보고도 하나도 기뻐하지 않는 것 같구먼.

프로진 그거야 아직 너무 놀란 상태라 그런 거죠. 처녀들은 늘 부끄러움을 많이 타서 속마음을 잘 표현하지 못하잖아요.

아르파공 자네 말이 맞아. (마리안에게) 자, 귀염둥이 아가씨, 저기 딸애가 당신에게 인사하러 오는구려.

제6장

엘리즈, 아르파공, 마리안, 프로진

마리안 아가씨, 제가 너무 늦게 찾아뵙네요.

엘리즈 제가 했어야 하는 일을 해주셨어요. 제가 먼저 찾아뵈었어야 했는데.

아르파공 애가 좀 큽니다. 잡초는 항상 잘 자라는 법이지요.

마리안 (프로진에게 낮은 목소리로) 아유! 불쾌한 사람!

아르파공 아름다운 미녀께서 뭐라고 하시는가?

프로진 나리가 멋지다고 하시네요.

아르파공 과분한 영광입니다, 사랑스러운 당신.

마리안 (방백) 이런 짐승 같으니!

아르파공 그런 마음을 가져 주시니 감사하기가 한량없습니다.

마리안 (방백) 더 이상은 못 참겠어.

아르파공 저기 아들놈도 당신에게 인사하러 오는군요.

마리안 (방백, 프로진에게) 어머, 프로진! 이렇게 만나다니! 내가 말한 사람이 바로 저분이에요.

프로진 (마리안에게) 어쩜 이런 우연이 다 있을까요.

아르파공 내게 이리 장성한 자식들이 있는 걸 보고 놀랐나 보오. 하지만 곧 둘 다 내보낼 거요.

제7장

클레앙트, 아르파공, 엘리즈, 마리안, 프로진

클레앙트 아가씨, 사실 말이지 이건 전혀 예상치 못했던 상황입니다. 아버지가 조금 전에 결혼 계획을 말씀하실 때 적잖이 놀랐습니다.

마리안 저도 같은 말씀을 드려야겠네요. 뜻하지 않게 당신을 만나서 저도 당신만큼이나 놀랐어요. 이런 일에 대해서는 전혀 마음의 준비가 안 되어서요.

클레앙트 아버지가 이보다 더 나은 선택을 하실 수는 없을 겁니다. 그리고 여기서 영광스럽게도 당신을 뵙게 되어 기쁘기 그지없습니다. 하지만 동시에 당신이 저의 새어머니가 되겠다는 계획을 가진 데 대해서는 마냥 즐겁다고 얘기하지는 못하겠습니다. 솔직히 제 마음을 드러내자면 저로서는 찬사를 보내기가 매우 어렵습니다. 죄송합니다만 계모라는 호칭은 단연코 제가 당신에게 바라는 말이 아니에요. 어떤 사람들은 제 말을 들으며 느닷없다고 여길 겁니다. 그러나 당신은 제 말뜻을 제대로 알아들으실 분이란 걸 확신합니다. 충분히 상상하실 수 있다시피 이 결혼은 제가 질색할 수밖에 없는 것입니다. 제가 누군지 아시니까 이 결혼이 저의 이해관계와 얼마나 상반되는지 모르시지는 않겠지요. 그리고 아버지의 허락하에 모든 걸 제 맘대로 할 수 있다면 이 혼사는 절대 거행되어서는 안 된다고 제가 얘기하기를 당신도 바라시겠지요.

아르파공 이런 시건방진 축하 인사를 봤나! 어디 말 같지도 않은 고백을 해대고 있어!

마리안 답변을 드리자면 제게도 사정은 매한가지라고 말씀드려야겠네요. 제가 새어머니가 되는 것을 질색하시는 것만큼이나 저도 당신을 의붓아들로 두는 게 싫어요. 부디 당신께 이런 심려를 드리려는 사람이 저라고는 생각하지 말아 주세요. 당신께 불편한 심기를 초래한다면 저로서는 무척 서글픈 일이 될 것입니다. 만일 제가 어떤 절대적인 힘에 의해 강요당하는 것이 아니라면 저는 결단코 당신을 슬프게 하는 이 결혼에 동의하지 않을 것입니다.

아르파공 맞는 말이야. 바보 같은 축하에는 같은 식으로 응수해야지. 아름다운 그대여, 아들놈의 무례를 용서하시오. 이 녀석은 아직까지 제가 하는 말이 어떤 결과를 가져오는지도 모르는 멍텅구리 철부지라오.

마리안 아드님이 하신 말씀 때문에 상처를 입거나 한 것은 전혀 아닙니다. 그 반대로 제게 솔직하게 감정을 털어놔 주셔서 기뻤답니다. 저는 아드님의 이런 고백이 좋아요. 만일 달리 말씀하셨다면 저분을 이만큼 높이 평가하진 않았을

지도 몰라요.

아르파공 이렇게 아들놈의 잘못을 용서해 주시니 참으로 너그러우십니다. 시간이 가면 저놈도 철이 들겠지요. 그때는 감정도 변할 겁니다.

클레앙트 아니요, 아버지. 제 감정은 변하지 않아요. 아가씨께서도 부디 이 점을 믿어 주시기를 간곡히 부탁드립니다.

아르파공 이게 무슨 뚱딴지같은 소리야! 점입가경이구먼.

클레앙트 그러면 제 마음을 속이라는 말씀입니까?

아르파공 그래도 이놈이! 입장을 바꾸지 못하겠어?

클레앙트 그렇다면 좋습니다. 아버지가 다른 방식으로 말하라고 하시니, 아가씨, 이제부터 제가 아버지의 입장에서 몇 말씀 드리는 걸 용서해 주세요. 고백컨대 저는 이 세상에서 아가씨만큼 매력적인 여인은 본 적이 없습니다. 아가씨를 기쁘게 해드리는 것보다 더 큰 행복은 생각조차 할 수 없어요. 당신의 남편이라는 칭호는 지상의 가장 위대한 군주들의 운명을 가져다준대도 결코 바꾸지 않을 영광이자 행복입니다. 그래요, 아가씨, 제가 보기엔 당신을 소유한다는 행복이 모든 행운 중에서도 가장 으뜸입니다. 그것이야말로 제 야망이 바라는 전부입니다. 그토록 고귀한 정복을 위해서라면 제가 하지 못할 일은 하나도 없어요. 제아무리 강력한 장애물이라도…….

아르파공 애야, 좀 살살 해라.

클레앙트 이건 아버지를 대신해 제가 아가씨께 바치는 찬사입니다.

아르파공 제기랄! 나도 내 마음을 표현할 수 있는 입이 있으니, 너 같은 대리인은 필요 없다. 자, 의자를 내오너라.

프로진 아뇨. 이 길로 바로 장터에 가는 게 좋겠어요. 그래야 빨리 다녀와서 나리와 이야기할 시간을 벌 수 있으니까요.

아르파공 그러면 말을 마차에 매도록 해라. 아름다운 그대여, 가시기 전에 뭐라도 간식거리를 좀 내올 생각을 못 했습니다. 용서하세요.

클레앙트 그거라면 제가 준비해 놨어요, 아버지. 아버지 이름으로 중국 오렌지와 라임, 그리고 잼 바구니를 구해서 여기로 가져오라 일러두었습니다.

아르파공 (발레르에게 낮은 목소리로) 발레르!

발레르 (아르파공에게) 정신이 나갔어요.

클레앙트 아버지, 뭐가 부족한가요? 그렇다면 아가씨께서는 부디 이 점을 용서해 주시기 바랍니다.

마리안 이런 건 필요 없었는데요.

클레앙트 아가씨는 아버지가 손가락에 끼고 계신 반지보다 더 빛나는 다이아를 본 적이 있으십니까?

마리안 정말이지 아주 밝게 빛나네요.

클레앙트 (자기 아버지의 손가락에서 반지를 빼 마리안에게 건네주면서) 가까이에서 보셔야 합니다.

마리안 확실히 매우 아름답네요. 번쩍번쩍 광채가 나요.

클레앙트 (반지를 돌려주려는 마리안 앞을 막아서면서) 아닙니다, 아가씨. 반지를 들고 있는 손이 너무나 고우십니다. 이건 아버지가 당신께 드리는 선물입니다.

아르파공 내가?

클레앙트 아버지, 아가씨가 아버지 사랑의 징표로 이 반지를 간직하길 바라시는 게 사실이 아닌가요?

아르파공 (방백, 클레앙트에게) 뭐가 어째?

클레앙트 물어보나마나 한 질문이죠! 아버지께서 제게 아가씨가 그걸 받아들이게 하라는 신호를 하시네요.

마리안 전 그러고 싶지 않은데…….

클레앙트 농담하세요? 아버지는 이걸 돌려받지 않으시려 해요.

아르파공 (방백) 어휴, 열불 나!

마리안 그래도…….

클레앙트 (반지를 돌려주려는 마리안을 계속 막아서며) 안 돼요. 이러시면 아버지를 모욕하시는 겁니다.

마리안 제발…….

클레앙트 절대 안 됩니다.

아르파공 (방백) 환장하겠네!

클레앙트 보세요. 자꾸 사양하시니까 아버지가 화를 내시잖아요.

아르파공 (낮은 목소리로 아들에게) 이 배신자!

클레앙트 아버지가 실망하는 거 보이시죠?

아르파공 (낮은 목소리로 아들을 위협하며) 네놈이 사람 잡는구나!

클레앙트 아버지, 제 잘못이 아닙니다. 저도 아가씨가 반지를 간직하시도록 최선을 다하고 있어요. 그런데도 고집을 부리시네요.

아르파공 (낮은 목소리로 아들에게, 흥분하여) 목매달아 죽일 놈!

클레앙트 아가씨 때문에 아버지가 저를 나무라시잖아요.

아르파공 (낮은 목소리로 아들에게, 인상을 쓰며) 천하의 몹쓸 놈!

클레앙트 이러다가는 몸져누우시겠어요. 아가씨, 제발 더는 사양 마세요.

프로진 거참! 무슨 격식을 그렇게 차려요! 나리가 원하신다니 어서 받아요.

마리안 너무 노여워하시지 않게 그럼 일단 가지고 있을게요. 나중에 때를 봐서 돌려드리겠어요.

제8장

아르파공, 마리안, 프로진, 클레앙트, 브랭다부안, 엘리즈

브랭다부안 나리, 누가 나리를 좀 뵙자고 하십니다.

아르파공 지금은 안 되니까 다음에 다시 오라고 해.

브랭다부안 나리께 드릴 돈을 가지고 왔답니다.

아르파공 잠깐 실례하겠소. 내 곧 돌아오리다.

제9장

아르파공, 마리안, 클레앙트, 엘리즈, 프로진, 라 메를뤼슈

라 메를뤼슈 (뛰어 들어오다가 아르파공을 넘어뜨린다) 나리…….

아르파공 아이고! 나 죽네!

클레앙트 아버지, 무슨 일이세요? 어디 다치셨어요?

아르파공 이 악당 놈이 내 채무자들에게서 돈을 받고 내 목을 치러 온 게야.

발레르 별일 없을 겁니다.

라 메를뤼슈 나리, 용서하십시오. 급히 뛰어오는 바람에 그만 그렇게 됐습니다요.

아르파공 사람 잡을 놈, 여긴 뭐 하러 왔어?

라 메를뤼슈 나리 댁 말 두 마리의 편자가 빠졌다고 말씀드리려고요.

아르파공 그럼 어서 제철공한테 데려가.

클레앙트 아버지, 말에 편자를 박을 동안 제가 아버지를 대신해 집 안을 구경시켜 드리고, 아가씨를 정원으로 모시고 나가겠습니다. 간식은 그리로 가져오라고 시켰습니다.

아르파공 발레르, 모든 걸 잘 감시하게나. 그리고 할 수 있는 한 최대로 간식을 남기도록 해. 남은 건 상인한테 되돌려 보낼 거니까 말이야.

발레르 그리하겠습니다.

아르파공 아! 시건방진 아들놈! 네놈이 나를 파산시킬 작정이구나!

제4막

제1장

클레앙트, 마리안, 엘리즈, 프로진

클레앙트 이리로 들어가시죠. 훨씬 나을 겁니다. 우리 주변에 수상한 사람도 없으니 자유롭게 이야기를 나눌 수 있어요.

엘리즈 그래요, 아가씨. 오라버니는 아가씨에게 품고 있는 연정을 제게 털어놓았어요. 저는 그런 난관이 야기할 수 있는 슬픔과 비탄을 잘 알고 있어요. 제가 두 분의 일에 관심을 쏟는 것은 깊은 애정에서 나온 일이라는 걸 말씀드리고 싶네요.

마리안 아가씨 같은 분이 오빠 일이 잘 되도록 마음을 써주시니 큰 위로가 돼요. 제게 보여 주신 이런 너그러운 우정을 영원히 간직해 주시길 부탁드려요. 덕분에 제 가혹한 운명도 좀 누그러질 수 있을 것 같아요.

프로진 댁들도 참 딱한 양반들이오. 이리되기 전에 나한테

귀띔이라도 좀 해주지 그랬어요. 그럼 이런 걱정거리도 피했을 것이고, 일이 이 지경이 되도록 놓아두지도 않았을 거 아니오.

클레앙트 내가 뭘 할 수 있겠어? 이렇게 된 건 다 내가 박복한 탓인걸. 한데 아름다운 마리안, 당신은 어떤 결정을 내리신 겁니까?

마리안 아! 제가 무슨 결심을 할 수 있는 입장이 되나요? 저처럼 남에게 의존하는 처지에서는 그저 희망이나 가져 보는 거 말고 다른 수가 있겠어요?

클레앙트 그저 단순한 희망 사항 말고 당신의 마음속엔 나를 도와주는 다른 방도는 전혀 없는 거요? 호의에 가득한 연민은요? 기꺼이 돕고자 하는 선의는요? 적극적인 애정은요?

마리안 제가 무슨 말을 할 수 있겠어요? 제 입장이 되어 보세요. 그럼 뭘 할 수 있는지 아시겠죠. 방법을 찾아보고, 지시를 내려 주세요. 전 당신을 전적으로 신뢰해요. 당신은 사려 깊은 분이니 제게 명예나 예의범절이 허락지 않는 일을 요구하진 않으시겠지요.

클레앙트 아아! 엄격한 명예나 세심한 예의범절 따위의 어려운 일들을 참조하라고 하면 나더러 어쩌라는 말입니까?

마리안 그럼 제가 어떻게 하길 바라세요? 설령 여자라면 어쩔 수 없이 고려해야 하는 많은 것들을 무시할 수 있다손 치더라도 제게는 어머니에 대한 존중이 있어요. 어머니는 항상 한없는 사랑으로 저를 키워 주셨는데 이제 와서 그분께 심려를 끼쳐 드릴 수는 없어요. 뭐라도 좀 해보세요. 제

어머니의 마음을 움직여 보세요. 그분의 마음을 얻기 위해 온 정성을 다해 보세요. 뭐든지 원하시는 대로 행하고 말씀하셔도 좋아요. 그럴 권한을 드릴게요. 그리고 제 마음이 당신한테 있다는 걸 밝혀서 되는 일이라면 기꺼이 당신에 대한 마음을 어머니께 고백할게요.

클레앙트 프로진, 착한 프로진, 우리 좀 도와주지 않을래?

프로진 아유! 그걸 부탁이라고 하세요? 성심껏 도와드리다마다요. 아시다시피 제가 천성적으로 인정이 많잖아요. 조물주가 저를 무정하게 만들어 놓지는 않았지요. 워낙 정이 많아서 순수하고 성실하게 서로 사랑하는 사람들을 보면 작은 거라도 뭐든 도와주고 싶다니까요. 자, 이제 이 일을 어떻게 하실까요?

클레앙트 제발 생각 좀 해봐.

마리안 좋은 수를 내봐요.

엘리즈 당신이 저질러 놓은 일을 파기할 무슨 묘책을 찾아봐요.

프로진 이거 참 쉽지가 않네그려. (마리안에게) 어머니로 말하자면 전혀 몰지각한 분은 아니시니까 잘 설득하면 아버지 대신 아들한테 딸을 주는 걸로 결정하실 수도 있어요. (클레앙트에게) 하지만 걱정은 도련님 아버지가 바로 도련님의 아버지라는 거지요.

클레앙트 그러게 말이야.

프로진 제 말씀은 그러니까 아버님한테 퇴짜를 놓은 걸 알게 되면 노발대발하실 테고, 절대로 도련님의 결혼을 승낙할 기분이 아니실 거란 말이지요. 일이 잘 되려면 아버님이 스스로 이 결혼을 마다해야만 하는 거란 얘기죠. 그러니 무슨 수를 써서라도 아가씨한테 정나미가 떨어지도록 만들어야 해요.

클레앙트 맞는 말이야.

프로진 그래요. 제 말이 맞지요. 저도 잘 알아요. 그것이 해야 할 일인데, 문제는 그 방도를 어떻게 찾느냐 하는 것이지요. 잠깐만요. 만일 우리가 저처럼 수완 좋고 나이 지긋한 여자를 하나 구해서 후작 부인이 됐든 자작 부인이 됐든 이상한 이름을 하나 붙이고 하인들도 급조해서 저 멀리 바스 브르타뉴에서 온 귀부인 행세를 하게 만든다면 어떨까요. 그럼 제가 나서서 그 여자가 집 몇 채 외에도 현금으로 수십만 에퀴를 소유한 부자인데, 아버님을 열렬히 사랑하는 나머지 결혼 계약에 따라 전 재산을 드리더라도 당신의 아내가 되고 싶어 한다고 믿게 만들 자신이 있어요. 저는 아버님이 이 제안에 혹하시리라는 걸 믿어 의심치 않아요. 왜냐하면 그분이 아가씨를 많이 사랑하는 것은 알지만 돈을 조금 더 사랑하시니까 말예요. 일단 이 미끼에 눈이 멀어 두 분의 혼사와 관련해 동의를 하고 나면, 나중에 우리 후작부인의 일을 확실히 해두는 과정에서 당신이 속았다는 사실을 깨닫는다 해도 그땐 아무 소용이 없게 되겠지요.

클레앙트 그거참, 그럴싸한 생각인데.

프로진 제게 맡겨 두세요. 마침 우리 일에 딱 어울리는 지인이 생각났어요.

클레앙트 프로진, 이 일을 끝까지 성사시켜 준다면 사례는 두둑하게 해줄게. 그런데 사랑스러운 마리안, 일단 당신 어머니 마음부터 움직여 봅시다. 이 결혼을 파기하려면 아직 할 일이 많다오. 청컨대 당신도 할 수 있는 한 모든 노력을 다해 주시오. 당신에 대한 어머님의 애정을 최대한 이용해 보시오. 하늘이 당신의 눈과 입에 내려 주신 감동적인 우아함과 강렬한 매력을 남김없이 펼쳐 보이는 거요. 다정한 말과 상냥한 간청, 감동적인 애정 표시 중 어느 하나라도 잊으면 아니 되오. 그 앞에선 누구라도 그 어느 것 하나 거절할 수 없을 거라고 난 확신하오.

마리안 제가 할 수 있는 일은 모두 다 할게요. 어느 것 하나라도 빼놓지 않겠어요.

제2장

아르파공, 클레앙트, 마리안, 엘리즈, 프로진

아르파공 어라! 내 아들놈이 장차 새어머니가 될 여자의 손에 입을 맞추고 있는데, 새어머니가 될 사람은 싫어하는 기색이 전혀 없군. 이거 무슨 꿍꿍이속이 있는 거 아니야?

엘리즈 저기 아버지가 오세요.

아르파공 마차는 준비됐소이다. 원하실 때 출발하면 됩니다.

클레앙트 아버지는 거기 안 가시니까, 제가 여성분들을 모시고 가겠습니다.

아르파공 아니, 여기 남아라. 자기들끼리도 잘 갈 수 있어. 그리고 난 네가 필요해.

제3장

아르파공, 클레앙트

아르파공 흠! 새어머니가 된다는 생각을 잠시 접어 둔다면, 네 눈에 저 여자가 어떠하냐?

클레앙트 제가 저분을 어떻게 생각하느냐고요?

아르파공 그래, 태도나 몸매, 용모나 지능에 대해서 말이다.

클레앙트 그저 그렇죠.

아르파공 그러니까 어떠냐고?

클레앙트 아버지께 솔직히 말씀드리면, 여기서 보니 전에 생각했던 것만큼은 아닙니다. 노골적으로 아양을 떠는 태도하며, 몸매는 어딘가 어색하고, 미모도 변변치 못하고, 지능도 그리 뛰어난 것 같진 않아요. 하지만 아버지의 마음을 돌리려 일부러 이런 말씀을 드린다고는 생각지 마세요. 기왕 새어머니를 맞아들여야 한다면 저는 이분이든 다른 분이든 다 괜찮습니다.

아르파공 한데 네가 조금 전에 그 여자한테 뭐라고 떠들던데…….

클레앙트 아버지를 대신해서 몇 마디 찬사를 드렸어요. 아버지를 기쁘게 해드리려고요.

아르파공 그러니까 너는 그 사람한테 마음이 없다는 말이지?

클레앙트 제가요? 전혀요.

아르파공 그거 유감이구나. 내 머리에 생각이 하나 떠올랐는데 없던 일로 해야겠다. 여기서 그 사람을 보면서 내 나이 생각을 했다. 내가 그렇게 젊은 여자와 결혼하는 걸 보면 사람들이 뭐라고 할까 싶더구나. 그래서 결혼 계획을 접으려 했다. 한데 내가 먼저 청혼도 했고 말로 약속까지 해두었으니, 네가 그 사람을 싫어하지만 않으면 차라리 너와 결혼을 시킬 수도 있었는데 말이야.

클레앙트 저하고요?

아르파공 너하고.

클레앙트 결혼을요?

아르파공 결혼을 말이다.

클레앙트 제 말 좀 들어 보세요. 그 여자가 딱히 제 취향이 아닌 건 사실이에요. 하지만 아버지를 기쁘게 해드리기 위해서 원하신다면 그 여자와 결혼하겠어요.

아르파공 날 위해서? 나는 네가 생각하는 것보다 훨씬 분별 있는 사람이다. 네게 애정을 강요할 생각은 추호도 없다.

클레앙트 죄송합니다. 아버지에 대한 사랑의 표시로 애정을 갖도록 노력하겠습니다.

아르파공 아니, 아니다. 애정이 없는 결혼은 행복할 수가 없어.

클레앙트 아버지, 그건 아마도 나중에 오게 될 겁니다. 사람들 말에 따르면 애정은 종종 결혼의 결실이라고들 하잖아요.

아르파공 아니다. 남자 쪽에서는 그런 위험을 무릅쓸 필요가 없어. 귀찮은 결과들만 생길 텐데 나라면 그런 일에 말려들고 싶지 않다. 네가 그 여자한테 마음이 있었다면 때마침 너를 나 대신 결혼시킬 수도 있었겠지. 하지만 사정이 그렇지 않으니 처음 계획대로 내가 그녀와 결혼하련다.

클레앙트 음! 그렇다면 아버지, 기왕지사 이렇게 된 마당에 아버지께 제 마음을 보여 드리고 우리의 비밀을 털어놓아야겠군요. 사실인즉슨 어느 날 산책길에서 그녀를 처음 본 이후로 저는 그녀를 사랑하게 되었습니다. 조금 전까지만 해도 아버지께 그녀를 아내로 삼게 해달라고 부탁드릴 생각이었어요. 갑자기 아버지가 결혼 계획을 말씀하시는 바람에 심기를 거스를까 봐 염려되어 그러지 못한 것뿐입니다.

아르파공 그 여자를 찾아간 적이 있소이까?[12]

클레앙트 네, 아버지.

아르파공 여러 번이요?

클레앙트 만난 기간에 비하면 꽤 여러 번이요.

아르파공 잘 대해 줍디까?

클레앙트 무척 잘 대해 줬어요. 하지만 제가 누군지는 몰랐어요. 그래서 조금 전에 마리안이 그렇게 놀랐던 겁니다.

아르파공 그 여자한테 댁의 감정을 고백하고 결혼하겠다는 의사를 밝혔소?

클레앙트 물론이죠. 게다가 전 그 여자 어머니께도 제 의사

12 여기서 아르파공은 갑자기 어조를 바꾸어 아들에게 *tu*가 아니라 *vous*라는 존칭을 사용한다.

를 살짝 알려 드렸어요.

아르파공 어머니도 자기 딸에 대한 댁의 청혼에 귀를 기울이던가요?

클레앙트 네, 아주 정중하게요.

아르파공 그럼 그 따님도 댁의 구애에 화답을 잘 했소이까?

클레앙트 아버지, 드러난 모습으로 판단하자면 그녀도 저를 마음에 두고 있다고 확신합니다.

아르파공 (방백) 이런 비밀을 알게 되어 기쁘군. 내가 궁금했던 게 바로 이거였어. (큰 소리로) 자! 아드님, 무슨 일인지 아시겠소? 부디 사랑을 단념할 생각을 하셔야 되겠소. 내가 아내로 삼으려는 여자를 쫓아다니는 짓일랑 그만두고, 조만간 댁의 혼인 상대로 정해 놓은 여인과 결혼할 생각을 하시오.

클레앙트 네? 아버지, 이런 식으로 제 뒤통수를 치시는군요! 좋아요! 일이 이렇게까지 된 바에야 저도 마리안에 대한 제 사랑을 절대 포기하지 않을 것임을 아버지께 맹세하지요. 아버지한테서 그녀를 빼앗기 위해서라면 어떤 극단적인 행동이라도 불사할 것입니다. 아버지가 마리안 어머니의 동의를 얻으셨다면 저도 저를 위해 싸워 줄 다른 지원군이 있단 말입니다.

아르파공 뭐라고? 목매달아 죽일 놈! 네놈이 감히 내 것을 넘보겠다고?

클레앙트 아버지가 제 것을 넘보시는 겁니다. 시간상으로 제가 먼저니까요.

아르파공 내가 네 아비가 아니더냐? 아비를 공경해야 하는 거 몰라!

클레앙트 이 일은 자식이 아버지에게 복종하고 말고 할 문제가 아니에요. 사랑은 아무도 몰라보거든요.

아르파공 몽둥이질로 내가 누구인지 잘 알게 해주마.

클레앙트 아무리 위협해 봐야 소용없어요.

아르파공 마리안을 포기해.

클레앙트 천만에요.

아르파공 누구 가서 빨리 몽둥이 좀 가져오너라.

제4장

자크 영감, 아르파공, 클레앙트

자크 영감 잠깐, 이거 참, 나리들 이게 뭡니까? 어쩌시려고요?

클레앙트 그래 봤자 상관없어요.

자크 영감 도련님, 진정하세요.

아르파공 아비한테 말하는 꼴 좀 봐라!

자크 영감 나리, 제발요.

클레앙트 저는 절대 포기 안 해요.

자크 영감 아니, 도련님, 아버님한테 왜 그러세요?

아르파공 날 내버려 두래도!

자크 영감 아니, 뭐 하세요? 아드님이시잖아요? 저한테 그러시는 거야. 그렇다 쳐도요.

아르파공 자크 영감, 내 자네를 이 일의 심판관으로 삼아야겠네. 내가 얼마나 옳은지 보여 줘야겠어.

자크 영감 그러세요. (클레앙트에게) 그나저나 좀 물러서세요.

아르파공 내가 한 처녀를 좋아해서 결혼을 하려고 하네. 그런데 저 경을 쳐 죽일 놈이 뻔뻔스럽게 저도 그 여자를 사랑한다면서 내 뜻을 거스르고 구혼을 하겠다잖아.

자크 영감 아! 도련님이 잘못하셨네요.

아르파공 아들놈이 제 아비와 경쟁하려 들다니 이거야말로 가증스러운 일이 아닌가? 공경심이 있다면 아비의 애정 문제에 끼어드는 일은 당연히 삼가야 하는 거 아니냔 말이야?

자크 영감 나리 말씀이 옳다마다요. 제가 가서 도련님께 말씀드릴 테니 여기 가만 계세요.

그는 무대 다른 쪽 끝에 있는 클레앙트에게 간다.

클레앙트 그래, 좋아. 아버지가 자네를 심판관으로 삼으시겠다니 나도 물러서지 않겠네. 누가 심판관이든 하등 중요치 않아. 자크 영감, 나도 자네한테 우리 분쟁의 심판을 믿고 맡기겠네.

자크 영감 그래 주신다면 대단한 영광이지요.

클레앙트 나는 한 젊은 처녀에게 홀딱 반했어. 그 여자는 내 마음에 화답해 주고 내 사랑의 맹세를 부드럽게 받아 줬네. 그런데 아버지가 그 여자를 아내로 삼겠다고 청혼을 하면서 우리의 사랑을 방해하려 한단 말이야.

자크 영감 아버님이 전적으로 잘못하셨네요.

클레앙트 그 나이에 결혼이라니 도대체가 창피스럽지도 않나? 아직까지 사랑에 빠진다는 게 그분한테 가당키나 한 일이냐고? 이런 애정 문제는 젊은이들한테 넘겨주셔야 하는 거 아니야?

자크 영감 도련님 말씀이 옳지요. 나리께서 농담하시나 봐요. 가서 아버님께 몇 마디 드려 볼게요. (아르파공에게 다시 간다) 그게 말입니다요! 아드님은 나리가 말씀하신 것만큼 이상한 분은 아닙니다. 사리분별을 하시던데요. 아드님 말씀이 아버지를 공경해야 하는 것을 알고 있고, 처음에는 울컥해서 흥분도 하고 화도 났지만, 나리가 지금보다 좀 더 잘 대해 주시고 또 만족할 만한 배필을 찾아 주시기만 한다면 나리 마음에 들도록 순종하는 일을 거부하지 않으실 거랍니다.

아르파공 아! 자크 영감, 그런 조건이라면 나한테 뭐든 요구해도 좋다고 가서 전하게. 마리안만 아니라면 원하는 어떤 여자와 결혼해도 좋다고 말이야.

자크 영감 제게 맡기세요. (클레앙트에게 간다) 그게 말입니다요! 아버님은 도련님이 생각하시듯 비상식적인 분이 아니세요. 도련님이 흥분하셔서 아버님이 화가 났던 것이고, 단지 도련님의 행동거지가 못마땅하신 거라고 말씀하셨어요. 도련님이 아버님을 좀 더 따듯하게 대하고 아들이 아버지한테 마땅히 그래야 하듯 공손하게 아버님을 받들고 복종하시기만 하면 도련님이 원하는 바를 다 들어주실 생각이라 하십니다.

클레앙트 아! 자크 영감, 아버지가 마리안만 넘겨주신다면 이 세상의 어느 누구보다도 순종적인 아들이 될 거라고 말씀드리게. 아버지의 뜻에 어긋나는 일은 결단코 하지 않을 걸세.

자크 영감 다 됐습니다. 아드님이 나리 말씀에 동의하신답니다.

아르파공 일이 더할 나위 없이 잘 풀리는군!

자크 영감 만사가 해결됐습니다. 아버님이 도련님 약속에 흡족해하십니다.

클레앙트 하늘이 도우셨군!

자크 영감 자, 나리들, 이제 서로 말씀을 나누시기만 하면 됩니다. 이렇게 합의를 하셨잖아요. 아까는 서로 이해가 부족해서 싸움을 할 뻔하셨네요.

클레앙트 고마운 자크 영감, 이 은혜는 평생 잊지 않겠네.

자크 영감 별말씀을요, 도련님.

아르파공 자넨 날 기쁘게 했네. 자크 영감, 이건 상을 받아야 마땅한 일이지. 자, 가보게. 내 자네 수고는 잊지 않음세.

아르파공이 주머니에서 손수건을 꺼낸다. 그런 동작 때문에 자크 영감은 뭔가를 자기한테 줄 거라고 생각한다.

자크 영감 그럼 저는 이만 실례합니다.

제5장

클레앙트, 아르파공

클레앙트 용서하세요, 아버지. 제가 너무 흥분했었나 봅니다.

아르파공 괜찮다.

클레앙트 제가 무척 후회하고 있다는 걸 알아주십시오.

아르파공 네가 분별력을 되찾은 걸 보니 매우 기쁘다.

클레앙트 제 잘못을 이리도 빨리 잊어 주시다니 아버지는 참으로 어지신 분입니다!

아르파공 자식들이 제 본분을 되찾으면 잘못은 쉽게 잊는 법이지.

클레앙트 네? 제가 했던 지나친 행동들에 대해 아무런 원한도 없으시다는 말씀이세요?

아르파공 그거야 네가 내게 순종하고 공경하는 모습을 보이니 그럴 수밖에 없지.

클레앙트 아버지, 아버지의 너그러운 처사를 죽을 때까지 잊지 않겠다고 약속드릴게요.

아르파공 나는 네가 내게서 얻지 못할 것은 아무것도 없을 거라고 약속하마.

클레앙트 아, 아버지. 더 이상 아버지께 바랄 게 아무것도 없어요. 마리안을 제게 주신 것만으로 이미 충분합니다.

아르파공 뭐라고?

클레앙트 아버지, 전 너무나 만족하고 있고, 아버지께서 제게 마리안을 주신 너그러운 은혜만으로 모든 게 충족되었다고 말씀드리고 있습니다.

아르파공 누가 너한테 마리안을 준다고 하더냐?

클레앙트 아버지가요.

아르파공 내가?

클레앙트 그럼요.

아르파공 뭐라고? 마리안을 포기하겠다고 한 건 너였잖아.

클레앙트 제가 포기한다고요?

아르파공 그래.

클레앙트 천만에요.

아르파공 마리안한테 구혼하는 것을 단념하지 않았다고?

클레앙트 그 반대로 어느 때보다 그러고 싶은 마음이 간절한데요.

아르파공 뭐라! 이 육시랄 놈, 또 그 소리야?

클레앙트 그 어떤 것도 제 마음을 바꿀 수는 없어요.

아르파공 손을 좀 봐줘야겠구나. 이런 나쁜 놈 같으니.

클레앙트 좋으실 대로 하세요.

아르파공 이제 다시는 내 눈앞에 나타나지 마라.

클레앙트 그거 잘됐네요.

아르파공 네놈을 영영 내쫓아 버릴 게다.

클레앙트 그러세요.

아르파공 너는 이제 내 아들이 아니다.

클레앙트 알겠어요.

아르파공 유산은 어림도 없다.

클레앙트 마음대로 하세요.

아르파공 네놈을 저주할 게다.

클레앙트 그깟 재산 따위는 필요 없어요.

제6장

라 플레슈, 클레앙트

라 플레슈 (작은 상자를 들고 정원에서 나오며) 아! 도련님, 마침 잘 만났네요! 빨리 저를 따라오세요.

클레앙트 무슨 일이야?

라 플레슈 어서 따라오시라니까요. 이제 잘됐습니다.

클레앙트 뭐라고?

라 플레슈 여기 도련님한테 필요한 게 있어요.

클레앙트 뭔데?

라 플레슈 온종일 이걸 노리고 있었다니까요.

클레앙트 이게 뭐냐고?

라 플레슈 도련님 아버님의 보물인데, 제가 채가지고 왔습죠.

클레앙트 어떻게 한 거야?

라 플레슈 차차 다 알게 되실 거예요. 일단 피하십시다. 아버님이 고함치는 소리가 들려요.

제7장

아르파공

아르파공이 정원에서부터 〈도둑이야!〉 하고 소리를 지르며 모자도 쓰지 않고 달려 나온다.

아르파공 도둑이야! 도둑이야! 사람 살려! 사람 죽네! 하늘이시여! 정의를 내려 주소서! 난 망했어. 이제 죽었네. 내 목을 땄구나. 내 돈을 훔쳐 갔어. 대체 어느 놈이야? 어떻게 된 거야? 어디에 있지? 어디 숨은 거야? 놈을 찾으려면 어떻게 한다? 어디로 가야 하지? 어디로 가면 안 되지? 저기에는 없나? 여기에도 없나? 게 누구야? 잡아라. 내 돈을 내놔라, 이 고약한 놈! (그는 자기 팔을 잡는다) 아이고! 나로구나. 정신이 나가서 내가 어디 있는지, 내가 누군지, 그리고 내가 뭘 하는지도 모르겠군. 아아! 내 불쌍한 돈! 내 가엾은 돈! 나의 귀중한 벗아! 어떤 놈이 내게서 너를 앗아 갔구나. 너를 빼기고 나니 나한테는 이제 버팀목도, 위안도, 기쁨도 다 없구나. 나한테는 모든 게 끝장났어. 이 세상에서 더 이상 할 게 없어. 너 없이는 살 수가 없단 말이다. 다 끝났어. 더 이상 어쩔 수가 없어. 나 죽는다. 나는 죽었다. 아니 죽어서 벌써 땅에 묻힌 거야. 내 귀한 돈을 돌려주거나, 그 돈을 훔쳐 간 놈을 말해 주고 나를 다시 소생시켜 줄 사람 어디 없소? 어? 뭐라고 했소? 아무도 아니군. 그런 짓을 한 놈이 누구든 간에 아주 치밀하게 때를 노린 게 틀림없어. 내가 이 막돼먹은 아들놈과 얘기할 때를 정확히 선택한 걸 보니 말이야. 나가 보자. 가서 처벌을 요구하고 온 집안을 샅샅이 심문하게 해야지. 하녀들, 하인들, 아들놈, 딸년 그리고 나 자신까지도. 저기 사람들이 왜 저렇게 많이 모여 있지? 어느 누구를 봐도 의심의 눈초리를 던지지 않을 사람이 없군. 모두가 내 돈을 훔쳐 간 놈 같아. 한데 대체 저기선 무슨 얘기들을 하는 거야? 내 돈 훔친 놈 이야기를 하나? 저기 위쪽에서는 무슨 소리들을 해대는 건지? 도둑놈이 저기 있나? 제발 부탁이니 내 돈 훔쳐 간 놈 소식을 알거들랑 나한테 말 좀 해주시오. 거기 당신들 틈에 숨어 있는 게 아니오? 모두가 나를 쳐다보고는 웃기 시작하는군. 여러분도 아시다시피 저들도 모두가 내 집에서 일어난 도둑질과 연관이 있다오. 자, 빨리, 수사관 나리, 경관 나리, 법관 나리, 판사 나리, 형틀, 교수대하고 형리님들을 대령하라. 세상 사람 모두를 목매달아 버리고 싶구나. 만일 내 돈을 찾지 못한다면 제일 마지막에 나도 목을 매고 말 거야!

제5막

제1장

아르파공, 수사관, 그의 서기

수사관 내게 맡겨 주십시오. 나는 내 일을 잘 압니다. 천만다행입니다! 내가 오늘 처음으로 도난 사건을 맡는 것도 아니고 말이지요. 여태껏 내가 목매달게 한 사람 숫자만큼 많은 수의 돈 자루를 찾아낼 겁니다.

아르파공 모든 치안관이 이 일을 맡아서 처리해야 할 것이오. 만일 내 돈을 돌려받지 못한다면 나는 정의에 대한 심판을 요청하겠소.

수사관 필요한 모든 조치를 모조리 다 취해야지요. 그런데 그 상자 안에 뭐가 들어 있다고 하셨죠?

아르파공 정확히 1만 에퀴요.

수사관 1만 에퀴라고요?

아르파공 1만 에퀴.

수사관 액수가 매우 큰 도난 사건이군요.

아르파공 어떤 형벌을 가한들 이 어마어마한 범죄에는 충분치가 않소. 만일 이런 범죄가 처벌되지 않는다면 가장 성스러운 것들도 더 이상 안전하지 못한 거요.

수사관 그 돈은 어떤 종류의 화폐였지요?

아르파공 정량의 루이 금화와 피스톨 금화요.

수사관 누구 의심 가는 사람은 없습니까?

아르파공 세상 사람 전부 다요. 시내와 변두리 사람 누구나 할 것 없이 다 잡아넣었으면 싶소.

수사관 내 말을 믿으신다면 누구든 겁을 주면 안 돼요. 조심스럽게 증거를 수집한 다음, 당신한테서 훔쳐 간 돈을 정확하게 회수하도록 해야죠.

제2장

자크 영감, 아르파공, 수사관, 그의 서기

자크 영감 (무대 끝에서, 자기가 나온 쪽을 돌아보면서) 내 금방 돌아오마. 당장 그놈의 목을 따고, 발을 불에 그슬려서 펄펄 끓는 물에 넣었다가 천장에 매달아 놓아라.

아르파공 누구를? 내 돈 훔쳐 간 놈 말이냐?

자크 영감 나리의 집사님이 조금 전에 제게 보낸 젖먹이 돼지 얘깁니다요. 제 나름대로 요리를 해드리려고요.

아르파공 그런 건 지금 문제가 아니야. 여기 이분한테 다른 얘기를 해드려야 해.

수사관 절대 겁먹지 말게나. 나는 자네한테 해코지할 사람이 아니야. 모든 일이 원만히 진행될 걸세.

자크 영감 이분도 나리의 저녁 식사에 오시나요?

수사관 이봐, 여기선 자네 주인 나리한테 아무것도 숨겨서는 안 되네.

자크 영감 세상에! 나리, 제가 할 줄 아는 건 전부 보여 드리지요. 그리고 제가 할 수 있는 한 최대로 나리를 성심껏 모시겠습니다.

아르파공 그 이야기가 아니야.

자크 영감 만일 제가 원하는 만큼 좋은 음식을 차려 내지 못한다면 그건 우리 집사 나리의 잘못입니다요. 그 양반이 절약한답시고 날갯죽지를 잘라 놓았거든요.

아르파공 이 모리배 같은 놈! 저녁 먹는 거 말고 다른 문제란 말이다. 어느 놈이 가져간 내 돈 얘기를 하라고!

자크 영감 누가 나리 돈을 훔쳤다고요?

아르파공 그래, 이놈아. 그 돈을 돌려주지 않으면 네놈을 교수형에 처할 테다.

수사관 맙소사! 이 사람을 거칠게 대하지 마십시오. 얼굴을 보아하니 정직한 사람 같습니다만. 감옥에 가지 않고도 당신이 알고 싶은 얘기를 해줄 겁니다. 이보게, 사실을 다 털어놓아도 자네한테 해가 될 것은 전혀 없다네. 오히려 자네 주인이 적절한 보상을 하실 걸세. 오늘 어떤 놈이 자네 주인의 돈을 훔쳐 갔네. 자네가 이 사건에 대해 아는 바가 없을 수는 없겠지.

자크 영감 (방백) 이거야말로 우리 집사 녀석한테 복수하기 딱 좋은 기회로군. 녀석이 이 집에 들어온 이후 주인님의 총애를 한 몸에 받으니 모두가 그 녀석 말만 듣는단 말이야. 게다가 조금 전에 몽둥이로 맞은 일도 가슴에 한이 맺혔고.

아르파공 뭐라고 구시렁대는 게야?

수사관 내버려 두세요. 어르신을 만족시킬 준비를 하는 모양이지요. 정직한 사람이라고 말씀드렸잖아요.

자크 영감 나리께서 사실을 얘기하라고 하시니 말씀인데, 제 생각에는 아무래도 나리가 아끼시는 집사 양반이 그런 것 같습니다.

아르파공 발레르가?

자크 영감 네.

아르파공 그 친구는 내게 너무나 충직해 보이는데?

자크 영감 그 사람이에요. 저는 그자가 주인님의 돈을 훔쳤다고 생각합니다.

아르파공 대체 무슨 증거로 그렇다고 생각하지?

자크 영감 증거요?

아르파공 그래.

자크 영감 저는 그냥…… 그냥 그렇게 생각하는 건데요.

수사관 하지만 자네가 갖고 있는 단서를 이야기해야 하네.

아르파공 그 친구가 내가 돈을 놔둔 장소 주위를 배회하는 걸 봤느냐?

자크 영감 네, 그렇다마다요. 근데 돈이 어디에 있었는데요?

아르파공 정원에.

자크 영감 맞아요! 그자가 정원에서 서성대는 걸 봤어요. 그런데 돈은 어디에 들어 있었죠?

아르파공 상자 속에.

자크 영감 네, 바로 그거예요. 그자가 상자를 들고 있는 걸 봤어요.

아르파공 그런데 그 상자는 어떻게 생겼더냐? 그것이 내 상자인지 알아야겠다.

자크 영감 그 상자가 어떻게 생겼냐고요?

아르파공 그래.

자크 영감 그건…… 그건 상자처럼 생겼지요.

수사관 그야 당연한 거고. 상자가 어떤 건지 좀 더 자세히 묘사해 보게.

자크 영감 그것은 큰 상자였습니다.

아르파공 내가 도둑맞은 건 작은 상자야.

자크 영감 아, 그렇지요. 그런 뜻으로 따지자면 작은 상자지요. 하지만 저는 그 안에 든 것 때문에 크다고 했습지요.

수사관 상자는 무슨 색이던가?

자크 영감 무슨 색이냐고요?

수사관 그래.

자크 영감 그게 무슨 색이냐 하면…… 어떤 색이긴 한데…… 제가 말하는 데 도움을 좀 주지 않으시겠어요?

아르파공 뭐?

자크 영감 붉은색이 아니던가요?

아르파공 아니야. 회색이야.

자크 영감 아, 네, 적회색이요. 제가 말하려던 게 바로 그겁니다.

아르파공 의심의 여지가 없어. 그 상자가 분명해. 쓰세요, 수사관 나리. 이 녀석의 진술서를 써주세요. 이럴 수가! 이제 누굴 믿어야 하나? 더는 뭘 믿고 장담해서는 안 되겠어. 이런 일이 있고 나니 내가 내 돈을 훔치겠다는 생각까지 드는군.

자크 영감 나리, 저기 그자가 오네요. 하지만 제가 나리께 이 일을 일러바쳤다는 말씀은 삼가 주세요.

제3장

발레르, 아르파공, 수사관, 그의 서기, 자크 영감

아르파공 이리 가까이 와. 와서 전대미문의 가장 끔찍한 범죄와 가증스러운 행동을 저지른 것을 고백해 봐.

발레르 나리, 무슨 말씀이신지요?

아르파공 뭐라, 이 배신자, 네놈은 죄를 짓고도 얼굴 붉힐 줄 모르는구나.

발레르 아니, 대체 무슨 죄를 말씀하시는 겁니까?

아르파공 비열한 놈! 무슨 죄냐고? 내가 무슨 말을 하는지 모르는 척하는군. 숨기려 애써 봐야 소용없다. 네놈이 저지른 일이 밝혀졌고, 방금 전모를 들었으니까. 네가 나의 친절을 남용해서 고의로 내 집에 들어와 나를 등쳐 먹으려고 했단 말이지? 이런 식으로 골탕 먹이려고?

발레르 나리, 다 아시게 되었다니 핑계를 대지도 않고 사실을 부인하지도 않겠습니다.

자크 영감 아니! 이런! 이럴 줄은 몰랐는데, 내가 사실을 제대로 추측했단 말이야?

발레르 저도 나리께 말씀드릴 생각이었고, 적당한 때가 오기를 기다리고 있었습니다. 하지만 이왕 일이 이렇게 되었으니 부디 노여워 마시고 제 이야기를 들어 주십시오.

아르파공 이런 날강도 같은 놈! 대체 네놈이 내게 할 얘기가 뭐가 있단 말이냐?

발레르 아, 나리! 제게 그런 명칭은 합당하지 않습니다. 제가 나리께 잘못을 저지른 것은 사실입니다만, 잘 생각해 보면 제 잘못은 용서할 만한 겁니다.

아르파공 뭐라, 용서를 해? 이런 계획적인 음모와 살인 행위를?

발레르 제발 그렇게 화내지 마십시오. 제 말을 들어 보면 생각하시는 것만큼 해가 되는 일이 아니라는 걸 알게 되실 겁니다.

아르파공 생각보다 해가 되지 않는다고? 뭐? 내 혈육이자 내 오장육부인데! 이 목매달아 죽일 놈아!

발레르 나리의 혈육은 나쁜 인간의 수중에 떨어지지 않았습니다. 저는 나리의 피붙이를 욕보이지 않을 지위를 가지고 있습니다. 이 점에 대해서 바로잡지 못할 일은 아무것도 없습니다.

아르파공 내 의도가 바로 그거다. 그러니 네놈이 내게서 훔쳐 간 것을 도로 내게 반환하도록 해.

발레르 나리의 명예는 충분히 만족될 겁니다.

아르파공 이 일에 명예 따위는 관계없어. 한데, 말해 봐. 대체 누가 이런 짓을 자네에게 시켰지?

발레르 세상에! 그런 걸 꼭 물어보셔야 해요?

아르파공 그래, 진정으로 네놈에게 그걸 물어야겠다.

발레르 그거야 자기가 시킨 모든 일에 대해서 변명을 해주는 신이지요. 사랑의 신 말입니다.

아르파공 사랑의 신?

발레르 네.

아르파공 사랑? 사랑이라고? 나 원 참! 내 루이 금화를 사랑한다고?

발레르 아뇨, 나리. 제가 반한 것은 나리의 재산이 아니에요. 그것이 제 눈을 멀게 한 게 아닙니다. 제가 지금 갖고 있는 것만 허락해 주신다면, 나리의 전 재산은 탐낼 게 하나도 없습니다.

아르파공 아니 안 돼! 모든 악마의 이름으로도 그건 안 돼! 난 네놈한테 그걸 주지 않을 테다. 나한테서 훔쳐 간 것을 끝까지 가지고 있겠다고 우겨 대는 이 건방진 꼴 좀 봐라!

발레르 나리는 이걸 도둑질이라 부르나요?

아르파공 그럼 도둑질이라 부르지 뭐라고 불러? 이런 고귀한 보물을!

발레르 보물이지요. 사실입니다. 필시 나리가 가진 것 중 가장 소중한 보물일 겁니다. 하지만 제게 그것을 넘겨주신다고 해서 그걸 잃어버리는 것은 아닙니다. 이렇게 무릎을 꿇고 매력 가득한 그 보물을 제게 주십사 청합니다. 원만하게 처리하려면 그것을 제게 주셔야 합니다.

아르파공 그렇게는 못 해. 이게 대체 무슨 소리야?

발레르 저희는 서로 사랑의 맹세를 나눴습니다. 절대 헤어지지 않기로 서약을 했어요.

아르파공 서약 한번 기가 막히고 약속 한번 웃기는구먼!

발레르 네, 저희는 영원히 함께하자고 굳게 언약했습니다.

아르파공 내가 장담컨대 절대로 그렇게는 못 해.

발레르 죽음만이 저희를 갈라놓을 수 있습니다.

아르파공 내 돈에 아주 단단히 환장을 했구먼.

발레르 나리, 이미 말씀드렸다시피 제가 이런 일을 하게 된 것은 결코 이해관계 때문이 아닙니다. 제 마음은 절대 나리가 생각하시는 그런 동기로 움직이지 않았습니다. 저의 결단에는 더욱 고귀한 이유가 있어요.

아르파공 녀석이 내 재산을 탐내는 게 기독교적인 자비심 탓이라고 주장할 판이네. 하지만 나는 이 상황을 바로잡을 테고, 사법 당국이 모든 것의 시시시비를 가려 줄 것이다. 이 철면피 악당 놈아!

발레르 좋으실 대로 하십시오. 나리가 마음껏 폭력을 쓰신다

해도 참아 낼 준비가 되어 있습니다. 하지만 적어도 이것 하나만은 믿어 주십시오. 이 일에 잘못이 있다면 비난받을 사람은 오직 저일 뿐 따님께서는 이 일에 어떤 잘못도 없습니다.

아르파공 정말이지 나도 그렇게 생각한다. 내 딸이 이 범죄에 가담했다면 아주 이상한 일이겠지. 어쨌거나 나는 내 것을 다시 돌려받고 싶다. 어디서 그걸 훔쳐 갔는지 이실직고하지 못할까.

발레르 제가요? 저는 훔치지 않았습니다. 여전히 댁에 있습니다.

아르파공 아! 내 소중한 상자! 그것이 집을 떠나지 않았다고?

발레르 네, 나리.

아르파공 어이! 그럼 좀 더 말해 봐. 거기에 손을 대진 않았겠지?

발레르 제가 손을 대요? 아! 그 말씀은 저뿐 아니라 그분께도 모욕입니다. 제가 불태우는 이 사랑은 너무나 순수하고 존중이 담긴 것입니다.

아르파공 그것한테 사랑을 불태우다니!

발레르 조금이라도 무례한 생각을 품은 것으로 보이느니 차라리 죽는 게 낫습니다. 그러기엔 너무나 조신하고 정숙하니까요.

아르파공 그것이 너무나 정숙하다니!

발레르 저의 모든 욕망은 그저 바라보는 것만으로도 족했습니다. 어떤 사악한 생각도 그 아름다운 두 눈이 제게 불러

일으킨 열정을 더럽히지 못했습니다.

아르파공 그것의 눈이 아름답다고! 마치 자기 애인인 것처럼 얘길 하는군.

발레르 나리, 클로드 어멈이 이 일의 자초지종을 알고 있어요. 그러니 나리께 증언을 해드릴 수도…….

아르파공 뭐가 어째? 내 하녀가 이 일의 공범이라고?

발레르 네, 나리. 저희 둘이 맺은 언약의 목격자이죠. 제 순수한 열정을 알게 된 후에 따님을 설득해서 제 사랑을 받아들이게 도와주었어요.

아르파공 뭐? 법의 재판을 받는다니 두려워서 횡설수설하는 건가? 지금 내 딸에 대해 무슨 허튼소리를 지껄이는 거야?

발레르 나리, 제 말씀은요, 너무 수줍음을 타서 제 사랑이 원하는 바를 설득시키는 데 무진 애를 먹었다는 겁니다.

아르파공 누가 수줍음을 타?

발레르 따님 말씀입니다. 그래서 어제야 간신히 결혼 서약에 둘 다 서명하기로 그녀가 마음을 정했어요.

아르파공 내 딸이 너와의 결혼 서약에 서명을 했다고?

발레르 네, 나리. 저도 서명했습니다.

아르파공 오! 하느님 맙소사! 또 다른 불행이야!

자크 영감 (수사관에게) 쓰세요, 나리. 어서 쓰시라니까요.

아르파공 고통이 파도처럼 몰려오는군! 설상가상이야! 자, 수사관 양반, 어서 당신의 임무를 완수하시오. 절도범으로, 또 유혹자로 이놈에 대한 소송을 제기해 주시오.

발레르 그런 죄명은 저한테 합당한 것이 아닙니다. 제가 누군지 알게 되면…….

제4장

엘리즈, 마리안, 프로진, 아르파공, 발레르, 자크 영감, 수사관, 그의 서기

아르파공 아! 몹쓸 년 같으니! 나 같은 아비한테서 너 같은 딸이 나오다니! 내가 가르쳐 준 교훈을 이따위로 실행에 옮겼다고? 야비한 도둑놈한테 홀딱 빠져서 내 동의도 없이 결혼 서약을 했다고? 하지만 너희 둘 다 꿈 깨어야 할 거다. 앞으로 수녀원의 단단한 벽 네 개가 네 행실에 대한 답을 해줄 게다. 그리고 훌륭한 교수대가 네놈의 뻔뻔함을 심판해 줄 테고.

발레르 이 일은 홧김에 결정하실 문제가 아닙니다. 저를 단죄하시기 전에 먼저 제 얘기를 좀 들어 보세요.

아르파공 교수대라는 말은 잘못 나온 거고, 네놈은 산 채로 바퀴에 매달려 죽어야 해.

엘리즈 (아버지 앞에 무릎을 꿇고) 아, 아버지. 제발이지 인간적인 감정을 좀 가져 보세요. 그리고 아버지의 권위만 내세우시면서 문제를 극단으로 몰고 가지 말아 주세요. 분노의 첫 소용돌이에 휩쓸려 가지 마시고 천천히 아버지가 원하시는 것이 무엇인지 생각하실 시간을 가져 보시라고요. 아

버지가 불쾌하게 생각하시는 그 상대를 조금 더 잘 살펴봐 주세요. 이이는 아버지의 눈이 판단하는 것과는 전혀 다른 사람이에요. 이 사람이 아니었다면 이미 오래전에 아버지가 저를 잃었을 거라는 사실을 알게 되신다면, 제가 이 사람에게 저를 맡기기로 한 것이 그리 이상해 보이지 않을 거예요. 그래요, 아버지. 아버지도 아시다시피 제가 물에 빠져 큰 위험에 처했을 때 저를 구해 줬던 사람이 바로 이 사람이에요. 그러니 아버지는 이이한테 딸의 목숨을 빚지고 있는…….

아르파공 그따위는 아무것도 아니다. 이놈이 한 짓을 보면 널 그냥 물에 빠져 죽게 놔두는 게 나한테는 더 나았겠다.

엘리즈 아버지, 부디 부성애로 저를…….

아르파공 아니, 안 돼. 나는 아무 말도 듣고 싶지 않다. 정의가 제 의무를 다해야만 해.

자크 영감 나한테 몽둥이찜질을 한 대가를 치르게 될 거야.

프로진 이거 참, 일이 묘하게 꼬이는군.

제5장

앙셀므, 아르파공, 엘리즈, 마리안, 프로진, 발레르, 자크 영감, 수사관, 그의 서기

앙셀므 아르파공 나리, 대체 무슨 일입니까? 무척 흥분하신

듯 보입니다만.

아르파공 아! 앙셀므 나리. 보시다시피 저는 세상에서 가장 불행한 사람이올시다. 나리가 체결하러 오신 계약도 여러 가지로 차질이 생겼습니다. 어떤 놈이 내 재산을 유린하고 내 명예를 짓밟고 있습니다. 여기 불한당에다 극악무도하기까지 한 이 놈을 좀 보십시오. 놈은 모든 신성한 권리를 침해했어요. 하인 자격으로 내 집에 굴러 들어와서는 내 돈을 훔치고 내 딸까지 꼬여 냈지 뭡니까.

발레르 자꾸만 무슨 돈 얘기를 하시는데, 누가 나리의 돈을 신경이라도 쓴답니까?

아르파공 그래요, 자기들끼리 결혼 약속을 주고받았답니다. 앙셀므 나리, 이런 모욕은 나리와도 관련이 있지요. 그러니 나리야말로 저놈의 무례한 행동을 응징하기 위해서 법의 심판대에 올려 모든 재판 절차를 진행하셔야 합니다.

앙셀므 나는 강제로 내게 시집을 오게 하거나 다른 사람한테 가 있는 마음을 두고 뭘 요구하겠다는 생각 따윈 없어요. 하지만 당신의 관심사에 관한 한, 그것이 마치 내 일인 양 지지할 준비는 되어 있소.

아르파공 여기 성실한 수사관이 있습니다. 본인 말로는 직무와 관련된 사항은 어느 것 하나 소홀히 하지 않는답니다. 자, 수사관 나리, 마땅히 해야 할 바에 따라 저놈을 고발하고 아주 흉악한 범죄로 다루어 주시오.

발레르 나리의 따님에 대한 저의 열정에 어떤 죄목을 씌운다는 건지 이해가 안 되네요. 우리가 약혼했다고 해서 제가 받아야 할 형벌에 관한 한, 만일 제가 누군지 아시게 된다면…….

아르파공 그따위 이야기에는 개의치 않네. 요즘 세상은 베일에 싸인 신분을 이용해서 제멋대로 저명한 가문의 이름을 꾸며 내어 달고 다니면서 귀족 행세를 하는 모리배들과 가짜 귀족들이 사방 천지에 널렸단 말이야.

발레르 제 마음은 너무나 정직해서 남의 것을 가져와서 제 것인 양 치장할 줄 모릅니다. 그리고 저의 출생에 대해서는 나폴리 전체가 증언을 해줄 수 있어요.

앙셀므 워워! 자네가 하려는 말에 조심해야 할 걸세. 자넨 지금 생각보다 더 큰 위험을 무릅쓰고 있어. 자네 앞에는 나폴리를 속속들이 알고 있고, 자네 얘기의 진위를 어렵지 않게 판별할 수 있는 사람이 있다네.

발레르 (당당하게 모자를 쓰면서) 저는 어떤 것도 두려워할 사람이 아닙니다. 나리께서 나폴리를 잘 아신다니 동 토마 달뷔르시가 누구인지도 아시겠군요.

앙셀므 물론 알고말고. 나보다 그 양반을 잘 아는 사람은 별로 없을 걸세.

아르파공 동 토마든 동 마르탱이든 내 알 바 아니지.

앙셀므 제발, 이자가 말하게 놔두세요. 무슨 말을 하려는지 알게 되겠지요.

발레르 제 말씀은 그분이 저의 생부라는 겁니다.

앙셀므 그 사람이?

발레르 네.

앙셀므 이런, 농담을 하시는군. 좀 더 그럴싸한 다른 이야기를 찾아보시게나. 이런 식으로 사기 쳐서 위기를 모면할 생각일랑 말고.

발레르 말씀이 지나치시군요. 이건 사기가 아니에요. 저는 쉽게 입증할 수 없는 것은 그 무엇도 주장하지 않습니다.

앙셀므 뭐라? 자네가 감히 동 토마 달뷔르시의 아들이라 자처한다는 말인가?

발레르 네, 감히 그러합니다. 누가 됐든 간에 맞서서 이 진실을 입증할 준비가 되어 있습니다.

앙셀므 용기가 가상하군. 자네가 꼼짝 못 할 만한 사실을 하나 알려 주겠네. 적어도 16년 전에 자네가 지금 말하고 있는 그 사람은 나폴리 내란의 와중에 여러 고명한 귀족 가문들을 망명하게 만든 잔인한 학살로부터 가족들의 생명을 지키려고 도망치던 중 바다에서 자식들과 아내와 함께 죽고 말았네.

발레르 맞습니다. 하지만 이번에는 어르신이 꼼짝 못 하시게 저도 한 말씀 드리지요. 당시 그분의 아들은 일곱 살이었는데, 하인 하나와 함께 스페인 선박에 의해 난파선에서 구조되었고, 구조된 그 아들이 바로 어르신께 얘기하고 있는 이 사람입니다. 그 배의 선장이 제 불행을 가여워하면서 호의를 베풀어 저를 친자식처럼 키워 주셨지요. 그 후 일할 수 있는 나이가 됐을 때 군대에서 일을 시작했습니다. 그런데 바로 얼마 전에 늘 돌아가셨다고 생각해 왔던 아버지가 살아 계시다는 사실을 알게 되었지요. 아버지를 찾아 길을 나셨다가 여기를 지나는 길에 천우신조로 사랑스러운 엘리즈를 만나게 된 것입니다. 그녀를 본 순간 저는 아름다운 그녀의 노예가 되어 버렸지요. 제 사랑은 열렬했지만 그녀의 아버지가 완고하셔서 결국 그분의 집에 들어가 일하기로 작정했고, 부모님은 다른 이를 보내 찾도록 했습니다.

앙셀므 하지만 자네의 말 외에 다른 어떤 증거로 자네의 이야기가 몇 가지 사실을 토대로 제법 그럴싸하게 꾸며 낸 것이 아니라는 걸 증명할 수 있지?

발레르 스페인 사람인 선장님과 아버지가 지니고 계셨던 루비 인장, 어머니가 제 팔목에 채워 주셨던 마노 팔찌, 그리고 저와 함께 난파선에서 구조되었던 충직한 하인 페드로가 있지요.

마리안 맙소사! 그 말을 들으니 당신이 절대 거짓말을 하는 게 아니라는 걸 제가 증명할 수 있어요. 그리고 지금 말씀하신 모든 사실로써 당신이 제 오라버니라는 것을 분명히 알게 됐어요.

발레르 당신이 내 누이라고?

마리안 네. 당신이 입을 연 그 순간부터 제 가슴은 떨리기 시작했어요. 어머니가 오라버니를 보면 정말 기뻐하실 거예요. 어머니는 제게 우리 집안의 불행을 수도 없이 얘기해 주셨어요. 하늘이 도우셔서 저와 어머니도 그 끔찍한 난파선에서 목숨을 건질 수 있었어요. 하지만 생명을 얻는 대가로 자유를 잃을 수밖에 없었지요. 난파선의 잔해에서 어머니와 저를 거둔 것은 해적들이었어요. 10년간의 노예 생활 끝에 운 좋게 자유를 얻게 되어 우리는 나폴리로 돌아갔지요. 그런데 우리의 재산은 전부 다 팔렸고, 아버지의 소식은 들을 수가 없었어요. 우리는 제노바로 갔어요. 어머니는 거기서 여기저기 찢어 발겨져 얼마 안 되는 유산 상속분을 찾으려 했답니다. 하지만 어머니 친척들의 악랄한 횡포를 견디다 못해 이곳으로 건너오게 된 거예요. 어머니는 여기서 고통스러운 삶만을 사셨어요.

앙셀므 오, 하늘이시여! 당신의 권능은 실로 어마어마하군요! 기적을 일으키는 건 오직 하늘에만 달려 있음을 너무도 여실히 보여 주다니! 얘들아, 어서 와서 나를 안아 다오. 그리고 너희 둘의 기쁨을 이 아비의 기쁨에 더하자꾸나.

발레르 당신이 우리 아버지라고요?

마리안 어머니가 그토록 슬피 애도하던 분이 당신이라고요?

앙셀므 그래, 내 딸아! 그렇단다, 내 아들아! 내가 바로 동 토마 달뷔르시다. 천우신조로 내가 지녔던 돈을 전부 가지고 풍랑이 이는 바다에서 탈출할 수 있었지. 16년이 넘도록 나는 너희 모두가 죽은 줄로만 알았다. 그래서 오랜 여행 끝에 사랑스럽고 참한 여자를 배우자로 맞아 새로운 가정을 일구어 위로를 삼으려던 참이었다. 나폴리에서는 절대 안전하게 살 수 없을 것 같아 그곳으로 돌아갈 생각은 애초에 버렸었지. 다행히 거기 있던 재산을 팔 수 있는 방법을 찾게 되어서 앙셀므라는 새 이름으로 이곳에 완전히 정착을 하려고 했던 거란다. 나한테 너무나 많은 시련을 안겨 주었던 예전 이름을 쓰기가 괴로워서 벗어나려고 했었던 거야.

아르파공 이자가 당신 아들이오?

앙셀므 그렇소.

아르파공 이자가 내게서 훔쳐 간 1만 에퀴를 당신이 물어내도록 소송을 걸겠소.

앙셀므 이 애가 당신 돈을 훔쳤다고요?

아르파공 바로 그자요.

발레르 누가 그런 말을 했나요?

아르파공 자크 영감이.

발레르 자네가 그렇게 말했나?

자크 영감 보시다시피 저는 아무 말도 안 합니다.

아르파공 그렇다니까. 여기 수사관 나리가 진술서를 받아 놓았네.

발레르 제가 그런 비열한 행동을 할 수 있다고 생각하십니까?

아르파공 할 수 있거나 말거나 난 내 돈을 되찾아야겠어.

제6장

클레앙트, 발레르, 마리안, 엘리즈, 프로진, 아르파공, 앙셀므,
자크 영감, 라 플레슈, 수사관, 그의 서기

클레앙트 아버지, 그렇게 괴로워하지 마세요. 그리고 생사람도 잡지 마세요. 도난 사건과 관련된 소식을 알게 되어 아버지께 말씀드리러 왔습니다. 만일 제가 마리안과 결혼하

는 데 동의해 주신다면 돈을 돌려받을 수 있으실 거예요.

아르파공 돈이 어디 있는데?

클레앙트 그거라면 절대 염려하지 마세요. 제가 보증할 수 있는 장소에 있고, 모든 것은 저한테 달려 있어요. 이제 아버지가 어떻게 결정하셨는지 말씀해 주실 차례입니다. 마리안을 제게 주시든가, 아버지의 돈 상자를 잃어버리시든가 아버지께서 선택하세요.

아르파공 일전 한 푼 없어지진 않았지?

클레앙트 한 푼도요. 자, 아버님이 이 결혼을 승낙하고, 마리안이 아버지와 저 중에서 자유롭게 선택하도록 허락해 주신 마리안 어머님의 결정에 따르실 건지 알려 주세요.

마리안 하지만 이젠 어머니의 승낙만으로 충분치 않다는 것을 아셔야 해요. 하늘이 도와서 방금 제가 오라버니와 함께 아버지까지 되찾게 되었어요. 그러니 저를 얻으시려면 아버지의 동의를 얻어야만 합니다.

앙셀므 얘들아, 하늘은 너희 뜻에 반대하라고 나를 너희들에게 돌려준 것이 아니다. 아르파공 나리, 댁도 젊은 처녀가 아버지 대신 아들 쪽을 선택하는 게 당연하다고 생각하시지요? 자, 들을 필요가 없는 말은 하지 마시고 나와 함께 이 두 쌍의 결혼을 승낙해 줍시다.

아르파공 내게 이래라저래라 충고를 하려면 일단 내 돈 상자부터 봐야겠소.

클레앙트 그건 멀쩡하게 온전히 잘 있어요.

아르파공 나는 우리 애들 결혼에 쓸 돈이 없다오.

앙셀므 좋아요! 그 돈은 나한테 있소. 그러니 그런 걱정일랑 하지 마시오.

아르파공 두 쌍의 결혼식 비용도 댁이 전부 부담하겠다는 말이오?

앙셀므 네, 그러지요. 이제 만족하시오?

아르파공 그래요. 내게 결혼식에서 입을 옷을 한 벌 해주신다면야.

앙셀므 그럽시다. 오늘같이 행복한 날이 우리에게 주는 기쁨을 즐기러 갑시다.

수사관 잠깐, 나리들, 멈추세요. 자자, 제발 천천히 합시다. 어느 분이 내 소장 비용을 내시겠소?

아르파공 우린 당신이 작성한 글로 아무것도 할 게 없소.

수사관 그래요! 하지만 내가 그 일을 괜히 한 건 아니잖아요.

아르파공 (자크 영감을 가리키며) 여기 당신한테 지불할 비용으로 목매달 놈이 하나 있소이다.

자크 영감 이런! 저더러 어쩌라고요? 사실을 말하면 몽둥이질을 하고, 거짓말을 하면 목매달겠다고 하니.

앙셀므 아르파공 나리, 이 사기꾼을 용서하시지요.

아르파공 그럼 댁이 수사관한테 돈을 지불하시겠소?

앙셀므 그리하리다. 자, 우리는 빨리 가서 너희 엄마와 함께 기쁨을 나누자꾸나.

아르파공 그럼 나는 내 소중한 돈 상자를 보러 가야지.

남편들의 학교

헌사

국왕의 유일한 형제이신 오를레앙 대공 존하

존하,

제가 여기서 프랑스에 내보이려 하는 일은 전혀 균형이 맞지 않는 어떤 것입니다. 소신이 이 책의 서두에 써서 바친 이름보다 더 위대하고 찬란한 것은 없는데, 이 책의 내용보다 더 비천한 것은 아무것도 없으니까요. 사람들 모두가 이 조합을 기이하다고 여길 것입니다. 몇몇 사람들은 그 비대칭성을 표현하면서 이는 흙으로 빚은 조상에 진주와 다이아몬드 왕관을 씌우는 꼴이며, 변변찮은 오두막에 들어가기 위해 웅장한 회랑들과 화려한 아치들을 거쳐야 하는 것과 다를 바 없다고 말할지도 모릅니다. 하지만 대공 존하, 소신에게 핑곗거리가 있다면 그것은 이번 경우 제게는 선택의 여지가 없었고, 존하께 소속되어 있다[1]는 명예로움이 제 스스로 세상

1 이 작품이 출간된 1661년 당시 몰리에르는 스물한 살도 채 안 된 갓 결혼한 오를레앙 공작의 후원을 받는 극단을 이끌고 있었다. 1658년 봄에 루앙

에 내놓은 첫 번째 작품[2]을 존하께 헌정하는 것을 절대적인 요구로 만들었다는 사실입니다. 이것은 제가 존하께 바치는 선물이 아니라 이행해야만 하는 의무입니다. 또한 사람이란 결코 그들이 짊어진 것으로만 가늠되는 것은 아닙니다. 하여 존하, 저는 그것 말고는 다른 도리가 없었기에 감히 이 하찮은 작품을 대공 존하께 헌정하기로 했습니다. 제가 여기서 존하에 관한 아름답고 영광스러운 진실들에 대해 더 길게 찬사를 늘어놓지 않는 이유는, 그러한 훌륭한 생각들로 인해 저의 하찮은 봉헌물이 더 가치 없어 보이지는 않을까 저어되는 까닭입니다. 저는 언젠가 존하에 관한 그토록 멋진 이야기를 펼쳐 놓을 더 적절한 기회가 오기를 기다리면서 제 스스로에게 침묵을 명했습니다. 제가 이 헌사에서 의도했던 것은 그저 온 프랑스에 저의 행동을 정당화하는 동시에 소신이 존하의 매우 순종적이고 충실한 종임을 가능한 한 모든 복종과 함께 존하께 말씀드리는 영광을 누리는 것입니다.

존하의 충복 몰리에르 경백

에 정착했던 몰리에르 극단은 왕제 오를레앙 공작의 후원을 받게 되고, 그의 주선으로 그해 10월 루브르궁에서 최초의 왕실 공연을 하게 된 후 왕과 궁정 인사들의 열렬한 반응에 힘입어 파리 입성을 이루었다.

2 1660년 5월에 공연된 「스가나렐 또는 상상으로 오쟁이 진 남자Sganarelle ou Le cocu imaginaire」는 뇌빌냉Neuvillenaine에 의해 차용되었고, 1659년 11월 무대에 올랐던 「우스꽝스러운 재녀들Les précieuses ridicules」의 경우는 몰리에르가 개인적으로 인쇄본만 만들었다. 한편, 「남편들의 학교」와 같은 해에 공연된 「나바르의 동 가르시Dom Garcie de Navarre」는 극본을 도둑맞는 바람에 몰리에르 사후인 1682년이 되어서야 출간되었다.

등장인물

스가나렐과 아리스트 형제
이자벨과 레오노르 자매
리제트 레오노르의 하녀
발레르 이자벨의 연인
에르가스트 발레르의 하인
수사관
공증인

장소

파리

제1막

제1장

스가나렐, 아리스트

스가나렐

형님, 부탁이니 이야기는 많이 하지 말고
각자 하고 싶은 대로 하면서 사십시다.
비록 형님이 나보다 연장자이고,
현명할 수밖에 없게끔 충분히 나이를 잡수셨지만,
5 그래도 형님께 내 뜻을 말씀드리자면
난 형님의 책망 따위는 절대 받아들이지 않을 테고,
내 욕망이야말로 내가 따를 유일한 조언자이며,
내 생활 방식에 꽤 만족하고 있다 이겁니다.

아리스트

하지만 누구나 그걸 비난하지.

스가나렐

그렇겠지요, 형님.

형님 같은 바보들은요.

아리스트

정말 고맙구나. 칭찬이 달콤하네. 10

스가나렐

말은 뭐든 들어 봐야 하니, 어디 한 번 알아나 봅시다.

이 훌륭한 검열관들이 내게서 뭘 비난하는 건지요.

아리스트

그 거칠고 냉혹한 성미 때문에

사회의 모든 온유함을 피하는 데다가

너의 모든 행동거지가, 심지어 옷차림까지도 15

하도 별나서 세련되지 못하게 보인다는 거야.

스가나렐

그러니까 그 말은 내가 유행의 노예가 되어야 하고,

나 자신을 위해 옷을 입으면 안 된다는 말이군요!

설마하니 그 같잖은 헛소리를 하면서

내 친애하는 형님께서는 (고맙게도 당신은 내 형이시고, 20

그것도 숨김없이 말하자면 스무 살이나 많으시지요.

물론 그야 애써 말할 필요도 없는 것이긴 합니다만)

내가 형님의 그 어린 은방울꽃 멋쟁이들[3]이 하는 식으로
옷을 차려입고 다니기를 바라시는 건 아니겠지요?
25 어리석은 머리에 바람이 잘 들게 하는
그따위 조그만 모자를 착용하고,
과도하게 부풀린 컬 때문에 얼굴 모양을 가리는
그런 금발 가발[4]을 쓰라는 겁니까?
겨드랑이 아래에서 딱 떨어지는 꼭 끼는 짧은 저고리에
30 배꼽까지 내려오는 커다란 칼라,
식사 중에 소스를 묻힐 수밖에 없는 소매를 달고,
오 드 쇼스[5]라고 불리는 바지를 입으라는 말씀인가요?
리본으로 뒤덮인 예쁘장한 신발을 신고서
형님처럼 깃털 달린 비둘기 꼴을 하라고요?
35 노예가 족쇄를 차듯이 매일 아침 무릎 아래에
레이스와 리본을 주렁주렁 매단 채로
젊은 멋쟁이 한량들이 깃털 꽂은 셔틀콕처럼

3 원문의 표현은 *vos jeunes muguets*. 여기서 *muguet*는 은방울꽃 향수를 뿌리고 다니는 우아한 젊은이를 뜻한다. 예전에 궁중의 세련된 조신들이 은방울꽃을 조끼 단추 구멍에 꽂고 다니거나 그 꽃의 원액으로 만든 향수를 뿌리고 다닌 데서 비롯된 표현이다.

4 몰리에르 시대에는 남성들도 곱슬머리처럼 컬을 부풀린 긴 머리 가발을 썼는데, 이때 가발의 머리색은 가능한 한 흰색에 가까운 밝은 빛이 나는 것을 사용했다. 이런 이유로 당대 유행의 첨단을 걷던 젊은이들을 〈금발 머리 미남〉이라는 뜻의 *blondin*이라고 불렀다. 루이 14세는 1673년이 되어서야 가발을 쓰기 시작했다.

5 *haut de chausse*. 16~17세기 서양에서 유행한 허벅지 중간 길이의 남성용 반바지를 말한다. 안을 메워 부풀게 하거나 트임을 넣어 안감이 보이게 하는 등 여러 가지 방법으로 장식했다.

다리를 한껏 벌리고 돌아다니는 것처럼요?
내가 그렇게 차려입고 다니면 필시 형님은 좋아하겠지요.
보아하니 형님 옷차림이 딱 그 우스꽝스러운 모양새로군요. 40

아리스트

항상 다수의 의견에 동의해야 하는 법이야.
절대 사람들의 이목을 끌어서는 안 돼.
어느 쪽이든 극단은 충격을 주기 마련이니, 현명한 사람이라면
말을 할 때와 마찬가지로 옷을 입을 때도
지나치게 꾸미지는 않되, 서두르지 않으면서도 45
관습이 변하는 대로 따라야 해.
내 말은 유행을 지나치게 신봉하면서
첨단을 놓고 경쟁을 즐기는 나머지
다른 사람이 저보다 더 앞서 나가면
화를 내고 마는 사람들의 방식을 따르자는 게 아니야. 50
그러나 이유가 뭐가 됐든 모든 사람이
따르는 것을 고집스레 피하는 것은 잘못이라는 얘기지.
모든 이들에 반해 혼자 현명한 사람으로 남느니
바보들과 함께 있는 걸 참는 게 더 나은 일이야.

스가나렐

듣자 하니 노인네가 사람들의 눈을 속이려고 55
흰머리를 검은색 가발로 감추는 냄새가 납니다요.

아리스트

참으로 묘한 것이 너는 언제나 내게
나이를 들먹이면서 힐난을 하는구나.
게다가 내 명랑한 성격과 옷차림까지도
60 비난을 하지 못해 안달을 내고 말이야.
노인이란 어떤 즐거움도 누릴 수 없는 신세니
그저 죽는 것만 생각해야 하는 것처럼.
늙는다고 꼭 추해지는 것은 아니고,
단정치 못하거나 시무룩하게 있지도 않아.

스가나렐

65 어쨌든 간에 나는 분명히
내 옷차림을 고수할 생각입니다.
유행과 상관없이 머리 전체를
편안하게 감싸 주는 모자를 원해요.
길이가 충분하고 단추로 잘 여며지는 멋진 저고리가
70 소화가 잘 되게끔 위를 따듯하게 감싸 주면 좋겠고,
내 허벅지에 꼭 맞는 바지와
발에 고문을 가하지 않는 구두 한 켤레도요.
우리 조상들이 현명하게 입어 왔던 그 방식 그대로 말이지요.
내 모습이 맘에 안 드는 사람은 눈을 감으면 그만입니다.

제2장

레오노르, 이자벨, 리제트, 아리스트, 스가나렐

레오노르

(이자벨에게)

넌 혼날지도 모르니까 내가 다 알아서 할게. 75

리제트

(이자벨에게)

사람들도 보지 않고 방에만 있는 거예요?

이자벨

그자는 그런 사람이야.

레오노르

내 동생, 가엾기도 해라.

리제트

(레오노르에게)

아가씨, 그분 형님은 성격이 정반대라 참말로 다행이에요.

운명이 친절하게도 아가씨를

합리적인 분의 손에 맡겨 주셨지 뭐예요. 80

이자벨

오늘 그 사람이 나를 방에 가두지도 않고
데리고 나가지도 않은 건 진짜 기적이야.

리제트

정말 그분을 스페인 러프[6]와 함께 악마한테 보낼까 봐요.
그리고…….

스가나렐

이거 참 죄송합니다만, 지금 어디 가는 거지?

레오노르

85 아직 모르겠어요. 그저 동생을 재촉해서
이 쾌적하고 좋은 날씨를 즐기자고 하던 참이에요.
하지만…….

스가나렐

(레오노르에게)
너는 원하는 곳 어디든 갈 수 있지.
(리제트에게)
너도 뛰기만 하면 되겠네. 그래 둘이서 같이 말이야.

6 스페인 러프는 앙리 4세 말기부터 루이 13세를 거쳐 루이 14세 통치 초기까지 유행하던 레이스가 달린 평평한 테두리 칼라로, 1661년에도 여전히 이 칼라를 착용하는 사람은 매우 구식으로 여겨졌다.

(이자벨에게)

하지만 넌, 안됐지만, 외출 금지야.

아리스트

이런! 아우님, 걔들이 같이 놀러 가게 놔두시게나. 90

스가나렐

아니, 됐습니다, 형님.

아리스트

젊은이들은

바라는 게…….

스가나렐

젊은이들은 어리석지요. 때로는 노인네들도요.

아리스트

그 애가 레오노르랑 있는 게 해가 된다고 생각하나?

스가나렐

꼭 그런 건 아니지만 아무래도 나랑 있는 편이 더 낫겠죠.

아리스트

하지만…….

스가나렐

95 그 애의 행동은 나의 지도를 받아야 해요.
요컨대 난 거기에 신경을 써야 한다는 걸 안단 말입니다.

아리스트

나는 그 애 언니의 행실에 관심이 덜하단 뜻이냐?

스가나렐

맙소사! 각자 추론을 하고 좋은 대로 행하는 거지요.
이 애들은 부모가 없고, 우리 친구인 애들 아버지가
100 임종하면서 우리한테 딸들의 양육을 맡겼어요.
그러면서 나중에 이 애들과 결혼을 하든지,
혹 거절할 거라면 잘 조치해 달라고 부탁했지요.
애들에 대해서는 계약에 의해 어릴 적부터 우리에게
아버지와 남편으로서의 전적인 권리가 주어졌어요.
105 형님은 저 애를 양육하느라 애를 썼고,
나는 이 애를 맡아 돌보고 키웠지요.
형님 딸은 형님 뜻대로 지도하시고,
내 딸은 제발 내 생각대로 관리하게 놔두세요.

아리스트

내가 보기에…….

스가나렐

아예 공개적으로 말해 두지요.

이런 주제에 대해서는 할 말을 해야 하니까요. 110
형님은 따님이 멋 부리고 맵시 있게 꾸미는 걸 내버려 두죠.
좋습니다. 걔한테 하인들과 하녀를 붙여 주신 것도
동의해요. 걔가 싸돌아다니고 게으름 피우는 걸 좋아하고
멋쟁이 도련님들한테 자유로이 구애를 받는 것도
매우 만족스럽고요. 하지만 내 딸만큼은 115
그 아이의 뜻이 아니라 내 생각대로 살게 할 작정입니다.
적당한 서지 천으로 의복을 만들어 입고
검은색 나사 천 옷은 오직 휴일에만 입어야 해요.
얌전히 집 안에 틀어 박혀서
집안 살림에 전념하고, 120
여가 시간에는 속옷을 손질하거나
재미 삼아 양말을 뜨개질해야 합니다.
멋쟁이 젊은이들 이야기에는 귀를 닫고
감시하는 사람 없이는 절대 밖으로 나가서도 안 돼요.
요컨대 육체란 나약하죠. 나도 소문들을 듣고 있어요. 125
할 수만 있다면 절대 오쟁이 같은 것은 지고 싶지 않아요.
나와 결혼하는 게 그 애의 운명이라면,
나도 책임지고 그 애의 일을 도맡을 거요.

이자벨

제 생각에 아버지는 그럴 이유가 없어…….

스가나렐

잠자코 있어.

130 우리 없이 외출해야 한다는 걸 분명히 알려 줘야겠구나.

레오노르

뭐라고요, 숙부님?

스가나렐

허 참, 얘야! 더 이상 말 낭비 말거라.

넌 지나치게 얌전하니 너한테는 말하지 않으마.

레오노르

이자벨이 저희랑 있는 걸 마지못해 참아 주시는 건가요?

스가나렐

그래, 솔직히 말하면 네가 그 애를 망치고 있어.

135 네가 여기 오면 내 기분을 잡치게 만들어서

내가 체면을 차릴 수 없게 된단 말이다.

레오노르

제 마음도 숙부님께 솔직하게 털어놓아 볼까요?

저는 동생이 어떤 눈으로 이 모든 걸 보고 있는지는 몰라요.

하지만 불신이 제게 미칠 수 있는 영향만큼은 알고 있어요.

140 우리는 같은 부모한테서 태어났지만

매일 숙부님의 방식대로 그 애를 사랑해야 한다면
자매라고 보기에는 서로 너무나 달라질 거예요.

리제트

정말이지 이 모든 걱정 근심들은 수치스러워요.
우리가 여자들을 감금하는 튀르크에 살고 있나요?
사람들 말이 거기선 여자들을 노예로 잡아 두고 있는데, 145
그 때문에 튀르크인들이 신의 저주를 받았다고 하대요.
우리 여자들의 명예란 정말이지 깨지기 쉬운 거랍니다.
만약 그 명예가 계속해서 지켜져야 하는 거라면,
요컨대 나리는 이런 예방책들로
우리의 의도에 빗장을 지를 수 있다고 생각하세요? 150
우리가 머릿속에서 뭔가를 생각하더라도
가장 영리한 남자는 당나귀가 되지 않을 거라고요?
이런 식으로 감시하는 건 죄다 어리석은 생각일 뿐이에요.
제일 확실한 방법은 그저 우리를 믿는 거랍니다.
우릴 구속하는 사람은 스스로 위험을 자처하는 거예요. 155
우리 여자들의 명예는 늘 자신을 지키려 하니까요.
우리를 죄로부터 막겠다고 무진 애를 쓰는 것은
우리에게 죄를 짓고 싶은 마음을 일깨우는 거나 매한가지죠.
나중에 행여 남편이 저를 의심이라도 하는 날에는
그이의 두려움을 사실로 확인해 주고픈 심보가 커질걸요. 160

스가나렐

자, 고명하신 선생 양반, 이게 형님의 교육입니다.
그런데도 이런 얘기를 태연하게 묵인하신단 말씀이죠.

아리스트

아우님, 그 애의 말은 그저 웃어넘길 일이네.
걔가 말하려는 것에는 맞는 얘기도 좀 있고 말이야.
165 여성들이란 약간의 자유를 누리는 걸 좋아하네.
불행히도 너무 많은 엄격한 구속으로 매여 있지 않은가.
의심 때문에 행하는 조치들, 자물쇠, 철창들은
아내와 딸들의 미덕을 만들지 못한다네.
그녀들을 의무 안에 붙잡아 두는 것은 명예지
170 우리가 가하는 엄격함이 아니란 말이야.
솔직히 말해 강요에 의해서만
얌전해지는 여자라면 실로 기이한 일이 아니겠는가.
여자들의 모든 행동을 지배하려 해봐야 헛일일세.
나는 우리가 얻어야 하는 건 마음이라고 생각해.
175 해서 말인데, 난 아무리 주의를 기울인다 한들
결국에는 자기를 엄습하게 될 욕망 속으로
떨어질 기회만을 필요로 하는 그런 여자의 손에
내 명예를 맡기고픈 생각은 추호도 없네.

스가나렐

그건 다 헛소리요.

아리스트

좋아. 하지만 말을 계속하자면

우리는 즐겁게 웃으면서 젊은이들을 가르치고, 180
그들의 결점을 아주 부드럽게 꾸짖고,
미덕이라는 이름으로 그들에게 두려움을 주어서는 안 돼.
레오노르에 대한 나의 보살핌은 이런 교훈을 따랐네.
나는 사소한 탈선을 절대 죄로 여기지 않았고,
젊은 혈기에서 비롯된 욕망들을 언제나 용인해 주었지. 185
하늘의 가호로 난 한 번도 그것을 후회한 적이 없어.
나는 그 애가 사교계 사람들을 만나고,
여흥을 즐기고, 무도회와 연극을 보러 가는 걸 허락했지.
이런 것들은 내가 늘 그렇게 생각해 왔듯이
젊은이들의 정신을 형성하는 데 퍽이나 적합한 것이야. 190
세상의 학교는 살면서 들이쉬는 공기처럼
어떤 책보다 더 잘 가르친다는 게 내 생각일세.
그 아이는 옷과 내의류, 리본을 사는 데 돈 쓰기를 좋아하지.
그게 어쨌단 말인가? 나는 그 애의 소원을 들어주려고 애쓰네.
그건 우리가 돈이 있을 때, 우리 가족의 일원인 195
젊은 처녀들한테 해줄 수 있는 즐거움이 아니겠나.
그 애는 제 부친의 뜻에 따라 나와 결혼해야 하지.
그렇다고 해서 그 아이를 전제적으로 대할 생각은 없네.
나는 우리 나이가 서로 어울리지 않는다는 걸 알고 있어.
그래서 그 애한테 전적으로 선택의 자유를 줄 생각이야. 200
만일 연 4천 에퀴씩 들어오는 안정된 수입과

크나큰 애정, 그리고 너그러운 배려가
걔한테 우리의 나이 차를 극복하고
이 결혼을 하는 게 좋겠다는 생각이 들게 하면
205 나와 결혼하는 거고, 아니면 다른 사람을 택하는 거지.
만일 그 애가 나 없이 더 행복할 수 있다면 난 반대하지 않네.
자기 의사에 반해서 억지로 나랑 결혼하느니 차라리
그 애가 다른 사람과 결혼하는 걸 보는 편이 더 낫겠네.

스가나렐

하! 어쩜 이리 다정하실 수가! 달달한 게 꿀 떨어지겠소!

아리스트

210 여하튼 그건 내 기질이고, 그에 대해 하늘에 감사하네.
난 절대 아이들이 아버지가 죽는 날만 손꼽아 세게 만드는
그런 엄격한 규칙 따위는 지키지 않을 거야.

스가나렐

하지만 젊을 때 멋대로 하던 짓거리를
그만두기란 쉬운 일이 아니죠.
215 나중에 그 애의 생활 방식을 바꿔야 할 때
걔의 감정은 형님 뜻을 따르지 않을걸요.

아리스트

한데 왜 그걸 바꿔야 하지?

스가나렐

왜냐고요?

아리스트

그래.

스가나렐

그야 저도 모르죠.

아리스트

거기에 명예에 상처를 입힐 게 뭐라도 있나?

스가나렐

뭐요? 형님이 그 애와 결혼하면
처녀 시절 누렸던 자유를 똑같이 요구하지 않겠어요? 220

아리스트

그럼 안 되는가?

스가나렐

형님은 걔한테 한없이 너그러우시니
애교점을 찍고 리본을 다는 것까지 용인하시겠네요?

아리스트

당연하지.

스가나렐

개가 혼이 빠져서
모든 무도회와 공회를 쫓아다녀도 내버려 두실 테고요?

아리스트

그렇고말고.

스가나렐

225 그럼 멋쟁이 청년들이 형님 집에 몰려오면요?

아리스트

그게 어때서?

스가나렐

그자들이 도박을 하고 선물을 준다면요?

아리스트

기꺼이.

스가나렐

형님의 아내가 달콤한 감언이설을 들어도요?

아리스트

그거 좋지.

스가나렐

그럼 형님은 이 은방울꽃 멋쟁이들의 방문을
싫은 내색도 없이 무심하게 지켜보시겠다는 건가요?

아리스트

그래야지.

스가나렐

이런! 형님은 정신 나간 노인네요. 230
(이자벨에게)
안으로 들어가. 이런 수치스러운 말 따윈 듣지 마라.

아리스트

나는 아내의 신의를 믿고 계속해서
지금껏 살아온 대로 살고 싶을 따름이야.

스가나렐

저 양반이 오쟁이 지는 꼴을 보면 얼마나 기쁠까!

아리스트

나는 내 운명이 어떻게 정해져 있는지 몰라. 235

하지만 네가 만일 그렇게 된다면
그걸 네 탓으로 돌릴 순 없다는 건 알겠구나.
그걸 위해 필요한 모든 노력을 다 하고 있으니 말이다.

스가나렐

실컷 웃어 보시구려, 웃기 좋아하는 양반아! 하! 육십 먹은
240 노인네가 악담하는 꼴을 보는 것도 재미있군!

레오노르

말씀하시는 운명에 대해선 제가 아버질 보호해 드리지요.
만약 아버지가 결혼을 통해 저의 믿음을 확인하셔야 한다면
그건 안심하셔도 돼요. 하지만 제가 숙부님의 아내라면
제 마음은 그 어떤 것도 보증할 수 없다는 걸 알아 두세요.

리제트

245 우리 여자들을 믿어 주는 사람들에게는 양심을 가지지만
어르신 같은 양반들은 당연히 속여 먹는 게 대수죠.

스가나렐

이런! 고얀 놈의 주둥이! 못 배운 티를 저리도 팍팍 내나!

아리스트

동생, 자네가 이런 허튼소리를 자초하지 않았나.
그럼 잘 있게. 성질 좀 고치고. 자기 아내를 가둬 두는 건

나쁜 패라는 걸 알아 두게나. 250
이만 실례하겠네.

스가나렐

나는 실례하지 못하겠소.
저런! 저 둘은 서로에게 안성맞춤이로군.
집안 꼴이 끝내주네! 정신 나간 노인네는
늙고 쇠약한 몸뚱이로 아양을 떨어 대고,
교태의 끝판 왕 계집애가 전권을 행사하고, 255
하인들은 파렴치해. 안 되겠어. 제아무리 지혜의 여신이라도
이 상황을 감당할 수는 없을 게야. 이런 집구석을
고치려 들다가는 감성도 이성도 고갈되고 말겠어.
이런 교제를 계속하면 이자벨이 나와 함께
일군 명예의 씨앗을 잃어버릴 게 분명해. 260
그것을 막으려면 지금 당장 그 아이를 내보내
배추밭과 칠면조들을 돌보라고 해야겠군.

제3장

에르가스트, 발레르, 스가나렐

발레르

(뒤쪽에서)

에르가스트, 저기 내가 혐오하는 아르고스[7]가 나타났어.
내가 사랑하는 여인의 엄격한 감시자 말이야.

스가나렐

(혼자 생각에 잠겨)
265 이 시대 풍습이 타락하는 모양새를 보면
정말이지 기가 막힐 노릇이 아닌가!

발레르

할 수만 있다면 저 양반한테 가서
말을 걸고 친분을 좀 쌓으면 좋겠어.

스가나렐

(혼자 생각에 잠겨)
예전에 그리도 훌륭한 미덕으로 추앙되던
270 엄격함이 지배하는 대신에
요새 젊은이들은 하나같이 자유분방하고 제멋대로니
도무지…….
(발레르가 멀리서 그에게 인사한다)

7 그리스 신화에 등장하는 아르고스의 왕자로 눈이 백 개 달린 거인이다. 덕분에 그는 〈모든 것을 보는 자〉라는 뜻을 가진 파놉테스*panoptes*라는 별명으로도 불린다.

발레르

저 양반은 우리가 인사하는 것도 못 보네.

에르가스트

아마 이쪽 눈이 나쁜가 봐요.
저쪽으로 건너가 보시죠.

스가나렐

(혼자 생각에 잠겨)
여길 떠나야겠어.
도시 생활은 나한테 하등 쓸모없는
일들만…….

275

발레르

(점점 접근하면서)
저치한테 내 소개를 해야겠어.

스가나렐

(소리를 듣고)
어! 누가 말하지 않았나. 천우신조로 시골에선
이 시대의 어리석은 짓거리로 눈을 버릴 일은 없지.

에르가스트

(발레르에게)

가보세요.

스가나렐

뭐라고? 귀가 윙윙거리네.

(혼자 생각하며)

280 거기선 처녀들의 오락거리라고 해봐야 기껏…….

(발레르가 인사하는 것을 알아채고)

나한테 인사하우?

에르가스트

(발레르에게)

다가가세요.

스가나렐

(발레르에게 주의를 기울이지 않고)

저기 젊은 놈은

오지는 않고……

(발레르가 다시 인사한다)

제기랄!

(그는 몸을 돌려 반대편에서 인사하는 에르가스트를 본다)

또야! 인사만 대체 몇 번이야!

발레르

나리, 제가 불쑥 나타나서 혹시 불편하셨나요?

스가나렐

그럴지도 모르지.

발레르

아니 이런! 나리와 친분을 갖는 명예가

제게는 매우 큰 행복이고 너무나 달콤한 기쁨인지라 285

오래전부터 나리께 인사를 드리고 싶었습니다.

스가나렐

좋아.

발레르

그리고 나리를 뵈면 거짓말 하나 안 보태고

뭐든지 분부대로 하겠다고 말씀드리고 싶었어요.

스가나렐

알겠네.

발레르

다행히 나리의 이웃이 되었으니

저의 행운에 감사를 드려야겠어요. 290

스가나렐

그거 잘됐군.

발레르

한데 나리, 소식 들으셨어요?
궁정에서 돌고 있는 얘긴데 믿을 만한 거래요.

스가나렐

그게 나랑 무슨 상관이야?

발레르

그렇죠. 하지만 가끔은
새로운 소식에도 호기심을 가질 수는 있죠.
295 나리께선 왕태자 아기씨[8]의 탄생을 준비하는
그 성대한 의식을 보러 가실 생각이세요?

스가나렐

마음이 내키면.

발레르

파리는 다른 데 없는
색다른 즐거움을 참 많이 준다니까요.
거기에 비하면 시골은 적막강산이죠.
한데 나리는 뭘 하면서 시간을 보내세요?

8 루이 14세의 아들인 왕태자는 1661년 11월 1일 퐁텐블로에서 태어났다. 따라서 왕비는 「남편들의 학교」가 초연될 당시 약 5개월 후에 태어날 아기를 기다리고 있었다. 몰리에르는 대담하게도 왕가의 대를 이을 왕자의 탄생을 예견하며 수완 좋은 궁신의 면모를 보여 주고 있다.

스가나렐

내 일을 보네. 300

발레르

정신도 휴식이 필요해요. 때론 지나치게 몰두해서
심각한 업무를 보다가 쓰러지는 일도 있고요.
밤에 주무시기 전에는 뭘 하세요?

스가나렐

좋아하는 일을 하지.

발레르

아무렴요. 더 낫게 말씀하실 수는 없죠.
그 답변은 정확하고 합리적으로 보여요. 305
오로지 마음에 드는 일만 하시겠단 말씀이니까요.
혹 나리가 다른 일로 너무 바쁘시지 않다 싶으면
가끔 저녁 식사 후에 나리 댁에 들렀으면 합니다만.

스가나렐

송구하네.

제4장

발레르, 에르가스트

발레르

저 괴상한 작자를 보니 어때?

에르가스트

310 답변은 퉁명스럽고 접대는 무례하네요.

발레르

아! 열불 나!

에르가스트

뭐가요?

발레르

뭐냐고? 내가 분통 터지는 이유는
사랑하는 여자가 저따위 야만인한테 붙들려 있는데
저치가 어찌나 지독하게 감시를 해대는지
일말의 자유도 누릴 수가 없다는 거야.

에르가스트

315 그건 주인님한테 유리한 일이고, 그런 상황이라면

주인님의 사랑도 큰 기대를 해볼 수 있겠는데요.
격려차 드리는 말씀이지만,
감시당하는 여자는 이미 반쯤은 얻은 거나 다름없어요.
남편과 아버지의 음울한 대도는
언제나 연인의 일을 이롭게 진척시키니까요. 320
저야 추파를 던지지는 않죠. 그쪽에는 영 재능도 없고
직업적으로 여자를 꼬시는 사람도 아니니까요.
하지만 제가 모셨던 다수의 열렬한 구애자 나리들께서
자주 하시는 말씀이 그분들한테 가장 좋은 일은
이런 귀찮은 남편들을 만나는 거라고 했어요. 325
집에 들어오기만 하면 아내를 꾸짖어 대고,
조리도 까닭도 없이 매사에 아내의 행실을 통제하려 들고,
남편이라는 이름을 거만하게 들먹이면서
숭배자가 보는 앞에서 아내들에게 맞대고 공격하는
그런 몹쓸 놈의 무례한 남편들 말입니다. 330
그분들 말씀이, 〈우린 그걸 유리하게 이용하는 방법을 알지.
이런 종류의 모욕은 여인에게 쓰라림을 안겨 주기 마련이고
연인은 상냥한 목격자로서 그녀를 부드럽게 달래 주면서
일을 꽤 멀리까지 진척시킬 수 있단 말이야〉 하시던걸요.
한마디로 이자벨 후견인의 가혹한 처사는 335
주인님께는 절호의 기회가 된다 이 말씀입니다.

발레르

하지만 내가 그녀를 열렬히 사랑해 온 넉 달 동안

그녀와 말할 기회는 단 한 번도 없었어.

에르가스트

사랑하면 없던 순발력도 생긴다는데 주인님은 아닌가 봐요.
만일 저라면…….

발레르

340 왜, 너라면 뭘 할 수 있었겠어?
그 짐승 같은 놈 없이는 그녀를 절대 볼 수가 없다니까.
그 집구석에는 하녀도 하인도 없어서
얼마간의 보상을 미끼로 삼아
내 사랑을 위한 도움을 주선할 수도 없고 말이야.

에르가스트

345 그분은 여태 나리가 자기를 사랑하는지 몰라요?

발레르

그게 바로 알쏭달쏭한 점이야.
이 막돼먹은 작자가 아름다운 그녀를 데려가는 곳마다
나는 그림자처럼 따라다녔고 그녀도 날 봤어.
내 눈길은 그녀의 시선을 향해
350 주체할 수 없는 내 사랑을 전달하려고 애썼지.
내 눈은 많은 말을 했어. 하지만 눈길로 주고받은 언어가
실제로 이해가 됐는지 누가 알려 줄 수 있겠어?

에르가스트

사실 눈짓 언어는 때때로 모호할 수가 있죠.
글이나 소리로 표현되지 않을 경우엔요.

발레르

이런 극도의 난관에서 벗어나려면 뭘 해야 할까? 355
그녀가 내 사랑을 알고 있는지 어떻게 알아볼까?
무슨 뾰족한 수라도 없어?

에르가스트

바로 그 묘수를 찾아야 해요.
일단 댁으로 들어가서 방법을 궁리해 보시지요.

제2막

제1장

이자벨, 스가나렐

스가나렐

그만 됐다. 네가 해준 설명만으로도
360 집이 어딘지, 그 인간이 누군지 알겠다.

이자벨

(방백)
아! 하늘이시여! 제게 자비를 베푸셔서 오늘
무고한 사랑의 교묘한 계략이 성공하도록 도와주세요!

스가나렐

그놈 이름이 발레르라고 했느냐?

이자벨

네.

스가나렐

그럼 됐다. 그 일은 내게 맡기고 넌 가서 쉬어라.
내 당장 이 되통스러운 놈을 찾아가서 얘기하마. 365

이자벨

(집 안으로 들어가면서)
난 젊은 여자로선 꽤나 대담한 계획을 세웠어.
하지만 내가 받고 있는 부당하게 가혹한 처사를 생각하면
누구든 정신이 올바른 사람한테는 분명 변명거리가 될 거야.

제2장

스가나렐, 에르가스트, 발레르

스가나렐

시간 낭비는 말자. 여기쯤이야. 게 누구 없소?
뭐야? 꿈인가? 여기요! 이보시오! 거기 누구 없소? 이봐요! 370
얘기를 듣고 보니까 그리 놀랄 일이 아니었어.
좀 전에 녀석이 아주 온순하게 날 보러 왔었던 게 말이야.
하지만 서두르자. 녀석의 미친 희망이…….

(갑자기 나타난 에르가스트에게)
이런 미련퉁이 황소 같은 놈을 봤나! 사람 넘어지라고
375 달려와서 그렇게 장대처럼 박고 선 게냐?

발레르

나리, 유감입니다…….

스가나렐

아! 마침 댁을 찾고 있었소.

발레르

나리가 절요?

스가나렐

당신 이름이 발레르라 하지 않았소?

발레르

그런데요.

스가나렐

괜찮다면 댁하고 잠시 얘기를 하고 싶은데.

발레르

제가 도와드릴 일이라도 있습니까?

스가나렐

아니. 내가 자네한테 해줄 게 좀 있어서 말이야. 380

그러하니 나랑 같이 자네 집으로 가세나.

발레르

저희 집이요, 나리?

스가나렐

자네 집 말일세. 그게 그리 놀랄 일인가?

발레르

저야 충분히 그럴 만한 이유가 있죠. 나리를 모시는 명예로

제 맘이 얼마나 기쁜지…….

스가나렐

부탁이니 명예 따위는 집어치우게나.

발레르

안 들어가세요?

스가나렐

그럴 필요 없네. 385

발레르

나리, 제발 들어가시죠.

스가나렐

아니, 더는 안 가겠네.

발레르

나리가 밖에 계시는 한 나리 말씀을 들을 수가 없습니다.

스가나렐

난 예서 꼼짝 않을 거야.

발레르

그럼 좋습니다! 양보할밖에요.

자, 나리께서 그렇게 결정하셨다니

여기로 의자를 내오너라.

스가나렐

390 서서 얘기하겠네.

발레르

그런 일을 어찌 보고만 있겠습니까?

스가나렐

거참! 뭘 자꾸 사양하고 그래!

발레르

그런 무례는 절대 용서할 수가 없죠.

스가나렐

말하고 싶어 하는 사람의 얘기를 듣지 않는 것보다
더 불손한 일은 세상 천지에 없소이다.

발레르

그러시다면 따르지요.

스가나렐

그거 아주 좋은 생각이야. 395
이런 겉치레 따위는 정말이지 불필요하네.
내 말을 들어 보겠나?

발레르

물론입니다. 기꺼이.

스가나렐

어디 한번 말해 보게. 자네는 내가 이 동네에 사는
상당히 젊고 그만하면 괜찮은 미모를 지닌

400 이자벨이라고 불리는 처녀의 후견인이라는 사실을 알고 있나?

발레르

네.

스가나렐

알고 있다니 그 얘긴 다시 하지 않겠네.
그럼 자네는 내가 그 애를 매력적으로 여겨서
보호자가 아닌 다른 방식으로 아끼고 있고, 영광스럽게도
내 아내가 되는 것이 그 애의 운명이란 것도 아는가?

발레르

아뇨.

스가나렐

405 그럼 자네한테 그걸 가르쳐 주지. 부탁이니 이젠
사랑이니 뭐니 하며 그 앨 괴롭히지 말고 편히 놔두게나.

발레르

누가요? 제가요, 나리?

스가나렐

그래, 자네 말일세. 시치미는 집어치워.

발레르

제가 그녀를 맘에 두고 있다고 누가 그러던가요?

스가나렐

믿을 만한 사람들이 그러더군.

발레르

그러니까 누가요?

스가나렐

그녀가.

발레르

그녀요?

스가나렐

그녀라니까. 이제 됐나? 410

덕망 있는 처녀로서 어릴 때부터 나를 좋아해 온

그 애가 좀 전에 내게 비밀을 모두 털어놓았네.

그러고는 부탁하기를 자네를 찾아가서

어디를 가든 자네가 따라다니면서

귀찮게 구는 바람에 하도 불쾌한 나머지 415

자네 눈이 하는 말을 마음으로 너무 잘 이해했고

자네의 은밀한 욕망도 충분히 알고 있으니

필요 이상의 걱정을 해가면서
사랑의 열정을 더 많이 표현하려다가
420 나에 대한 그 애의 우의를 거스르지 말라고 말해 달라더군.

발레르

나리 말씀인즉 그녀가 직접 나리께 부탁을……?

스가나렐

그래. 가서 솔직하고 분명하게 뜻을 전해 달라고 했네.
자네의 영혼을 갉아먹는 그 맹렬한 열정을 알아챈 후로
마음이 여러모로 심란했지만
425 이런 심부름을 맡길 사람만 있었어도
좀 더 일찍 자기 생각을 알려 줄 수도 있었을 거라 하더군.
하지만 극도의 구속이 주는 고통 때문에
자네에게 모든 걸 확실히 해두기 위해서는
어쩔 수 없이 나를 이용하지 않을 수 없었다고 했네.
430 내가 말했듯 그 애의 마음은 나 외의 다른 이에겐 닫혀 있고,
자네는 이미 추파를 오래도록 던졌으니,
자네가 머리가 조금이라도 있는 사람이라면
그 열정을 다른 데 쏟으라는 거지. 다시 볼 때까지 잘 있게.
이게 내가 자네한테 알려 주려던 것이네.

발레르

435 에르가스트, 이런 뜻밖의 일을 어떻게 생각해?

스가나렐

(방백)

저 녀석 놀란 것 좀 보세!

에르가스트

제 짐작으론

주인님이 언짢아할 일은 하나도 없어 보여요.

여기엔 분명 미묘한 비밀이 숨겨져 있습니다.

요컨대 이런 메시지는 자기가 불러일으킨 사랑이

끝나기를 바라는 사람이 보낸 것은 아니라는 말씀이죠. 440

스가나렐

(방백)

제대로 알아들었군.

발레르

(에르가스트에게 낮은 목소리로)

너도 뭔가 이상한 것 같지…….

에르가스트

네…… 한데 영감이 우릴 보고 있어요. 저 양반 눈을 피하시죠.

스가나렐

얼굴에 당황한 기색이 나타나는 것 좀 보게!

필시 녀석은 이런 메시지를 예상치 못했겠지.
445 이자벨을 불러 보자. 교육이 한 영혼 안에서
만들어 내는 결실을 걔가 보여 줄 거야.
덕성은 그 애가 신경 쓰는 전부고, 갠 거기에 심취해 있으니
외간 남자의 눈길을 받는 것만으로도 모욕을 느낄밖에.

제3장

이자벨, 스가나렐

이자벨

난 이 연인이 자신의 열정으로 가득 찬 나머지
450 내 전갈의 의도를 파악하지 못했을까 봐 두려워.
내가 이렇게 포로처럼 갇혀 있으니
위험을 감수하고라도 내 뜻을 분명히 해야겠어.

스가나렐

다녀왔다.

이자벨

어떻게 됐어요?

스가나렐

네 이야기는

아주 효과 만점이었다. 나도 내 할 일을 완수했고 말이야.

녀석은 자기가 상사병에 걸린 걸 부인하려고 하더구나. 455

하지만 내가 네 부탁으로 심부름을 왔다고 했더니

즉각 말을 잃은 채 혼란에 빠졌단다.

내 생각엔 녀석이 다시 여기에 올 것 같지는 않다.

이자벨

아! 무슨 말씀을 하세요? 전 그 반대일까 봐 걱정스러워요.

그자가 또 다른 난처한 일로 우리를 괴롭힐까 봐요. 460

스가나렐

뭐 때문에 그런 걱정을 하는 게냐?

이자벨

아버지가 집을 나선 지 얼마 되지 않아

제가 바람이나 좀 쐬려고 창가로 다가섰을 때

길모퉁이에서 웬 젊은 남자가 나타나지 뭐예요.

이 무례한 작자는 뜻밖에도 465

제게 와서 인사를 건네더니 뒤이어

제 방 안으로 작은 상자를 하나 던져 넣는 거예요.

안에는 마치 연애편지처럼 밀봉된 편지가 들어 있었어요.

제가 지체 없이 그걸 돌려주려 했더니

470 그자는 이미 골목 끝까지 가버린 상태였어요.
정말이지 너무 화가 나고 속상해 죽겠어요.

스가나렐

이런 술책과 교활한 짓거리를 보게!

이자벨

이 상자와 편지를 재빨리 그 저주받을 구애자에게
다시 돌려주는 게 저의 의무예요.
475 그러려면 사람이 한 명 필요할 것 같아요.
왜냐하면 감히 아버지께 부탁드리기…….

스가나렐

그 반대란다. 귀여운 아가.
그게 네 사랑과 충실함을 내게 더 잘 보여 주는 거야.
따라서 내 마음은 이 일을 기쁘게 받아들인다.
이런 일이라면 내가 말하지 않아도 얼마든지 더 시켜도 된다.

이자벨

자, 그럼 받으세요.

스가나렐

480 그래. 한데 놈이 뭐라고 썼는지 좀 보자.

이자벨

아! 맙소사! 그걸 여시면 안 돼요.

스가나렐

아니 왜?

이자벨

그 사람한테 제가 편질 봤다고 믿게 만드시려고요?
명예를 중시하는 처녀라면 언제나 애인에게
되돌아갈 연서를 읽는 것을 스스로 금해야 해요.
그럴 때 표출되는 호기심이야말로 485
사람들이 말하는 은밀한 쾌락의 징표니까요.
그러니 제 생각으론 이 편지를 봉인된 상태 그대로
즉각 그 사람한테 되돌려 주어야만 적절한 거예요.
오늘 당장 그 사람이 제가 자기한테 경멸 외엔
다른 마음이 전혀 없다는 걸 더 잘 알게 되어야만 490
그 사랑의 열정도 모든 희망을 잃고
더는 그런 무모한 행동을 시도하지 않을 테니까요.

스가나렐

옳거니! 네가 그리 말하는 걸 보니 그 말이 맞구나.
그래, 너의 미덕과 신중함이 나를 매료시키는구나.
나의 교훈이 네 마음에 싹을 틔웠다는 걸 알겠다. 495
마침내 네가 내 아내가 될 만한 사람이 되었구나.

이자벨

하지만 저는 아버지의 욕망을 막고 싶지는 않아요.
편지는 아버지 손에 있으니 열어 보셔도 돼요.

스가나렐

아니, 그리 않으마. 아쉽지만 네 말이 구구절절 옳구나.
500 나는 가서 네가 시킨 일을 이행하련다.
엎드리면 코 닿을 곳에 있으니
용건만 말하고 돌아와서 편히 쉬게 해주마.

제4장

스가나렐, 에르가스트

스가나렐

내 마음이 정말이지 얼마나 흡족한지 몰라!
그 애가 그리 얌전한 규수가 되었으니 말이야!
505 내 집에 있는 것은 명예로운 보물이야.
사랑의 눈길을 배신으로 간주하다니!
사랑의 편지를 최고의 모욕으로 받아들이고
나를 시켜 자신의 구애자한테 돌려주게 하다니!
이 모든 걸 보고 있자니 내 형님의 딸도
510 이런 식으로 처신했을지 궁금해지는군.

맹세코! 처녀들이란 만들기 나름인 거야.
이리 오너라!

에르가스트

이게 뭡니까?

스가나렐

받아라. 가서 네 주인한테
다시는 이따위 편지를 써서 금박 상자에 넣어
보낼 생각일랑 집어치우라고 전해라.
이자벨이 그 일로 몹시 화가 났다고도 전하고. 515
보다시피 갠 편지의 봉인조차 뜯지 않았어.
그것만 봐도 걔가 그 양반의 사랑을 어떻게 대하는지,
그 사랑이 바랄 만한 성공이란 게 어떤 건지 알게 되겠지.

제5장

발레르, 에르가스트

발레르

저 사나운 짐승이 뭘 주고 간 거야?

에르가스트

520 이 편지요, 나리. 상자 안에 들어 있었는데
이자벨 아가씨가 나리한테서 받은 거라고 하던데요.
말로는 이것 때문에 아가씨가 몹시 화가 나셨대요.
그래서 열어 보지도 않고 나리께 돌려보내는 거라고요.
빨리 읽어 보세요. 제가 혹시 잘못 생각한 게 있나 보십시다.

편지

이 편지를 받고 적잖이 놀라시겠지요. 제가 이런 편지를 쓸 생각을 했다는 것과, 이런 식으로 당신께 전달한 것을 두고 꽤 무모하다고 생각하는 사람도 있을 겁니다. 하지만 저는 지금 절도(節度)를 따질 만한 상황이 아닙니다. 엿새 후로 다가온 결혼에 위협당해 너무나 두려운 나머지 뭐라도 감행할 수밖에 없으니까요. 그래서 어떤 방법으로든 거기서 벗어나야 한다는 생각에, 절망에 빠져 있기보다는 차라리 당신을 선택하기로 결정했습니다. 그렇다고 해서 이 모든 일이 전부 저의 불행한 운명에서 비롯된 것이라고 생각하지는 말아 주세요. 당신에 대한 저의 감정은 결코 제가 처해 있는 구속 상태 때문에 생긴 것이 아니에요. 오히려 그런 구속이 제게 고백을 서두르게 하고, 성의 미풍양속이 요구하는 이런저런 격식들을 못 본 체하게 만듭니다. 제가 곧 당신의 것이 될지 말지는 오로지 당신에게 달려 있어요. 저는 그저 제가 내린 결정을 당신께 알려 드릴 만큼 당신이 제게 사랑의 증표를 충분히 보여 주셨던 것이기를 바랄 뿐입니다. 하지만 무엇보다 지금은 시간이 촉박하고, 사랑하는 사이에선 암시만으로도 서로 통해야 한다는 것을 생각해 주세요.

에르가스트

어라! 이런 세상에! 나리, 계략이 독창적이죠? 525
젊은 처녀치고는 아는 게 상당한데요!
그 아가씨가 이런 사랑의 전략을 짤 만한가요?

발레르

아! 이걸 보니 그녀가 너무나 사랑스러워.
이렇게 자신의 재치와 호의를 드러내 주니까
미모에 반해 시작된 내 감정에 더해져서 530
그녀에 대한 내 사랑이 두 배가 되네.

에르가스트

저기 속은 사람이 옵니다. 하실 말씀을 생각해 두세요.

제6장

스가나렐, 발레르, 에르가스트

스가나렐

오호! 세 번 네 번 축성드려야 마땅한 법령[9]이군!
법으로 의복의 사치를 금지하다니!
535 남편들의 괴로움이 더 이상은 그리 크지 않겠군.
아내들의 요구에도 제한을 둘 수 있을 테고 말이야.
이 포고문들[10]을 내리신 국왕 폐하께 감사를 드립니다!
남편들의 휴식을 위해서
진정 바라건대 애교나 아양도
540 기퓌르[11]나 자수처럼 금지해 주십시오!
일부러 이 법령문을 사서 구해 왔으니
이자벨한테 큰 소리로 읽어 보라고 해야지.
이따가 그 애가 바쁘지 않으면
밤참 먹은 후 오락거리로 삼기 딱 좋겠어.
(발레르를 알아보고)
545 어이, 금발 머리 나리, 또 연애편지를
황금빛 상자에 넣어 보내시려고?
댁은 음모를 좋아하고 달콤한 속삭임에 녹아내리는

9 루이 14세는 〈의복과 장신구 비용 절감〉을 위해 몇 차례의 칙령을 통해 열여섯 가지 법령을 공포했는데, 그중 하나가 1660년 11월 27일자 법령이다. 이 법령에 따라 남성용 의복에 대해 기퓌르*guipure*, 자수용 금실*cannetilles*, 장식용 금속*paillette* 사용이 금지되었다.

10 원어로는 *décri*이며 아카데미 프랑세즈 사전에 따르면 당시 몇몇 화폐나 레이스, 장식용 직물 같은 다른 물건들의 사용 금지 명령은 이러한 포고문을 통해 이루어졌다.

11 거친 그물 바탕지에 크고 화려한 무늬들을 듬성듬성하게 이어 맞춰 성글게 짠 레이스.

젊은 바람둥이 여자를 찾았다고 생각한 모양인데,
개가 댁의 선물을 어떻게 받아들이는지 봤겠지?
내 말을 믿으시게. 그건 참새 잡자고 총 쏘는 꼴이야.[12] 550
갠 얌전하고, 날 사랑해. 댁의 사랑은 개한테 모욕이라고.
그러니 다른 곳을 겨냥하고 여기선 꺼져.

발레르

네, 암요. 나리의 장점에는 모두가 굴복하고,
당연히 제 사랑에도 너무나 큰 장애물이 되죠.
아무리 제 열정이 충직하기로서니 제가 555
이자벨의 사랑을 두고 나리와 경쟁하려 들다니 미친 짓이죠.

스가나렐

암, 미친 짓이고말고.

발레르

그러고 보니 제 마음이
그녀의 매력에 빠지지 않게 만들 수도 있었던 거네요.
이 가련한 마음이 나리처럼 만만찮은 적수를
만나게 되리란 걸 미리 예견할 수만 있었다면요. 560

스가나렐

나도 그리 생각하네.

12 화력을 허투루 낭비한다는 뜻이다.

발레르

이젠 저도 기대를 품지 않겠습니다.

나리께 양보하겠습니다. 이것은 군말이 필요 없는 얘기죠.

스가나렐

어련하시겠나.

발레르

이치를 따져 보니 그럴 수밖에요.

나리란 분은 수많은 미덕으로 빛나시기에

565 나리에 대한 이자벨의 다정스러운 감정을

성난 눈길로 바라본다면 제가 잘못하는 일이 되겠죠.

스가나렐

지당하신 말씀.

발레르

네, 그럼요. 제가 나리께 양보하지요.

하지만 나리, 부탁드리건대 (오늘 그의 모든 고통을

불러일으킨 유일한 장본인인 나리께

570 불쌍한 이 연인이 청하는 유일한 호의를 베푸시어)

제발이지 나리께서 이자벨을 안심시켜 주십시오.

석 달[13] 전부터 제가 그녀에게 연정을 품어 왔다면

13 앞에서는 발레르가 〈넉 달〉이라고 한 바 있다.

그 사랑에는 흠이 없고, 뭐가 됐든 단 한 번도
그녀의 명예를 위태롭게 할 생각은 한 적이 없었다고요.

스가나렐

알겠네.

발레르

만일 운명이 그녀의 마음을 사로잡은 나리를 통해 575
이 정당한 사랑의 불꽃을 가로막지만 않았다면,
오로지 제 마음의 선택에 의지하여
그녀를 아내로 삼는 것이 제 계획의 전부였다는 것도요.

스가나렐

아주 좋아.

발레르

무슨 일이 있어도 그녀가 자신의 매력이
제 기억에서 지워질 수 있다고 생각해서는 안 됩니다. 580
제가 감수해야만 하는 하늘의 법이 어떤 것이든 간에
제 운명은 숨을 거두는 순간까지 그녀를 사랑하는 거예요.
그녀에 대한 저의 구애를 방해하는 게 있다면
그건 나리의 장점에 대한 저의 합당한 존중입니다.

스가나렐

585 아주 현명하게 말하는군. 내 이 길로 돌아가서
그 애의 감정이 상하지 않도록 자네 얘기를 잘 전하겠네.
하지만 자네가 나를 믿는다면, 그런 사랑의 열정이
머릿속에서 빠져나가게 애를 써야 할 걸세.
잘 있게나.

에르가스트

멋지게 속여 넘겼네요!

스가나렐

딱하게 됐군.

590 사랑에 빠진 가엾은 녀석 같으니.
하필이면 내가 정복한 요새를 습격하겠다고
마음을 먹은 게 녀석한테는 불행이지 뭐야.

제7장

스가나렐, 이자벨

스가나렐

세상 어떤 연인도 그만큼 슬퍼하진 않았을 게다.
뜯어보지도 않고 되돌아온 편지를 보고서 말이야.

결국 녀석은 모든 희망을 잃고 물러났단다. 595
하지만 네게 전해 달라며 상냥하게 애걸하기를
적어도 널 사랑하는 동안에는 결단코 너의 명예를
위태롭게 할 어떤 일도 생각한 적이 없고,
만약 운명이 네 마음을 사로잡은 나를 통해
정당한 사랑의 불꽃을 가로막지만 않았다면, 600
자기 마음의 선택에만 전적으로 의지해서
너를 아내로 삼기만을 원했다는구나.
그리고 무슨 일이 있어도 너의 매력이
자기의 기억에서 지워질 수 있다고 네가 생각해서는 안 되고,
자기가 감수해야 하는 하늘의 법이 어떤 것이든 간에 605
자기 운명은 마지막 숨을 거둘 때까지 너를 사랑하는 것이며,
너에 대한 자기의 구애를 방해하는 게 있다면
그건 나의 미덕에 대한 합당한 존중이라고 하더라.
이것이 녀석이 한 말들이다. 그래서 난 비난은커녕
녀석을 신사라 여기고, 너를 사랑하는 게 참 딱하다. 610

이자벨

(낮게)
그이의 열정은 나의 은밀한 믿음을 저버리지 않았어.
그이의 눈길은 늘 내게 그 열정의 순수함을 보여 줬지.

스가나렐

뭐라 했느냐?

이자벨

제가 죽는 것만큼이나 싫어하는 남자를
아버지가 그리 측은해하시니 제 맘이 참 힘들다고요.
615 아버지가 말씀하시듯 그만큼 절 사랑하신다면
이런 구애가 제게 얼마나 치욕적인지 느끼셔야 하잖아요.

스가나렐

하지만 그 녀석은 너의 생각을 몰랐지 않느냐.
그리고 녀석의 의도가 정직한 거로 봐서는
그의 사랑이 그렇게…….

이자벨

그럼 말씀해 보세요.
620 사람을 납치하려고 했던 게 좋은 의도인가요?
아버지 손에서 저를 빼앗아 억지로 결혼하려고
음모를 꾸미는데도 명예로운 남자라고 할 수 있어요?
마치 제가 그런 불명예를 겪고 나서도
멀쩡하게 계속 삶을 살아갈 수 있는 여자라도 되는 듯이요?

스가나렐

뭐라고?

이자벨

625 네, 그래요. 저는 이 음흉한 연인이

납치를 해서라도 절 얻겠다고 말한 걸 알고 있었어요.
저로서는 그자가 대체 무슨 은밀한 수를 써서
적어도 여드레[14] 후엔 저와 결혼하겠다는
아버지의 계획을 그리 빨리 알게 됐는지 모르겠어요.
제게 그 얘기를 하신 게 불과 어제 일인데 말예요. 630
사람들 말로는 그자가 저와 아버지의 운명이
하나가 되는 그날이 되기 전에 선수를 칠 거래요.

스가나렐

전부 쓸데없는 소리야.

이자벨

이런! 제가 그만 실례했네요.
그분은 매우 훌륭한 신사고, 저에 대한 감정은 그저…….

스가나렐

녀석이 잘못했다. 이건 농담이 아니야. 635

이자벨

저런! 아버지의 온유함이 그의 어리석음을 부추기고 있어요.
아버지가 방금 전에 그에게 심하게 야단을 치셨다면
그자는 아버지의 분노와 저의 원한을 두려워하겠지요.

14 앞서 이자벨은 발레르에게 보낸 편지에서 자신의 결혼이 엿새 후에 있을 거라고 얘기한 바 있다.

그의 편지를 무시했는데도 여전히
640 이런 계획을 언급하면서 절 충격에 빠뜨리다니요.
제가 들었다시피 그자는 자기의 사랑이
제게 잘 받아들여졌다는 믿음을 고수하고 있어요.
사람들이 어떻게 생각하든 제가 아버지와의 결혼을 피하고
기꺼이 아버지 손에서 벗어나려 한다고 믿고 있어요.

스가나렐

돌았군.

이자벨

645 아버지 앞에서는 자기를 숨길 줄 아는 거죠.
아버지의 주의를 딴 데로 돌리려는 의도라고요.
그 배신자는 수려한 언변으로 아버지를 갖고 놀아요.
고백하지만 저는 정말이지 불행해요.
명예롭게 살기 위해 온 힘을 다하고
650 악랄한 유혹자의 연심을 거절하려 무진 애를 쓰는데도
제게 가해지는 치욕적인 시도들을
유감스럽게도 보고 있을 수밖에 없으니 말예요!

스가나렐

이런, 두려워할 거 하나도 없다.

이자벨

제가 말씀드리죠.

만일 아버지가 그런 뻔뻔스러운 시도를 강하게 비난하지 않고,

그렇게나 막돼먹은 자의 박해로부터 655

저를 벗어나게 할 방법을 신속하게 찾지 못한다면,

저는 모든 것을 버리겠어요. 그 작자로부터

모욕을 당하는 괴로움을 견딜 수는 없어요.

스가나렐

이런, 내 귀여운 마누라, 너무 걱정하지 말거라.

내 가서 그놈을 찾아 호되게 꾸짖어 줄 테니까. 660

이자벨

아무리 부인해 봐야 소용없다는 걸 분명히 얘기하세요.

믿을 만한 소식통으로부터 그의 계획을 전해 들었고,

이런 말까지 들은 이상 그가 무슨 일을 감행하든

저를 더는 놀라게 할 수 없을 거라고요.

요컨대 더는 탄식도 시간도 낭비하지 말고 665

아버지에 대한 저의 감정이 어떤지 알아차려서

행여나 어떤 불행의 원인이 되고 싶지 않다면

같은 말을 두 번 하지 않도록 해달라고 하세요.

스가나렐

가서 필요한 말을 하마.

이자벨

하지만 말씀하실 때

670 제가 진지하게 하는 말이라는 걸 꼭 보여 주셔야 해요.

스가나렐

아무것도 잊지 않으마. 내 장담하지.

이자벨

아버지가 돌아오시길 마음 졸이며 기다리겠어요.
부디 할 수 있는 한 최대로 서두르세요.
잠시라도 아버질 뵙지 못하면 슬플 거예요.

스가나렐

675 그래, 내 사랑, 착하지. 곧 돌아오마.
이보다 더 참하고 행실 바른 여자가 또 있을까?
아, 나는 얼마나 행복한가! 내 입맛에 딱 맞는
여자를 찾았으니 얼마나 좋은 일이냐고!
암, 여자들이란 자고로 이래야 마땅하지.
680 내가 아는 노골적인 요부들처럼
손쉽게 꼬임에 넘어가고, 파리 전역에서 성실한
남편이 손가락질 당하게 만드는 여자 같아선 안 되고말고.
이보시오! 용감무쌍한 구애자 양반!

제8장

발레르, 스가나렐, 에르가스트

발레르

나리, 무슨 일로 다시 오셨습니까?

스가나렐

자네의 바보 짓거리 때문이지.

발레르

뭐라고요?

스가나렐

내가 무슨 말을 하려는지 자네도 잘 알 텐데. 685
솔직히 말해 자네가 이보다는 현명할 줄 알았네.
자네는 그 잘난 감언이설로 나를 속이면서
속으로는 어리석은 기대를 품고 있더군.
알다시피 난 자네를 부드럽게 대하려고 했네만,
결국 자네가 내 화를 폭발하게 만들었어. 690
자네 같은 사람이 마음속으로 비열한 계획을 세워
명예로운 처녀를 납치할 생각을 하고
그녀의 행복을 이뤄 줄 결혼을 방해하려 하다니
정녕 부끄럽지도 않은가?

발레르

695 나리, 누가 나리께 그런 이상한 소리를 하던가요?

스가나렐

모른 척 말자고. 이 얘길 해준 사람은 이자벨이니까.
걔가 나를 통해 마지막으로 자네한테 전하는 말은
자기의 선택이 무엇인지는 이미 충분히 보여 줬고,
자기 맘은 온통 내게 있는데 그런 계획을 세운 건 모욕이고,
700 그런 일을 당하느니 차라리 죽는 게 나으니까,
자네가 이 모든 소동에 종지부를 찍지 않는다면
끔찍한 결과를 야기하게 될 거라는 거야.

발레르

만약 그녀가 제가 방금 들은 것을 말한 게 진짜라면,
고백컨대 제 사랑은 더 이상 바랄 게 없습니다.
705 이렇게 분명한 말을 들으니 모든 게 끝난 것 같네요.
저로서는 그녀가 내린 명령을 존중할밖에요.

스가나렐

만약이라고? 자넨 아직도 그걸 의심하고, 내가 그 아일
대신해 전했던 모든 불평들을 속임수로 간주하는 겐가?
걔가 직접 자기 마음을 설명이라도 해주길 바라는가?
710 자네 실수를 바로잡기 위해서라면 내 기꺼이 그에 동의함세.
나를 따라오게나. 내가 뭐 하나라도 덧붙인 게 있는지,

그 애가 우리 둘을 놓고 망설이는지 직접 알아보시게.

제9장

이자벨, 스가나렐, 발레르

이자벨

뭐요! 그 사람을 데려왔다고요! 아버지의 의도가 뭐죠?
제게 맞서서 그 사람의 이익을 챙기시려고요?
그 사람의 흔치 않은 장점에 매료되어 그를 사랑하고 715
그의 방문을 견디라고 제게 강요라도 하실 작정인가요?

스가나렐

아니다. 귀염둥이야. 그러기엔 너의 애정은 내게 너무 소중해.
하지만 그가 내 말을 황당무계한 이야기쯤으로 생각하면서
그런 말을 한 당사자가 나고, 내가 잔꾀를 부리는 바람에
네가 그를 미워하고 나를 사랑하게 된 거라고 여긴단 말이다. 720
그러니 네가 나서서 녀석의 사랑에 자양분을 제공하는
그 망상에서 녀석이 빠져나오게 해줬으면 싶구나.

이자벨

이런! 당신 눈에는 제 맘이 완전히 드러나지 않았나요?
제가 누굴 사랑하는지 아직도 의심할 수가 있나요?

발레르

725 그래요, 아가씨. 아가씨가 나리 편으로 말해 준 얘기들은
정말이지 사람을 충분히 놀라게 할 만한 것이었어요.
난 의심했어요. 인정합니다. 하지만 내 지고한 사랑의 운명을
결정짓는 이 마지막 명령이야말로
내 맘을 너무 감동시켜서 기분 상하는 일 없이
730 두 번이라도 들을 수 있겠습니다.

이자벨

아니, 아니요. 그런 명령에 놀라시면 안 돼요.
아버지가 당신께 들려드린 것은 제 감정들이에요.
제 감정들은 정의에 기초하기 때문에
모든 진실을 명확히 밝히기에 충분해요.
735 네, 전 그것이 알려지기를 바라고, 믿게 하고 싶어요.
운명은 지금 제 눈앞에 두 대상을 제시하고 있어요.
그 둘은 서로 다른 감정으로 저를 고무시키고
제 마음을 흔들어 놓고 있어요.
한 분은 제 명예와 관련된 정당한 선택에 의해
740 제 모든 존경과 사랑을 얻으셨고,
다른 분은 그의 애정의 대가로
저의 모든 분노와 반감을 사셨죠.
한 분의 존재는 제게 기쁘고 소중해서
제 영혼을 완전한 희열로 가득 채워요.
745 다른 분은 그저 보는 것만으로도 제 마음속에

은밀한 미움과 공포의 감정들을 불러일으키죠.
한 분의 아내가 되는 것이 제가 바라는 전부라면
다른 분의 아내가 되느니 차라리 삶을 버리겠어요.
전 제 정당한 감정을 충분히 보여 드렸고,
이 가혹한 고통 속에서 너무 오래 시달렸어요. 750
제가 사랑하는 분은 열심을 다해서
제가 싫어하는 사람이 모든 희망을 잃도록 만들어야 해요.
그리고 행복한 결혼으로 죽음보다 더 끔찍한
이 고통으로부터 저의 운명을 구해 내어야만 해요.

스가나렐

그래, 귀여운 것아, 너의 기대에 부응하마. 755

이자벨

그것이 저를 만족시킬 유일한 방법입니다.

스가나렐

너는 곧 그리될 게다.

이자벨

미혼의 처녀가 이리도 자유롭게
마음을 드러내는 게 부끄러운 일인 줄은 저도 알아요.

스가나렐

아니, 전혀 아니야.

이자벨

하지만 제 운명이 처한 상태에서는

760 그러한 자유가 제게 허용되어야만 해요.

그리고 제가 이미 남편으로 간주하고 있는 분께는

낯을 붉히지 않고도 부드러운 고백을 할 수 있어요.

스가나렐

그래, 가엾은 것, 내 영혼의 귀염둥이 같으니.

이자벨

부디 제게 사랑의 열정을 증명할 생각을 해주세요.

스가나렐

그래, 자, 내 손에 키스하렴.

이자벨

765 더는 탄식하지 마시고

제가 원하는 전부인 결혼을 결심해 주세요.

다른 사람의 사랑의 맹세는 절대 듣지 않겠다고

여기서 약속드리니 제 마음을 받아 주세요.

(그녀는 스가나렐을 포옹하는 척하며, 발레르에게 손을 내밀

어 입 맞추게 한다)

스가나렐

이런, 이런. 요 예쁜 얼굴 좀 봐! 귀여운 내 새끼!
넌 오래 기다리지 않아도 될 게다. 약속하마. 770
(발레르에게)
쉿! 보다시피 내가 얘한테 말을 시킨 게 아니네.
얘의 마음이 열망하는 건 오직 나뿐이란 말일세.

발레르

좋습니다. 아가씨, 좋아요! 그거면 설명이 충분해요.
그 말씀 덕에 내게 뭘 재촉하시는지 알게 됐어요.
머지않아 무자비한 폭력을 휘두르는 자로부터 775
아가씨를 구해 내겠습니다.

이자벨

그보다 더 큰 기쁨을 제게 주실 수는 없을 거예요.
왜냐하면 사실 이렇게 얼굴을 보는 게 참기 어렵고
정말이지 지긋지긋하고 너무나 끔찍이 싫어서…….

스가나렐

워워.

이자벨

780 제가 이렇게 말하면 아버지를 모욕하는 건가요?
제가…….

스가나렐

이런 맙소사! 아니다. 그런 말이 아니야.
사실은 저자의 처지가 좀 딱해서 말이다.
네가 지나치게 솔직하게 싫은 표시를 했잖니.

이자벨

이런 상황에선 지나치지 않을 수가 없지요.

발레르

785 네, 당신은 곧 만족하실 겁니다. 사흘 후면 당신의 눈은
혐오감을 주는 그 대상을 더 이상 볼 수 없을 겁니다.

이자벨

잘됐네요. 안녕히 가세요.

스가나렐

자네의 불행은 안됐네.
하지만…….

발레르

아니요. 저는 어떤 불평도 하지 않을 겁니다.
아가씨는 확실히 우리 둘을 공정하게 평가했습니다.
저는 그녀의 소원을 들어드리러 가봐야겠네요.
안녕히 계십시오. 790

스가나렐

가엾은 친구! 상심이 꽤 크겠군.
자, 이리 와서 날 안게나. 나를 그 애의 분신이라 생각하게.

제10장

이자벨, 스가나렐

스가나렐

녀석이 몹시 안됐다는 생각이 드는구나.

이자벨

저런! 전혀 안 그래요.

스가나렐

그건 그렇고, 너의 사랑이 나를 완전히 감동시키는구나.
요 귀여운 것, 그런 사랑엔 보답이 있어야지. 795

너의 애타는 심정에는 일주일도 너무 길겠구나.
내일 당장 너와 결혼하마. 하객으로는…….

이자벨

내일 당장이요?

스가나렐

수줍어서 물러서는 척하는구나.
하지만 나는 이 얘기에 네가 얼마나 좋아할지 다 안다.
800 어쩌면 넌 벌써 혼사가 다 치러졌기를 바랄지도 모르지.

이자벨

하지만…….

스가나렐

이 결혼식을 위해 모든 걸 준비하자꾸나.

이자벨

오, 하늘이시여! 결혼을 연기할 묘책을 알려 주시길!

제3막

제1장

이자벨

그래, 백번 죽는다 해도 내가 강요당하는
이 끔찍한 결혼보다는 두렵지 않을 것 같아.
그 가혹한 공포를 피하기 위해 내가 하는 모든 일은 805
나를 비난하는 사람들한테서도 용서받을 수 있을 거야.
시간이 촉박해. 날이 어두워졌어. 자, 두려워 말고
애인의 맹세에 내 운명을 걸어 보자.

제2장

스가나렐, 이자벨

스가나렐

(집 안에 있는 사람들에게 말하며)

나 다녀왔다. 내일 가서 내 이름을 대고…….

이자벨

어머나!

스가나렐

810 요 귀염둥이, 너로구나? 밤늦게 어딜 가는 게냐?

아까 나랑 헤어질 때 좀 피곤해서

네 방에 들어가 쉬겠다고 말했잖니.

심지어는 방해받지 않고 푹 쉴 수 있도록

내일 아침까지 찾아오지 말라는 부탁도 했었는데.

이자벨

맞아요. 그런데…….

스가나렐

그런데 뭐?

이자벨

815 제가 당황한 것 같죠?

저도 이 일을 어떻게 변명해야 할지 모르겠어요.

스가나렐

왜? 대체 무슨 일인데 그래?

이자벨

엄청난 비밀이에요.

언니 때문에 할 수 없이 방에서 나온 거예요.

제가 몹시 나무랐던 계획 때문에 언니가

제 방을 빌려 달라고 하기에 거기에 언니를 숨겨 줬어요. 820

스가나렐

뭐?

이자벨

믿을 수 있을까요? 언니가 글쎄 우리가 쫓아낸

그 구혼자를 사랑한대요.

스가나렐

발레르를?

이자벨

필사적으로요.

언니의 열정이 너무나 커서 무엇과도 비교할 수가 없어요.

아버지도 그 격정이 얼마나 큰지 판단하실 수 있을 거예요.

언니가 이 시간에 혼자 여기까지 와서 825

제게 사랑의 근심을 털어놓으면서
만일 자기의 사랑이 바라는 결과를 얻지 못하면
죽어 버릴 거라고 단호하게 말한 걸 보면 말예요.
두 사람은 일 년 이상 비밀리에
830 꽤나 생생한 사랑의 감정으로 교제해 왔고
심지어 그들의 사랑이 시작될 무렵에
서로 결혼하기로 약속을 했었다는 거예요.

스가나렐

못된 년 같으니!

이자벨

자기가 좋아하는 남자를
제가 절망 속에 빠뜨렸다는 사실을 알게 되자
835 언니는 자기의 사랑으로 그를 잡아 보겠다고 부탁했어요.
그 사람이 떠나면 자기 마음이 찢어질 듯 아플 거라고요.
오늘 밤 제 이름으로 이 연인과 이야기를 나누겠대요.
제 방이 보이는 작은 거리에서
제 목소리를 흉내 내면서 그 사람을 붙잡을 수 있게
840 부드러운 애정들을 매력적으로 표현함으로써
알다시피 그 사람이 제게 가지고 있는 마음을
슬쩍 자기 쪽으로 돌리게 하겠다는 거예요.

스가나렐

그래서 네 생각은 어떠냐?

이자벨

저요? 당연히 화를 냈죠.
제가 그랬어요. 〈뭐라고? 언니, 지금 제 정신이야?
언니는 매일같이 마음을 바꾸는 이따위 사람한테 845
그토록 많은 사랑을 품었다는 게 부끄럽지도 않아?
또 여성의 도리를 망각하고 하늘이 언니한테 점지해 준
남자의 신뢰를 배신하면서 얼굴이 붉어지지도 않느냐고?〉

스가나렐

그 양반은 그런 일을 당해도 싸다. 난 무척 기쁘구나.

이자벨

전 경멸하는 마음에 수백 가지 이유를 대면서 850
그토록 비열한 짓에 대해 언니를 비난하고
오늘 밤 언니의 부탁을 거절하려고 했어요.
하지만 언니가 너무 절절하게 부탁을 해왔고,
너무 많은 눈물을 흘렸고, 너무 많은 한숨을 내쉬며,
만일 제가 자신의 열정이 요청하는 바를 거절한다면 855
자길 절망의 구렁텅이에 빠뜨리는 거라고 여러 번 말했어요.
그래서 저도 모르게 언니의 뜻에 굴복하게 되었어요.
제 피붙이에 대한 애정으로 인해 동의하게 된

오늘 밤의 음모를 정당화하기 위해
860 뤼크레스한테 저와 함께 자달라고 청할 참이었어요.
아버지가 늘 그분의 미덕을 칭찬하셨잖아요.
하지만 이리 빨리 돌아오시는 바람에 제가 놀랐네요.

스가나렐

아니, 아니다. 나는 내 집에 비밀이 있는 걸 원치 않는다.
내 형님에 관한 일이니 나도 그에 동의할 수 있단다.
865 하지만 누군가 밖에서 볼 수도 있는 일이잖니.
내가 온몸을 바쳐 공경해야 할 여성은
비단 정숙해야 할 뿐만 아니라 본성도 좋아야 해.
게다가 절대 의심조차 받아서는 안 된단 말이다.
그 고약한 년을 쫓아내자. 그리고 그년의 사랑은…….

이자벨

870 아! 그러면 언니가 너무나 당황할 거예요.
제가 애를 썼는데도 신중하지 못하게 행동했다고
언니가 불평할 것도 당연하고요.
어쨌든 언니의 계획을 따를 수는 없으니까
적어도 언니를 내보낼 때까지는 기다리세요.

스가나렐

알았다. 그렇게 하려무나.

이자벨

하지만 제발 숨어 계시고요. 875

언니에게 아무 말 마시고 그저 나가는 걸 보기만 하세요.

스가나렐

그래, 너에 대한 사랑을 생각해서 흥분을 가라앉히마.

하지만 그 애가 밖으로 나오자마자

나는 지체 없이 내 형님을 만나러 갈 테다.

그 양반한테 이런 일을 알리러 가다니 참 기쁘구나. 880

이자벨

청컨대 제 이름은 절대로 부르지 마세요.

그럼 가세요. 전 제 방에 틀어박혀 있겠어요.

스가나렐

내일 보자. 귀염둥이야. 형님을 찾아가

그 양반의 곤경을 얘기하려니 조바심이 나는군!

순진한 영감쟁이가 입심 좋게 떠들더니 한 방 먹었군. 885

금화 20에퀴를 준대도 이런 일은 겪고 싶지 않아.

이자벨

(집 안에서)

그래, 언니 기분을 상하게 해서 나도 미안해.

하지만 언니, 언니가 바라는 것은 내겐 불가능한 일이야.

소중한 나의 명예를 너무나 위태롭게 하니까.
890 잘 가. 너무 늦기 전에 집에 들어가.

스가나렐

이런 돼먹지 못한 년이 저기 나오는군.
다시 올지도 모르니까 문을 열쇠로 잠가 두자.

이자벨

(변장하고 밖으로 나오며)
오! 하늘이시여! 이 계획을 성공으로 이끌어 주세요!

스가나렐

저년이 어딜 가는 거지? 좀 따라가 보자.

이자벨

895 적어도 이 밤은 괴로운 나를 도와주는구나.

스가나렐

놈의 집으로 가다니! 대체 무슨 꿍꿍이속이야?

제3장

발레르, 스가나렐, 이자벨

발레르

(갑자기 튀어나오며)

그래, 좋아. 오늘 밤에는 무슨 일이든 꾸며 내서

말을 걸어 봐……. 아, 거기 누구요?

이자벨

발레르, 소리 내지 마세요.

당신께 알려 드릴 게 있어서요. 저 이자벨이에요.

스가나렐

이런 화냥년. 네가 날 속였겠다. 넌 이자벨이 아니야. 900

네년이 피하는 명예의 법칙을 그 앤 너무나 잘 따르고 있지.

이자벨의 이름과 목소리를 거짓으로 꾸며 대는 게야.

이자벨

성스러운 결혼에 의해 당신을 뵙지 않는 한…….

발레르

압니다. 그게 내 운명이 바라는 유일한 목표요.

지금 당신에게 약속하는 바, 당장 내일이라도 905

당신이 원하는 곳 어디든 청혼하러 가겠소.

스가나렐

속는 줄도 모르는 불쌍한 바보 녀석!

발레르

안심하고 들어오세요.

속아 넘어간 당신의 아르고스는 내가 맞서 싸울 테니까요.
그자가 당신을 내 사랑에서 떼어 놓는다면
910 이 팔로 그의 심장을 천 번이라도 찌르겠습니다.

스가나렐

아! 장담컨대 나는 네게서 사랑의 노예가 된
그 파렴치한 계집애를 빼앗을 생각이 없고,
네가 그녀에게 한 사랑의 맹세를 질투하지 않는다.
만약 내 말을 믿는다면 넌 그녀의 남편이 될 게다.
915 좋아. 이 뻔뻔한 계집이랑 녀석을 같이 급습하자.
정당하게 존경을 받았던 그녀의 아버지를 생각하고,
그 여동생에 대한 나의 크나큰 관심을 감안하면
적어도 그녀의 명예를 회복시키려고 애는 써봐야지.
이보시오!

제4장

스가나렐, 수사관, 공증인과 수행원들

수사관

무슨 일입니까?

스가나렐

안녕하시오. 수사관 나리.

공식 제복을 갖춰 입은 당신의 존재가 지금 필요합니다. 920

자, 횃불을 켜고 나를 따라오시오.

수사관

우린 지금 나가려던 참인데…….

스가나렐

꽤 급한 일이요.

수사관

뭔데요?

스가나렐

저 집으로 가십시다. 가서 못된 결혼을 하려고

모여 있는 두 연놈을 깜짝 놀라게 해줍시다.

여자는 우리 집안의 여식인데 발레르란 놈이 925

결혼을 미끼로 유혹을 해서 자기 집에 데리고 갔다오.

그 아이는 고귀하고 덕망 있는 집안 출신인데

그만…….

수사관

만일 그 일 때문이라면 우리를 잘 만나셨소.

마침 여기 공증인도 있으니까요.

스가나렐

나리 말입니까?

공증인

네, 왕실 공증인이죠.

수사관

930 더욱이 신의도 있는 분이시고요.

스가나렐

여부가 있겠습니까. 자, 이 문으로 들어들 가세요.
소리는 내지 말고 누가 도망치지는 않는지 잘 보세요.
분명히 그렇게 애쓰신 보람이 있을 겁니다.
하지만 절대 매수를 당하거나 해서는 안 됩니다.

수사관

935 뭐요? 당신 생각엔 법원에서 일하는 사람이 그런 일을…….

스가나렐

내가 한 말은 댁의 직무를 비난하려는 뜻이 아니었소.
나는 이 길로 가서 곧 내 형님을 모셔 오겠소이다.
횃불로 나를 좀 비춰 주시오.

가서 화낼 줄도 모르는 이 양반을 즐겁게 해줘야겠군.
이리 오너라!

제5장

아리스트, 스가나렐

아리스트

문밖에 누구요? 아, 아우로군. 무슨 일인가? 940

스가나렐

자, 어서 가십시다. 훌륭한 선생님, 한물간 멋쟁이 양반.
형님께 보여 드리고 싶은 멋진 일이 하나 있습니다.

아리스트

뭐라고?

스가나렐

형님께 좋은 소식을 하나 가져왔지요.

아리스트

무슨 소식?

스가나렐

형님의 레오노르 말인데, 죄송하지만 지금 어디 있죠?

아리스트

945 그건 왜 물어? 내가 알기로 걘 지금
친구 집 무도회에 가 있는데.

스가나렐

아하! 암요, 그렇겠지요. 절 따라오세요.
그 뻔뻔한 아가씨가 어떤 무도회에 갔는지 아시게 될 테니.

아리스트

무슨 말을 하려는 게야?

스가나렐

형님이 그년을 잘도 가르쳤습디다.
〈엄격한 비평가로 사는 건 좋은 일이 아니다.
950 아주 부드럽게 대해야 사람의 마음을 얻는 법,
의심하며 행하는 조치들, 자물쇠와 철창들은
아내들과 딸들의 미덕을 만들지 못한다.
그토록 엄격하게 굴면 그녀들을 불행하게 하고
여성이란 약간의 자유를 누리고 싶어 한다〉 등등 말이죠.
955 그 교활한 계집애는 그 교훈을 잘도 이해했더군요.
걔한테 미덕은 아주 손쉬운 게 됐더란 말입니다.

아리스트

대체 그런 이야기를 하는 심보가 뭐야?

스가나렐

저런, 형님, 형님은 이런 일을 당해도 싸지요.
저라면 금화 20피스톨을 준대도 원치 않겠어요.
형님의 그 어리석은 교훈이 가져온 이런 결실 따위는요. 960
우리의 가르침이 걔들에게 어떤 결과를 가져왔는지 보세요.
한 애는 구애자를 피해 다니고 다른 애는 그놈을 쫓아다녀요.

아리스트

이런 수수께끼 같은 얘기가 뭔 말인지 분명하게 설명 좀…….

스가나렐

수수께끼는 바로 그년이 발레르 씨의 무도회에 갔다는 거죠.
고년이 밤중에 그 집으로 발길을 옮기는 걸 내가 봤어요. 965
아마도 지금쯤이면 놈의 품 안에 안겨 있을걸요.

아리스트

누가?

스가나렐

레오노르 말이죠.

아리스트

제발이지 농담은 그만하자.

스가나렐

농담이요? 농담이라니 참으로 선하기도 하셔라!
가엾은 양반, 내가 거듭해서 말하거니와
970 발레르가 자기 집에 형님의 레오노르를 데리고 있단 말이오.
그놈이 이자벨을 따라다닐 생각을 하기 전에
이미 둘이서 결혼을 약속했었답니다.

아리스트

이 얘기는 뭔가 앞뒤가 맞지 않는 것 같은데…….

스가나렐

그걸 멀쩡히 두 눈 뜨고 본대도 믿지 않을 양반이군.
975 분통 터져! 정말이지 나이는 아무짝에도 쓸모가 없다니까.
요게 없으면 말이야.
(손가락을 이마에 갖다 댄다)

아리스트

뭐라고? 아우님, 무슨 말을 하려는…….

스가나렐

이런 젠장! 아무 말도 아닙니다. 그저 나만 따라오세요!

잠시 후면 형님의 마음이 기뻐하시게 될 테니까요.
내가 형님을 속이고 있는지, 또 그 둘이 일 년도 더 전에
마음을 나누고 결혼을 약속했었는지 다 보게 되실 거요. 980

아리스트

그 애가 내게 알리지도 않고
약혼에 동의했다니 뭔가 석연치가 않아.
나로 말하면 그 애가 어릴 적부터 계속해서
모든 면에서 전적인 배려를 해왔고
절대로 그 애의 애정을 강요하지 않을 거라고 985
수도 없이 공언을 해왔는데, 어째서?

스가나렐

좌우지간 형님 눈으로 직접 상황을 판단해 보시구려.
내가 벌써 수사관과 공증인을 불러 놓았소이다.
본인이 주장하는 결혼을 시켜서 그 애가 상실한 명예를
즉각적으로 복원하는 게 우리한테 이로우니까요. 990
형님이 여전히 몇 가지 억설을 해대면서
놀림감 중에 최고 놀림감이 되려고 하지 않는다면
나는 이런 오명을 쓴 년과 결혼하기를 바랄 만큼
형님이 비겁한 사람이라고는 생각하지 않습니다.

아리스트

나로 말하자면 억지로 사랑을 소유하기를 바라는 995

그런 약한 행동 따위는 결코 하지 않을 거야.
한데 다만 믿을 수가 없어서…….

스가나렐

뭔 말이 그렇게 많은지!
갑시다. 잘못하면 논쟁하느라 날밤 새우겠소.

제6장

수사관, 공증인, 스가나렐, 아리스트

수사관

신사 양반들, 여기서는 어떤 강제력도 필요 없습니다.
1000 만일 여러분이 바라는 게 단지 그들의 결혼이라면
여러분의 화는 이 자리에서 바로 풀릴 겁니다.
두 사람 다 결혼하고 싶어 하고
발레르는 이미 여러분의 관심사와 관련해
함께 있는 숙녀분을 아내로 삼겠다고 서명을 했습니다.

아리스트

여자 쪽은…….

수사관

안에 있는데, 두 분이 자신들의 요구에 1005
동의하지 않는 한 절대 밖으로 나오지 않겠답니다.

제7장

수사관, 발레르, 공증인, 스가나렐, 아리스트

발레르

(창가에서)
나리들, 안 됩니다. 여러분의 뜻을 제게
알려 주시기 전에는 아무도 여기 들어오지 못합니다.
여러분은 제가 누군지 아시죠. 전 여러분께 보여 드릴 수
있는 서약서에 서명함으로써 제 의무를 다했습니다. 1010
만일 저희의 결혼을 승낙하실 생각이라면
이 서약서에 서명해서 보증을 해주시면 됩니다.
그게 아니라면 제게서 제 사랑의 대상을
빼앗느니 차라리 제 목숨을 앗아 가세요.

스가나렐

아니, 우린 자네를 그녀에게서 떼어 놓을 생각이 없네. 1015
(방백)
놈이 아직도 이자벨의 술책을 깨닫지 못했군.

놈의 실수를 이용해 볼까나.

아리스트

한데 걔가 레오노르인가?

스가나렐

잠자코 계세요.

아리스트

하지만……

스가나렐

조용히 하시라니까.

아리스트

난 알고 싶네……

스가나렐

아직도?

제발 입 좀 다무시겠어요?

발레르

어쨌거나 결과가 어떻든

1020 이자벨과 저는 서로 사랑의 맹세를 나눠 가졌습니다.

모든 것을 고려해 본다면 저를 선택한 것은
두 분이 그녀를 비난해야 할 만큼 나쁜 선택은 아닙니다.

아리스트

저자의 말에 따르면……

스가나렐

조용히 하세요. 이유는 묻지 마시고요.
비밀을 알게 될 겁니다.
(발레르에게)
알았네, 다른 잔말할 것 없이,
우리 둘 다 자네가 지금 집에 데리고 있는 1025
여자의 남편이 되는 데 동의하네.

수사관

그 말씀을 통해 일이 성사되었습니다.
숙녀분은 아직 뵙지 못해서 이름을 공란으로 두었습니다.
서명하세요. 후에 숙녀분이 모두를 화해시킬 것입니다.

발레르

전 동의합니다.

스가나렐

나도 그리되길 매우 바라오. 1030

곧 모두들 웃느라 숨넘어가겠지. 형님, 어서 서명하세요.
명예로운 일인데 어른이 먼저 하셔야죠.

아리스트

하지만 왜 이 모든 수수께끼가…….

스가나렐

제기랄! 뭘 망설이시오! 서명하라니까요. 가엾은 얼간이 양반.

아리스트

그는 이자벨이라고 하는데, 너는 레오노르라고 하잖아.

스가나렐

1035 아니 형님, 만일 그게 레오노르라면 저 둘이
서로의 약속을 지킨다는 데 동의하지 않을 거요?

아리스트

물론 해야지.

스가나렐

그럼 서명하세요. 나도 그리할 테니까.

아리스트

좋아. 하지만 대체 이해가 안 돼서.

스가나렐

곧 알게 될 거요.

수사관

곧 돌아오겠습니다.
(수사관과 공증인이 발레르의 집으로 들어간다)

스가나렐

(아리스트에게)
자, 이제 형님께
이 음모의 전말을 말씀드리지요.

제8장

레오노르, 리제트, 스가나렐, 아리스트

레오노르

아, 마치 기이한 순교 같았어! 1040
그 젊은 바보 얼간이들이 얼마나 귀찮게 굴던지!
하도 추근거려서 무도회를 빠져나와야 했잖아.

리제트

그 남자들 모두 아가씨한테 잘 보이려고 난리던데요.

레오노르

그런데 난 정말이지 그들을 못 견디겠더라.

1045 아무런 뜻도 없는 그런 엉터리 파란 이야기보다는[15]

매우 단순한 대화를 나누는 편이 훨씬 낫지.

그들은 금발 가발이면 모두가 굴복할 거라 생각하고,

세상에서 가장 재치 있는 말을 했다고 생각한다니까.

악당처럼 빈정거리며 다가와서는

1050 노인의 사랑에 대해 어리석은 조롱을 해댄단 말이야.

하지만 난 골 빈 젊은이들의 정신없는 열정보다는

그런 노인의 차분한 사랑을 더 높이 평가해.

근데 저기 누굴 본 것 같은데?

스가나렐

그래요. 일이 그렇게 된 거랍니다.

아! 저기 나타났군요. 하녀도 같이 옵니다.

아리스트

1055 레오노르야, 화는 내지 않겠다만 불평은 해야겠구나.

너도 알다시피 난 널 구속하려 한 적이 결코 없었고,

하고 싶은 일은 맘껏 해도 좋다고

백 번도 넘게 네게 얘기했더랬다.

15 원작의 표현은 *contes bleues*인데, 〈파란 문고*La bibliothèque Bleue*〉 시리즈에 속한 문고판 책들을 말한다. 거친 종이 재질에 파란색 표지를 달아 인쇄된 이 책들은 대개 기사도 소설이나 어린이용 동화들로, 여성들이나 일반 가정에서 인기를 끌었다.

그런데도 네 마음은 나의 동의를 괘념치 않고서
내가 모르는 사이에 사랑과 믿음을 약속했단 말이냐. 1060
난 나의 온유한 양육 방법을 후회하지는 않는다.
하지만 네가 일을 처리한 방식은 내게 상처를 주는구나.
이것은 내가 네게 베풀었던
자애로운 사랑에 합당한 행동이 아니다.

레오노르

아버지가 뭣 때문에 그런 말씀을 하시는지 모르겠어요. 1065
하지만 전 전과 다름없이 똑같다는 걸 믿어 주세요.
그 무엇도 당신에 대한 저의 존경을 바래게 할 순 없어요.
다른 사람을 사랑한다는 건 제게 범죄처럼 여겨질 거예요.
만일 당신이 제 소원을 들어주고 싶으시다면
내일 당장 성스러운 결혼이 우리를 하나로 묶어 줄 거예요. 1070

아리스트

아니, 그럼 동생은 대체 무슨 근거로 나를 찾아와서……?

스가나렐

뭐라고? 지금 발레르의 집에서 나온 게 아니더냐?
오늘 그 녀석한테 사랑을 고백한 게 아니었어?
일 년 전부터 녀석을 사랑해 온 거 아니냐고?

레오노르

1075 누가 숙부님께 저를 그렇게 묘사하면서
거짓말을 날조해 사기를 칠 생각을 했죠?

제9장

이자벨, 발레르, 수사관, 공증인, 에르가스트, 리제트, 레오노르,
스가나렐, 아리스트

이자벨

언니, 내 멋대로 굴어서 언니 이름에 먹칠을 했다면
너그러이 용서해 주길 바랄게.
너무나 놀라서 다급했던 나머지 좀 아까
1080 이런 부끄러운 계략을 떠올리게 됐어.
모범적인 언니는 이런 격정을 죄악시 여기겠지.
하지만 운명은 우리 둘을 서로 다르게 대했어.
(스가나렐에게)
당신께는 변명하고 싶은 생각이 전혀 없어요.
당신을 속인 것보다 훨씬 더 많이 당신께 봉사했으니까요.
1085 하늘은 우리 두 사람이 서로 결합되도록 만들지 않았어요.
전 당신의 사랑을 받을 자격이 없다는 걸 알게 됐어요.
그리고 당신의 사랑 따위를 받을 자격보다는
나를 다른 사람의 손에 맡기는 편이 더 좋았습니다.

발레르

저로 말하자면, 나리, 제 영광과 최상의 행복은
나리의 손에서 그녀를 데려오는 것입니다. 1090

아리스트

동생, 이 사태를 침착하게 받아들여야만 하네.
자네의 방식이 이런 행동의 원인이 됐으니까 말이야.
이렇게 웃음거리가 됐는데도 아무도 동정하지 않을 테니
네 운명이 참으로 딱하게 됐구나.

리제트

맹세코 난 일이 이렇게 되어 기뻐요. 1095
그의 불신에 대한 대가로는 완벽한 행동이죠.

레오노르

난 이런 행동이 칭찬받을 일인지는 모르겠어요.
하지만 적어도 그걸 비난할 순 없다는 건 잘 알겠네요.

에르가스트

그의 별이 그에게 오쟁이 진 남편의 운명을 점지해 놨군요.
일이 생기기 전에 그렇게 된 것이 그나마 다행입니다. 1100

스가나렐

아니, 난 충격에서 벗어날 수가 없어.

이런 배신행위가 내 판단을 흐려 놓는군.
악마가 몸소 나타난다고 해도
이 계집년보다 더 악독할 수는 없을 게야.
1105 그녀를 믿고 손에 장이라도 지질 뻔했는데!
이런 일이 있은 후에도 여자를 믿는 자 불행하도다!
가장 최고의 여자가 언제나 악의로 가득한 법,
여성이란 모든 사람을 저주하기 위한 존재다.
나는 이 기만적인 여성을 영원히 포기하고,
1110 그것을 기꺼이 악마에게 줘버릴 테다.

에르가스트

저런!

아리스트

모두 우리 집으로 가십시다. 발레르 씨도 오시오.
내 아우의 분노는 내일 달래 주도록 합시다.

리제트

(관객에게)
여러분, 만일 막돼먹은 못된 남편들을 알고 있다면
그들을 우리 학교로 보내 주세요.[16]

16 몰리에르의 연극 중에서 관객들을 향한 대사로 끝을 낸 것은 이 작품이 마지막이다. 처음 이런 기법을 사용한 것은 「스가나렐 또는 상상으로 오쟁이 진 남자」에서였다.

아내들의 학교

헌사

대공비[1] 존하

존하,

책을 헌정해야 할 때면 소신은 세상에서 가장 난감한 사람이 됩니다. 헌사에 적합한 문체에는 워낙 소질이 없어 이 글도 어떻게 써나가야 할지 모르겠습니다. 다른 작가가 제 입장이었다면 먼저 대공비 존하에 대해, 이어 「아내들의 학교」라는 이 연극의 제목에 관해, 마지막으로 이 연극을 존하께 바치는 일에 대해 백 가지 멋진 말들을 찾아낼 것입니다. 하지만 존하, 저로서는 존하께 제 약점을 고백할 도리밖에는 없습니다. 균형이 잡히지 않은 것들을 서로 관계 짓는 기술을 저는 알지 못합니다. 또한 제 동료 작가들이 매일 이런저런 주제들에 대해 몇몇 그럴싸한 설명을 하고

1 찰스 1세와 앙리에트 드 프랑스의 딸로 루이 14세의 동생 오를레앙 공작과 결혼한 앙리에트 당글르테르를 말한다. 지혜롭고 영민한 그녀는 루이 14세의 궁정에서 존재감을 발휘했으며, 몰리에르를 비롯해 많은 문인들로부터 찬사와 칭송을 받았다.

는 있지만, 제가 헌정하는 이 희극에 대해 존하께서 직접 시시비비를 가리셔야 할 사항은 없다고 생각합니다. 존하께 칭송을 바치기 위해 어떻게 할까 근심하는 것은 분명 아닙니다. 존하, 그 재료는 눈에 너무 많이 띄니 말입니다. 어느 쪽에서 존하를 바라보든 영광에 더해 영광을, 장점에 더해 장점을 발견할 뿐입니다. 존하께서는 타고난 태생과 지위로 온 지상의 존경을 받으셔야 합니다. 또한 매력과 재치, 외모의 면에서도 존하를 바라보는 모든 이의 존경을 받아 마땅하십니다. 존하의 영혼 또한 마찬가지여서 감히 말씀드리자면 영광스럽게도 존하께 가까이 다가갈 수 있는 모든 사람으로 하여금 존하를 흠모하게 만들어 버립니다. 그러니까 제가 말씀드리고자 하는 바는 존하께서 지니신 고귀한 작위들에 대한 자부심을 절제하며 보여 주시는 그 매력적인 온화함, 그리고 모든 이에게 드러나는 친절한 후의와 너그러운 접대에 대한 것입니다. 특별히 이러한 존하의 성은을 입은 저로서는 언제가 됐든 이에 대해 함구하고 있을 수만은 없다는 것을 느낍니다. 하지만 존하, 재차 말씀드리지만 저는 어떤 방법으로 이토록 명백한 진실을 이 헌사에 담아낼 수 있을지 모르겠습니다. 제 생각에 그 진실들은 규모도 방대하고 너무나 고양된 미덕으로 이루어진 것들이기에 이런 헌사 안에 가두어 놓고 하찮은 것들과 같이 논할 수 없는 것이기 때문입니다. 존하, 모든 것을 고려해 보아도 소신이 당장 할 수 있는 일은 그저 존하께 제 희극을 바치고 가능한 최대의 존경을 담아 소신이 존하의 큰

후은을 입은 매우 순종적이고 충실한 종임을 말씀드리는 것 외에는 다른 것이 없다고 사료됩니다.

존하의 충복 몰리에르 경백

서문

처음에 많은 사람들이 이 희극에 비난을 퍼부었지만 웃음을 좋아하는 사람들은 이 희극을 옹호했다. 사람들이 이 작품에 대해 얘기할 수 있었던 모든 잘못도 그것이 성공을 거두는 것을 방해할 수는 없었고, 나는 그 성공에 만족하고 있다.

사정이 이렇기에 사람들은 비판자들에 대응하여 내 작품을 변호하는 어떤 서문을 내게 기대하고 있음을 알고 있다. 또한 내 연극을 인정해 준 분들에게 은혜를 입었기에 다른 이들의 판단에 맞서 그분들의 판단을 옹호해 드려야 한다는 것에도 의심의 여지가 없다. 하지만 이 문제에 대해 말했어야 할 것들 중 많은 부분이 이미 내가 대화체로 작성한 논고[2]에 들어 있다. 다만 그 작품을 어떻게 할지는 아직 결정하지 못했다.

그 대화, 아니 원한다면 작은 희극이라고 부를 작품에 대한 생각이 떠오른 것은 「아내들의 학교」를 두 번인가 세 번 공연한 후였다.

2 1663년 6월 1일에 공연된 「아내들의 학교 비판」을 말한다.

내가 이런 생각을 언급한 것은 어느 날 밤 자리했던 한 저택에서였다. 그 재치가 세상에 잘 알려져 있고, 영광스럽게도 나를 아껴 주시는 지체 높은 분께서 이 계획을 꽤나 맘에 들어하시면서, 내게 그 일에 착수할 것을 권하는 동시에 당신도 직접 참여하겠다는 뜻을 밝히셨다. 그러고는 이틀 뒤 놀랍게도 그분은 솔직히 내가 할 수 있는 것보다 훨씬 멋지고 재치 있는 방식으로 글을 완성하여 내게 보여 주셨다. 그러나 거기에는 내게 지나치게 유리한 것들이 많았기 때문에, 나는 만일 이 작품을 우리 극장에서 공연한다면 사람들이 그 작품에 드러난 찬사들을 내가 구걸했다고 비난할까 봐 두려웠다. 이 때문에 나는 시작했던 것을 끝내지 못하고 이런저런 생각을 하면서 머뭇거리던 차였다. 많은 사람들이 매일같이 내게 그것을 무대에 올리라고 재촉하고 있지만, 나는 그것이 어떻게 될지 모르겠다. 이런 불확실성 때문에 나는 이 서문에서 행여 내가 공연하기로 결심할 경우를 대비해 「아내들의 학교 비판」에서 관객들이 보게 될 내용들은 다루지 않기로 했다. 재차 말하지만 이 작품을 무대에 올려야 한다면, 그것은 단지 관객을 대변해 몇몇 이들이 받은 미묘한 불쾌감에 복수하기 위해서이다. 왜냐하면 나로서는 이 희극의 성공으로 이미 충분히 복수를 했다고 생각하기 때문이다. 나는 내가 쓰게 될 모든 희극들이 그들에 의해 이 작품처럼 다루어졌으면 하는 마음이다. 단지 그 나머지 상황도 동일하기만 하다면 말이다.

등장인물

아르놀프 다른 이름으로는 드 라 수슈 경
아녜스 아르놀프에 의해 양육된 순진한 처녀
오라스 아녜스의 연인
알랭 농부, 아르놀프의 하인
조르제트 농부, 아르놀프의 하녀
크리잘드 아르놀프의 친구
앙리크 크리잘드의 매형
오롱트 오라스의 아버지이자 아르놀프의 오랜 친구

장소

도시의 광장

제1막

제1장

크리잘드, 아르놀프

크리잘드

뭐라고? 자네가 그 아이한테 청혼을 하겠단 말인가?

아르놀프

그래, 내일 중으로 일을 끝내고 싶네.

크리잘드

여긴 우리 둘뿐이네. 그러니 누가 들을까 걱정 말고
그 문제에 대해 같이 얘기를 나눠 보세나.
5 자넨 내가 친구로서 마음을 열길 바라겠지?
자네 계획을 들으니 걱정스럽고 불안하네.
자네가 그 일을 어떤 식으로 끌고 가든

아내를 얻는다는 건 자네한테 상당히 무모한 도전이야.

아르놀프

그렇지, 친구. 아마도 자넨 자네의 집에서
내 집안을 걱정할 만한 이유를 본 거겠지. 10
자네 얼굴을 보니 어디서든 뿔[3]이야말로
결혼의 피치 못할 특성이라는 말을 하고 싶은 게로군.

크리잘드

그거야 우연의 산물이니 누구도 절대 보장을 못 하지.
그런 일에 대해 걱정하는 건 정말 어리석은 일이야.
내 걱정은 다만 수많은 불쌍한 남편들이 15
자네의 그 맹렬한 비웃음을 견디고 있었다는 사실이네.
자네도 알다시피 신분이 높든 낮든
자네의 비아냥거림을 피해 간 사람은 없질 않은가.
어딜 가든 은밀한 불륜 행각을 백일하에 밝히는 것이
자네의 가장 큰 낙이니 말이야……. 20

아르놀프

그야 당연하지. 세상천지 어떤 다른 도시에
여기만큼 인내심이 넘치는 남편들이 있다던가?

3 오쟁이 진 남편을 표시할 때 머리 위에 손가락을 세워 〈뿔 달린 남편〉이라고 표현한다. 아내가 다른 남자와 정을 통해 남편의 이마에 뿔이 솟았다는 말이다.

자기 집에서 별별 취급 다 받는
온갖 종류의 남편들을 보고 있지 않은가?
25 어떤 자가 재산을 모으면 그 마누라는
제 남편을 오쟁이 지게 할 놈들한테 그걸 고해바치지.
그보다는 좀 낫지만 불명예스럽기는 매한가지인 다른 작자는
매일같이 자기 마누라한테 선물이 당도하는 것을 보면서도
절대 질투 따위로 마음을 쓰지 않는다네.
30 마누라 왈, 그건 다 덕이 있어서 받은 거라고 했다나.
어떤 자는 저한테 하등 소용없는 난리 법석을 피우는가 하면
다른 자는 한량없는 너그러움으로 만사를 내버려 두지.
젊은 바람둥이 녀석이 자기 집에 도착하는 걸 보면
깍듯이 예의를 갖춰 녀석의 장갑과 외투를 받아 주면서.
35 바람둥이 녀석과 짝짜꿍이 된 교활한 여편네는
자기의 충실한 남편한테 거짓으로 속내를 이야기하고
그 남편은 그런 줄도 모르고 편안히 잠을 청하며
행여 바람둥이 녀석한테 배려를 잊은 건 없나 걱정을 하잖나.
또 다른 여편네는 자신의 낭비를 해명한답시고
40 자기가 쓰는 돈은 다 노름에서 딴 거라고 말하지.
그러면 미련한 남편은 그게 어떤 놀이인지는 생각 않고
마누라가 따온 돈에 대해 신에게 감사를 드리지.
요컨대 사방에 풍자할 거리가 널렸단 말일세.
그런 일을 보면서도 내가 웃으면 안 되는가?
이 어리석은 양반들에 대해서 내가…….

크리잘드

그렇지. 하지만 남을 비웃는 자는 45
반대로 남들도 자기를 비웃지 않을까 염려해야 하는 법이네.
난 세상 사람들이 말하는 걸 듣는다네. 사람들은
주변에서 일어나는 일들에 대해 지껄이길 즐기지.
그러나 내가 드나드는 장소에선 누가 비밀을 폭로하더라도
그런 소문들에 흥미를 보이는 내 모습을 보진 못할 걸세. 50
그런 일에 대해선 내가 말을 아끼는 편이거든.
상황에 따라 어떤 유의 아량은 비난할 만도 하고,
다른 남편들이 평온하게 참아 낸다고 해서
나도 그것을 똑같이 참을 생각은 추호도 없지만
그들에 대해 이러쿵저러쿵 떠들고 싶진 않네. 55
왜냐하면 풍자의 입장이 뒤바뀌는 걸 두려워해야 하거든.
자고로 자기가 할 수 있는 일이든 할 수 없는 일이든 간에
그런 일을 두고 내기를 걸어서는 안 되는 거야.
모든 일을 관장하는 운명에 의해 내 앞에
인간적으로 불명예스러운 일이 닥치게 된다면, 60
확신컨대 지금껏 내가 취한 태도 덕분에
사람들은 뒤에서 몰래 나를 비웃는 걸로 만족할 걸세.
아니, 어쩌면 운 좋게도 그들 중 마음 좋은 몇몇은
그리되어 유감이라고 내게 말해 줄 수도 있겠지.
하지만 이 사람아, 자네의 경우는 사정이 다르네. 65
재차 말하지만 자네는 지금 너무 위태로워.
바람난 아내 때문에 고통받는 남편들을 두고

자네의 세 치 혀는 늘 심하게 조롱을 해대고
마치 사슬 풀린 악마처럼 그들에게 맞서지 않았는가.
70 그러니 웃음거리가 되지 않으려면 앞만 보고 다녀야 할 걸세.
만일 자네에게서 아주 작은 구실만 찾아내도
대로 한가운데서 실컷 망신을 줄 수 있으니 조심하게나.
그리고…….

아르놀프

맙소사! 이 친구야, 별걱정을 다 하고 있구먼.
그런 일로 나를 잡아매려면 머리가 꽤 좋아야 할 걸세.
75 나도 여인들이 우리를 오쟁이 지게 할 때 사용하는
간교한 술책과 치밀한 음모를 알고
그 능란한 솜씨에 사람들이 어떻게 당하는지도 알고 있네.
난 그런 불상사에 대비해 안전 대책을 세워 놓았지.
내가 결혼하려는 여자는 순진무구 그 자체라서
80 그런 해로운 운명으로부터 내 이마를 구해 줄 걸세.

크리잘드

무슨 생각을 하는 겐가? 그러니까 어리석은 여자와…….

아르놀프

어리석은 여자와 결혼한다고 어리석은 남편이 되진 않네.
정직한 기독교도로서 자네 아내가 참 현명하다고 생각하네.
그러나 똑똑한 여자는 불길한 전조일세.

나는 재주가 넘치는 마누라를 두기 위해 85
몇몇 이들이 치러야 하는 대가가 뭔지 알고 있네.
내가 아는 게 많은 여인을 맞아들였다고 해보세.
그 여인은 사교 모임과 규방 얘기 외에 다른 말은 없이
산문과 운문으로 달달한 편지들을 써대면서
후작과 재사들의 방문을 맞이할 거란 말일세. 90
그러는 새 나는 마담의 남편이라는 이름하에
누구도 찾지 않는 성인군자 꼴이 되어 있지 않겠나?
아니, 아닐세. 나는 그토록 고상한 여자를 원치 않아.
글을 쓰는 여자는 필요 이상의 것을 알고 있어.
나는 내 여자가 지식 따위는 거의 없이 95
심지어 각운이라는 게 뭔지도 모르길 바라네.
그녀와 함께 각운 찾기 놀이를 할 때
누군가 그녀 차례에 〈뭘 놓을까요?〉라고 물어보거든
〈크림 파이를 놓지요〉라고 대답하길 원한단 말일세.
한마디로 그녀가 아주 무식했으면 좋겠단 얘기지. 100
분명하게 말하면, 내 여인은 그저 신에게 기도드릴 줄 알고,
나를 사랑하고, 바느질과 길쌈을 할 줄 알면 충분하네.

크리잘드

어리석은 여자를 데려다 자네 장난감으로 삼겠다는 건가?

아르놀프

뭐 말하자면 못생기고 어리숙한 여인이

105 아주 예쁘고 재치 있는 여인보다 더 좋다는 얘기네.

크리잘드

재치와 미모도…….

아르놀프

정숙함이면 족하네.

크리잘드

하지만 자넨 어리석은 여자가 어떻게
정숙이 뭔지 알 수 있기를 바라는 겐가?
게다가 내 생각엔 바보 같은 여자와 평생토록
110 함께 산다는 것은 꽤나 지루한 일이네.
자네의 행동이 옳다고 생각하는가? 자네 생각대로 하면
이마의 안전을 보장할 수 있다고 믿는가?
똑똑한 여자가 자기의 의무를 저버릴 수도 있네.
하지만 그러려면 적어도 그녀가 그것을 원해야만 하네.
115 자네의 어리석은 여자는 언제든 탈선할 수가 있어.
그걸 원치도 않고, 그럴 생각도 없으면서 말이야.

아르놀프

그 멋진 논리와 심오한 말씀에 대해
팡타그뤼엘이 파뉘르주에게 했던 대로 대답해 보지.
바보가 아닌 다른 여자를 만나라고 날 재촉해 보게나.

성신 강림 축일까지 설교하고, 계속 강론을 해보시게. 120
그래도 끝끝내 나를 전혀 설득시키지 못하는 데 대해
자네가 놀라게 될 테니까 말이야.[4]

크리잘드

더 이상 말하지 않겠네.

아르놀프

각자 자기 방식이 있네.
다른 것처럼 여자에 대해서도 내 방식을 따를 거야.
나한테 돈은 충분히 있으니 믿건대 125
모든 걸 내게서 얻는 반쪽을 선택할 수 있네.
그 반쪽이 온전히 순종하며 복종하기 때문에
그녀의 재산이나 태생을 가지고 날 비난할 수는 없어.
네 살 때부터 벌써 온순하고 침착한 태도가
여러 아이 중에서 그 애를 사랑하게 만들어 주었네. 130
그 애의 어미는 모진 가난에 허덕이고 있었기 때문에
걔를 내게 달라고 요청할 생각을 하게 됐어.
그 사람 좋은 시골 아낙은 내가 원하는 바를 알고는
아주 기뻐하며 자기 짐을 벗어던졌지.

4 라블레의 소설 『팡타그뤼엘』 〈제3서〉 5장 도입부에 나오는 대사의 일부를 몰리에르가 맥락에 맞게 옮겨 온 것이다. 앞 장에서 화려한 언변으로 상대에게 빚을 지게 하려는 파뉘르주의 주장을 들었던 팡타그뤼엘이 자신을 아무리 설득하려 해도 소용없을 거라며 일방적인 논리의 한계를 지적하는 내용이다.

135 사람들과의 모든 교제가 끊긴 작은 수도원에서
나는 그녀를 내 방침에 따라 키우게 했네.
말하자면 가능한 한 그 애가 단순하고 무식해지려면
어떻게 돌봐야 하는지를 지시했었던 거지.
신의 가호로 내 기대에 미칠 정도로 성공했네.
140 성장한 그녀를 보니 어찌나 순진하든지
나는 내가 원하는 그대로 한 여자를
만들어 냈다는 사실에 대해 신께 감사를 드렸어.
그러고는 그녀를 수도원에서 나오게 했고, 우리 집은
항상 수많은 종류의 사람들에게 개방되어 있는 까닭에
145 아무도 날 찾아오지 않는 외딴곳에 있는 집에
데려다 놓았지. 매사에 신중을 기해야 하니 말이야.
난 그녀의 자연스러운 선함을 망가뜨리지 않으려고
그녀만큼이나 순진한 사람들만 거기에 두었네.
자넨 왜 이런 장광설을 해대느냐고 말할 테지.
150 그건 그저 내가 취한 신중한 대책을 알려 주려는 거야.
이 모든 일의 결과로 오늘 밤 믿을 만한 친구인
자네를 그녀와의 저녁 식사에 초대하네.
와서 그녀를 좀 살펴봐 주고 내 선택과 관련해
나를 비난할 거리가 있는지 봐줬으면 하네.

크리잘드

그리하지.

아르놀프

오늘 저녁 같이 대화를 나눠 보면 155
그녀의 사람됨과 순진함도 판단할 수 있을 걸세.

크리잘드

그 점에 대해서는, 글쎄 자네가 내게 말한 것이
믿어지지가…….

아르놀프

사실은 내가 말한 것보다 더하다네.
그녀의 순박함 때문에 매번 나는 그녀를 찬미하고,
가끔 말을 할 때면 너무 웃겨서 졸도할 지경이야. 160
요 전날은 (그런데 자네가 이걸 믿을 수 있을까?)
그녀가 몹시 걱정을 하면서 내게 오더니
어디서도 보지 못한 순진한 모습으로 아이를
귀로 만드는 거냐고 묻더란 말이야.

크리잘드

거참 재밌는 얘기군, 아르놀프 경…….

아르놀프

어허! 165
자네는 계속 나를 그 이름으로 부를 작정인가?

크리잘드

참! 다른 이름이 있는데도 그 이름이 입에 붙어서 말일세.
아무래도 〈드 라 수슈 경〉이라는 말이 떠오르질 않네.
대체 누가 나이를 마흔두 살이나 먹은 자네에게
170 이름을 바꿀 생각을 하게 만들었나?
누가 자네 소작지의 썩은 나무둥치[5] 이름을 따다가
자네의 귀족 칭호로 갖다 쓰게 했느냔 말이야?

아르놀프

내 집이 그 이름으로 알려지기도 했거니와
내 귀에는 드 라 수슈가 아르놀프보다 좋게 들리네.

크리잘드

175 조상이 물려준 진짜 이름을 버리고
그깟 망상 위에 지은 이름을 취하다니 그게 될 말인가!
그것은 대부분의 사람들이 갖게 되는 욕망이야.
물론 자네와 비교하려는 생각은 아니네만
난 그로 피에르라는 이름의 농부를 알고 있네.
180 재산이라고 해봐야 기껏 땅 한 마지기가 전부인데
땅 주위에 질퍽한 구덩이를 파놓고는 스스로에게
〈섬나라 경〉이라는 거창한 이름을 붙였지 뭔가.

5 아르놀프가 스스로 붙인 이름인 〈드 라 수슈De la Souche〉의 *souche*는 나무의 둥치, 그루터기라는 뜻이 있다.

아르놀프

그런 유의 예들은 생략해도 될 걸세.
어쨌든 〈드 라 수슈〉는 내가 취한 이름이야.
거기엔 그럴 만한 이유가 있고, 매력도 있다고 생각하네. 185
나를 아르놀프라고 불러야 할 이유도 딱히 없지 않은가.

크리잘드

하지만 대부분의 사람들은 그걸 받아들이기가 힘드네.
나부터도 편지의 주소를 보면 아직도…….

아르놀프

영문을 모르는 사람이라면 그럭저럭 참을 수 있네만,
자네가…….

크리잘드

자, 그 문제에 대해선 이제 그만 다투세. 190
나도 앞으로는 자네를 드 라 수슈 경이라고
부르는 데 익숙해지도록 애써 보겠네.

아르놀프

잘 가게. 난 문을 두드려 인사를 하고
내가 돌아왔다는 사실을 알려야겠네.

크리잘드

(가면서)

195 정말이지, 아무리 봐도 완전히 머리가 돈 게 틀림없어!

아르놀프

저 친구가 아무래도 상처를 좀 입은 모양이군.
각자 기를 쓰고 자기 의견을
고수하는 걸 보면 참으로 희한한 노릇이야!
여봐라!

제2장

알랭, 조르제트, 아르놀프

알랭

누가 문을 두드리는 게요?

아르놀프

문 열어라. 열흘 만에
200 내가 돌아왔으니 모두들 무척 기뻐하겠군.

알랭

거기 누구요?

아르놀프

나다.

알랭

조르제트!

조르제트

뭐야, 왜?

알랭

가서 문 좀 열어.

조르제트

댁이 하지.

알랭

좀 열라니까.

조르제트

별꼴이네, 난 안 열어.

알랭

나도 못 열어.

아르놀프

무슨 환영 절차가 이렇게 복잡해!
나를 밖에 세워 둘 작정이야! 어이, 여봐라, 문 좀 열라니까!

조르제트

거기 누구세요?

아르놀프

네 주인이시다.

조르제트

알랭!

알랭

뭐야?

조르제트

205 주인님이야.
빨리 문 열어.

알랭

네가 열어.

조르제트

난 불을 지피고 있어.

알랭

난 고양이한테 잡아먹힐까 봐 참새가 못 나가게 하는 중이야.

아르놀프

너희 둘 중 누구라도 문을 열지 않으면
나흘 동안 밥을 못 먹을 줄 알아라!
에이!

조르제트

내가 달려가고 있는데, 넌 왜 오는 거야? 210

알랭

내가 가면 왜 안 돼? 잔머리 굴리는 꼴하고는!

조르제트

저리 비키라니까.

알랭

아니, 너나 저리 비켜!

조르제트

문은 내가 열 거야.

알랭

내가 연다니까, 내가.

조르제트

넌 못 열어.

알랭

너도 못 열어.

조르제트

넌 안 돼.

아르놀프

215 이거야 정말이지 인내심을 요하는 상황이군!

알랭

나리, 저 여기 있습니다요.

조르제트

제가 주인님의 하녀입니다.

제가요.

알랭

여기 계신 주인님에 대한 존경도 없이
내가 너한테…….

아르놀프

(알랭으로부터 한 방 맞으며)
아이고!

알랭

죄송합니다요.

아르놀프

이런 되통스러운 놈을 봤나!

알랭

나리, 저 여자도 그런데요…….

아르놀프

너희 둘 다 입 좀 닥치고,
어디 대답 좀 해보거라. 하찮은 소리는 집어치우고. 220
자, 알랭, 여기선 다들 어떻게 지냈느냐?

알랭

나리, 저희는…… 나리, 저희는 그저…… 하늘이 도우사,

저희는…….
(세 번의 시도 끝에 아르놀프가 알랭의 모자를 벗겨 바닥에 내동댕이친다)

아르놀프

이런 시건방진 놈을 봤나. 내 앞에서 감히
모자를 쓰고 얘기하라고 대체 누가 네놈한테 일러 주더냐?

알랭

주인님이 옳으십니다. 제가 잘못했습죠.

아르놀프

(알랭에게)
225 아녜스더러 내려오라고 해라.

아르놀프

(조르제트에게)
내가 떠난 후에 아가씨가 슬퍼하시더냐?

조르제트

슬퍼요? 아뇨.

아르놀프

아니라고?

조르제트

그럼요.

아르놀프

어째서?

조르제트

네, 제 목숨을 걸죠. 아가씨는
시도 때도 없이 주인님께서 돌아오셨다고 믿었어요.
집 앞에 말, 당나귀 또는 노새가 지나가는 소리가 날 때면
아가씨는 늘 주인님이 오시는 소리라고 생각했다니까요. 230

제3장

아녜스, 알랭, 조르제트, 아르놀프

아르놀프

손에 일감을 들고 있군! 아주 좋은 징조야.
자, 아녜스, 내가 여행에서 돌아왔소.
그래서 기분이 좋소?

아녜스

네, 주인님, 하느님께 감사드려요.

아르놀프

나도 당신을 다시 보니 참으로 좋구려.

235 지금 보는 것처럼 항상 올바르게 처신했겠지?

아녜스

저를 밤새도록 괴롭혔던 이들만 빼고는요.

아르놀프

이런! 근간에 그놈들을 박멸할 사람이 올 게요.

아녜스

그래 주시면 기쁘겠어요.

아르놀프

당연한 일을 가지고 뭘.

한데 지금 뭘 하는 거요?

아녜스

제 모자를 만들고 있어요.

240 주인님의 잠옷과 취침 모자는 벌써 만들어 놨고요.

아르놀프

아! 일이 잘 돌아가는군. 자, 이제 위에 올라가 보시오.

지루해할 필요는 없소. 내 곧 돌아오리다.

와서 당신한테 중요한 일을 얘기해 주겠소.
(아르놀프 외에 모두 퇴장하고)
시대의 주인공인 유식한 여인들이여,
애정과 감상을 잘 표현하는 여인들이여, 245
그대들의 시와 소설, 서간문과 연애편지를 통틀어
소위 그대들의 학식이라는 것 전부를 갖다 대봐도
이 조신하고 순박한 무지만큼 값이 나갈지 의심스럽소.

제4장

오라스, 아르놀프

아르놀프

결코 재산에 눈이 멀어서는 안 되는 법이야.
명예가 걸려 있는 한……. 이게 누구야? 이 사람은? 그래. 250
내가 잘못 봤어. 그렇지. 아니, 맞네. 그래, 그 친구군.
오라…….

오라스

아르놀…….

아르놀프

오라스!

오라스

아르놀프 어르신.

아르놀프

이런! 이렇게 기쁠 데가!

여긴 언제 왔느냐?

오라스

9일 됐어요.

아르놀프

정말이냐?

오라스

먼저 어르신 댁에 들렀었는데 안 계시더군요.

아르놀프

시골에 있었네.

오라스

255 아, 그럼 한 이틀 정도 되셨군요.

아르놀프

세상에! 아이들은 몇 년 사이에 참 빨리도 자라는군!

이렇게 성장한 모습을 보니 놀랍구나.
요만할 때 보고 이후론 못 봤는데 말이야.

오라스

그렇죠.

아르놀프

그건 그렇고, 자네 아버지 오롱트,
내가 존경하고 경배해 마지않는 친애하는 내 친구는 260
어떻게 지내시나? 뭐라고 하시던가? 여전히 쾌활하신가?
그와 관련된 일은 뭣에든 내가 관심이 있는 걸 그분도 아시지.
우리가 서로 못 본 지 벌써 4년이나 됐네.

오라스

게다가 서로 서신 왕래도 없으신 것 같던데요.
아르놀프 어르신, 아버지는 여전히 저희보다도 명랑하세요. 265
아버지가 어르신께 드리라고 주신 편지를 가지고 왔습니다.
한데 그 후 다른 편지에서 아버님이 직접 이리로 오신다고
쓰셨어요. 그 이유는 아직까지 저도 잘 모르겠어요.
혹시 이 지역 출신 사람들 중에서
아메리카에 14년 동안 있으면서 돈을 많이 번 뒤 270
이곳으로 돌아오신 분을 아세요?

아르놀프

아니. 그 사람 이름이 뭐라고들 하던가?

오라스

앙리크요.

아르놀프

모르네.

오라스

아버님이 제게 그분이 돌아오셨다고 말씀하셨어요.
마치 제가 그분을 잘 알고 있기나 한 듯이요.
275 그리고 편지에 쓰시길, 두 분이 함께 오시는 중에
편지에는 적혀 있지 않은 중요한 일에 착수하실 거랍니다.

아르놀프

그 친구를 다시 만난다면 정말이지 기쁠 게다.
대접을 잘 하려면 신경을 좀 써야겠는걸.
(편지를 읽고 나서)
친구 사이에 편지를 쓰면서 이런 격식 따위는 필요 없지.
280 이 모든 인사치레들도 불필요한 것이고 말이야.
그 양반이 애써 이런 이야기를 쓰지 않아도
자넨 내 재산을 마음대로 활용할 수 있네.

오라스

저는 사람들의 말을 곧이곧대로 듣거든요.
사실 제가 지금 백 피스톨이 필요해서요.

아르놀프

이런, 말을 했다고 바로 실행에 옮기게 하는군. 285
자, 마침 내게 그 돈이 있네.
지갑째로 가져가게나.

오라스

수령증이라도…….

아르놀프

그런 건 놔두게.
그건 그렇고, 이 도시에 다시 와보니 어떤가?

오라스

주민들도 많고, 건물들도 훌륭하네요.
여흥을 즐기기에는 딱 좋은 곳 같습니다. 290

아르놀프

사람은 다 자기 방식대로 즐거움을 누리지.
소위 한량이라는 이름으로 불리는 사람들이
만족할 만한 것들이 이 도시엔 있다네.

이곳 여자들은 교태를 부리게끔 만들어졌어.
295 갈색 머리든 금발 머리든 상냥한 성격의 여자들과
세상에서 가장 관대하신 남편들도 있거든.
그건 왕에게는 쾌락이지만 내가 보기에는 곡예야.
때때로 난 그런 우스꽝스러운 짓거리를 보며 웃는다네.
아마 자네도 벌써 반한 여자가 하나쯤은 있겠군.
300 아직까지 그런 행운이 찾아오지 않았나?
자네처럼 생긴 남자들은 돈보다 성공 확률이 더 크지.
자넨 충분히 남편들을 오쟁이 지게 할 수 있겠네.

오라스

어르신께 사실을 숨김없이 말씀드리자면 말입니다.
여기서 얼떨결에 사랑의 모험을 하게 됐어요.
305 이렇게 호의를 베풀어 주시니 말씀을 드려야겠네요.

아르놀프

좋아! 여기 얄궂은 얘기가 또 하나 있었군.
메모장에 적어 놓을 만한 것일 테지.

오라스

하지만 제발이지 이 얘기는 비밀로 해주셔야 해요.

아르놀프

아하!

오라스

어르신께서는 이런 문제에서 비밀이 새어 나가면
우리의 기대가 틀어진다는 걸 모르시진 않겠지요. 310
그러니 솔직하게 다 말씀드리겠습니다.
여기서 제 영혼은 한 아름다운 여인한테 사로잡혀 버렸어요.
처음에 제가 관심을 좀 보인 것이 큰 성공을 거두어서
그녀에게 아주 자연스럽게 다가갈 수 있었습니다.
잘난 체도 않고 그녀를 부당하게 대하지도 않으면서 315
일을 아주 잘 풀어 가고 있어요.

아르놀프

(웃으면서)
그게 누군데?

오라스

(아녜스의 거처를 가리키며)
여기서 보시면 벽이 붉게 보이는
저 집에 살고 있는 젊은 여자가 그 사람이에요.
사실상 세상과의 교류로부터 그녀를 숨겨 놓은
한 남자의 비할 데 없는 잘못으로 인해 너무나 순박해진 320
그녀는 누군가 자길 노예로 삼으려는 것도 모르는 채
사람을 반하게 만드는 매력으로 빛나고 있어요.
뭐라 말할 수 없는 부드러움이 가득한 상냥한 태도에
저항할 수 있는 심장은 결단코 없을 겁니다.

325 그러나 아마 어르신께서는 자세히 본 적이 없으시겠죠.
매력이 철철 넘치는 이 젊은 사랑의 별을 말입니다.
이름이 아녜스라고 하더군요.

아르놀프

(방백)

아! 맥이 풀리는군!

오라스

그 남자 말인데요.
이름이 드 라 주스인가 수슈인가 그런 것 같았어요.
이름에 대해서는 별반 신경을 쓰지 않았거든요.
330 사람들 말이 부자긴 한데 분별력 있는 분은 아니라더군요.
마치 우스꽝스러운 사람 얘기하듯 말하더라니까요.
그 사람을 모르세요?

아르놀프

(방백)

말도 못 하고 이거야 죽을 맛이군!

오라스

어, 한데 왜 말씀이 없으세요?

아르놀프

아! 그럼, 알고말고.

오라스

미친놈이죠. 그렇지 않나요?

아르놀프

그게…….

오라스

뭐라고 하셨어요? 네?

어? 그렇다는 말씀이죠? 웃기는 질투쟁이지요? 335

바보 멍청이구요? 보아하니 그 사람은 제가 들은 그대로네요.

어쨌든 사랑스러운 아녜스는 저를 사로잡아 버렸어요.

거짓말 안 보태고, 그녀는 정말 아름다운 보석이에요.

이토록 보기 드문 미녀를 그런 말도 안 되는 작자의 손에

내버려 둔다는 것은 죄악이 될 거예요. 340

저는요, 모든 노력과 사랑의 열망을 다 바쳐

그 질투쟁이가 있든 없든 그녀를 제 사람으로 만들 겁니다.

어르신이 기꺼이 빌려 주시는 이 돈은

오로지 이 정당한 계획을 완수하는 데 사용될 거예요.

저보다 더 잘 아시겠지요. 무슨 일을 하든 345

돈은 모든 위대한 계획의 열쇠가 되고,

많은 이들을 미혹시키는 이 달콤한 쇠붙이가 전쟁과

마찬가지로 사랑에서도 정복을 앞당겨 준다는 사실을요.
어쩐지 침울해 보이시네요. 혹시라도
350 제가 세운 계획이 못마땅해서 그러시나요?

아르놀프

아니야. 내가 생각한 것은…….

오라스

이런, 이 대화로 피곤하셨나 봐요.
안녕히 계세요. 곧 찾아뵙고 감사의 말씀을 전하겠습니다.

아르놀프

아! 그렇다면…….

오라스

(되돌아와서)
다시 한번 말씀드리지만 비밀을 지켜 주세요.
제발이지 제 비밀을 누설하지 말아 주세요.
(가버린다)

아르놀프

지금 내 머릿속이……!

오라스

(되돌아와서)

특히나 저희 아버지한테는요. 355

어쩌면 이 일로 화를 내실 수도 있으니까요.

아르놀프

(오라스가 또 되돌아온다고 생각하며)

오!

(혼자서)

오! 이 대화 중에 얼마나 괴롭던지!

그 어떤 마음고생도 내 것만 하진 않았을 게야.

저토록 경솔하고 성급하게 다른 사람도 아니고

바로 나한테 이 일을 얘기하러 오다니! 360

비록 내 다른 이름을 잘못 알고 있기는 했어도

어떤 실없는 놈이 그리도 맹렬히 난리를 친 적이 있었던가?

그러나 기왕 이렇게 참은 김에 좀 더 자제력을 발휘해

내가 두려워하는 일을 명확히 밝혀낼 수 있을 때까지

녀석의 방정맞은 수다를 끝까지 밀어붙여서 365

둘 사이에 숨겨진 관계를 속속들이 확인했어야 했건만.

녀석을 찾아보자꾸나. 아마 멀리는 못 갔을 거야.

녀석한테서 속에 있는 애기를 전부 끌어내야지.

이 일로 내게 닥쳐올 불행을 생각하니 떨리는구나.

종종 사람들은 원하는 것보다 더 많이 찾아내게 되니까. 370

제2막

제1장

아르놀프

생각해 보니 내가 몇 걸음 늦는 바람에
녀석을 놓친 게 차라리 다행인지도 몰라.
내 마음이 극도로 동요하고 있는 게
녀석의 눈에 띄지 않기란 어려운 일이니 말이야.
375 나를 집어삼키고 있는 근심이 터져 나올 뻔했어.
녀석이 모르고 있는 사실을 알게 하고 싶진 않아.
난 순순히 함정에 걸려들 사람이 아니야.
젊은 바람둥이의 뜻대로 일이 되게 놔둘 사람이 아니라고.
이 사태의 흐름을 막아야 해. 지체하지 말고
380 둘 사이의 공모가 어디까지 진척됐는지 알아보자.
이건 내 명예와 관련된 매우 중요한 문제야.
내가 아녜스를 말 그대로 아내로 생각하고 있으니

그녀가 잘못하면 내가 치욕을 뒤집어쓰게 되는 거잖아.
그녀가 했던 짓은 모두 내 책임이 되는 거고 말이야.
치명적인 부재여! 불행했던 여행이여! 385
(문을 두드린다)

제2장

알랭, 조르제트, 아르놀프

알랭

아, 주인님, 이번엔…….

아르놀프

조용히 해. 둘 다 이리 와보거라.
그쪽으로. 그래 그리로. 이리 와. 이리 오란 말이다.

조르제트

아, 주인님, 무서워요. 모든 피가 얼어붙는 것 같아요.

아르놀프

그래 내가 없는 동안 이런 식으로 나한테 복종했다 이거지?
그렇게 너희 둘이 짜고서 나를 배신했다 그거야? 390

조르제트

(아르놀프 앞에 무릎을 꿇으며)
으악! 저를 잡아먹지 마세요. 이렇게 빌게요.

알랭

(방백)
틀림없이 저 양반이 어떤 미친개한테 물린 모양이야.

아르놀프

으으! 말이 안 나오는 군. 화가 치밀어 올라.
숨이 막혀서 옷이라도 벗어던지고 싶은 심정이야.
395 이 저주받아 마땅한 망할 것들, 그러니까 네놈들이
한 사내놈을 들어오게 했다 이거지? 어딜 도망가려고!
지금 당장…… 어라, 움직이기만 해봐라…….
어서 말해 봐…… 이봐! 그래, 나는 네놈들 둘 다…….
누구든 움직이면, 그땐 끝장이야. 내가 때려죽일 테다.
400 놈이 우리 집에 어떻게 들어온 게냐?
어허! 말해 보래도. 당장, 빨리, 즉각적으로, 바로,
잡생각 말고. 말 안 해?

알랭과 조르제트

아이고!

조르제트

(털썩 주저앉으며)

간 떨어지겠네.

알랭

나 죽는다.

아르놀프

온몸이 땀범벅이군. 숨 좀 돌리자.

바람을 쐬어야겠어. 산책을 해야겠군.

어릴 때 봤던 그 녀석이 커서 이렇게 되리라고 405

짐작이나 할 수 있었겠어? 하늘이시여! 이렇게 괴로울 데가!

아무래도 아녜스의 입을 통해 나를 이리도 괴롭히는

문제에 대한 얘기를 살살 끌어내 보는 게 좋겠어.

일단 분노를 좀 가라앉혀 보자.

자, 내 마음이여. 참자. 침착하게! 진정하자! 410

일어들 나라. 가서 아녜스를 내려오라고 해라.

아니, 잠깐! 이놈들이 가서 내가 얼마나 속상해하는지

일러바치면 그 애가 덜 놀랄 거 아니겠어.

내가 직접 가서 데리고 나와야겠다.

예서 날 기다려라.

제3장

알랭, 조르제트

조르제트

415 하느님 맙소사! 정말 끔찍해!
그 눈길 한번 무섭네. 소름끼치게 무섭더란 말이야.
이보다 더 무시무시한 사람은 이제껏 본 적이 없어.

알랭

그 남자 때문에 화가 나신 거야. 내가 이리될 거라고 말했잖아.

조르제트

한데 도대체 뭐 때문에 이렇게 엄격하게
420 아씨를 집에서 감시하라고 하는 거야?
아씨를 세상 사람 모두에게 숨기려는 이유가 뭐냐고.
누가 아씨한테 접근하는 걸 못 보겠는 건 대체 무슨 심보야?

알랭

그러면 질투를 하게 되거든.

조르제트

하지만 왜 그런 공상을 하게 된 거냐고?

알랭

그건…… 그건 주인님이 질투가 나서 그래. 425

조르제트

그래. 근데 왜 질투가 나? 왜 이렇게까지 화를 내?

알랭

그건 질투라는 게…… 내 말 들어 봐, 조르제트,

질투는 그러니까…… 사람을 걱정하게 만들고……

또 주위 사람들을 집 밖으로 쫓아내는 거야.

내가 비교를 하나 해볼게. 430

그럼 그게 무슨 말인지 더 잘 이해할 거야.

말해 봐, 네가 손에 수프를 들고 있을 때

어떤 배고픈 사람이 와서 그걸 먹으려고 하면

화가 나서 그 사람을 쫓아 버리고 싶지 않겠어?

조르제트

그렇군. 이해가 되네.

알랭

이게 바로 그런 거야. 435

여자는 사실 남자의 수프란 말이야.

가끔씩 다른 남자들이 와서 자기 수프에

손가락을 집어넣으려고 하면[6]

곧바로 극심한 분노를 표출하는 거라고.

조르제트

440 그래. 한데 모두가 똑같이 행동하진 않는 건 어째서일까.
우리가 본 남자들 중에는 자기 마누라가
잘생긴 신사들과 같이 있는 걸 좋아하는 사람도 있잖아.

알랭

모두가 주인님처럼 자기 혼자 모든 걸 가지려는
게걸스러운 사랑을 하지는 않거든.

조르제트

내가 잘못 본 게 아니라면
저기 주인님이 다시 오신다.

알랭

445 네 눈은 좋아. 주인님 맞아.

조르제트

수심에 잠긴 모습 좀 봐.

6 몰리에르의 적대자들은 이 비유가 상당히 외설적일 뿐만 아니라, 농부의 소박함에 대한 묘사라기보다 저자의 정신세계를 보여 주는 것이라고 비판했다.

알랭

걱정거리가 있으니까 그렇지.

제4장

아르놀프, 아녜스, 알랭, 조르제트

아르놀프

(방백)

어떤 그리스인[7]이 아우구스투스 황제에게

유용하면서도 올바른 교훈을 하나 말해 줬다지.

어떤 사건이 우리를 화나게 할 때는

우선 알파벳을 외워 보라는 거야. 450

그러는 사이에 분노가 가라앉고

해서는 안 될 일을 하지 않게 된다는 거지.

아녜스 문제에 있어 난 그의 교훈을 따랐어.

산책이나 한 바퀴 하자는 핑계를 대면서

일부러 그 여자를 이리로 오게 했지. 455

7 이는 스토아 철학자 아테노도루스 카나니테스Athenodorus Cananites를 말하는 것으로, 몰리에르는 관련 일화를 아미요의 『플르타르코스 영웅전』에서 읽었다. 전해 오는 얘기에 따르면 아테노도루스는 기원전 44년, 훗날 아우구스투스 황제가 되는 옥타비아누스를 따라 로마로 가서 조언을 계속했는데, 무엇보다 공개적인 자리에서 황제를 질책한 것과 분노를 표출하기 전에 알파벳을 외우라는 교훈을 준 것으로 유명하다.

내 마음을 혼돈스럽게 하는 이 의구심이
그 여자를 자연스레 이야기로 끌어들여서
속내를 살펴 가며 천천히 진상을 밝힐 수 있게끔 말이야.
아녜스, 어서 오시오.
(알랭과 조르제트에게)
들어가거라.

제5장

아르놀프, 아녜스

아르놀프

산책길이 좋구려.

아녜스

아주 좋아요.

아르놀프

좋은 날씨야!

아녜스

정말 좋아요!

아르놀프

뭐 새로운 소식 있소? 460

아녜스

작은 고양이가 죽었어요.

아르놀프

안됐군. 하지만 어쩌겠소?

우린 모두 죽는 존재요. 그러니 각자 자기 일에 전념해야지.

내가 시골에 가 있는 동안 비는 안 왔소?

아녜스

네.

아르놀프

지루했겠구려?

아녜스

전 절대 지루하지 않아요.

아르놀프

지난 열흘 가까이 뭘 하면서 지냈소? 465

아녜스

셔츠를 한 여섯 벌 만들고 취침 모자도 여섯 개 짰어요.

아르놀프

(잠시 생각한 후)

사랑하는 아녜스, 세상은 참 이상한 곳이오.

이 추문을 들어 보시오, 사람들이 어떻게 떠들어 대는지.

몇몇 이웃이 내게 말하기를 어떤 모르는 젊은이가

470 나 없는 동안 집에 왔었고,

당신이 그를 보고 얘기 나누는 걸 허락했다고 합디다.

하지만 난 단연코 이런 심술궂은 말들을 믿지 않았고,

그게 거짓이라고 내기를 걸려는 참이었소.

아녜스

어머! 내기는 걸지 마세요. 지실 테니까요.

아르놀프

뭐라고? 그럼 사실이란 말이오? 남자가……

아녜스

475 사실이에요.

맹세하지만 우리 집에서 거의 나가지도 않았는데요.

아르놀프

(방백)
이렇게 솔직하게 고백하는 걸 보니
적어도 천진한 모습은 보이는군.
그러나 아네스, 내 기억이 정확하다면,
내가 아무도 만나지 말라고 했던 것 같은데. 480

아네스

네. 하지만 제가 그분을 봤을 때, 아마 이유는 모르시겠지만,
틀림없이 주인님도 저처럼 그렇게 하셨을 거예요.

아르놀프

아마도. 어쨌거나 이야기를 마저 해보시오.

아네스

이야기는 정말 놀라워요. 믿기 어려울 정도로요.
제가 서늘한 곳을 찾아 발코니로 나가 일하고 있을 때 485
근처의 나무 아래로 잘생긴 젊은 남자가
지나가는 게 보였어요. 그분은 저를 보더니
그 즉시 제게 아주 공손하게 인사를 건넸어요.
그래서 저도 무례하게 굴지 않기 위해
마찬가지로 인사를 했어요. 490
갑자기 그분이 다시 인사를 하셨어요.
그래서 저도 재빨리 다시 절을 했지요.

그분이 떠나면서 세 번째로 인사를 했을 때
저도 곧바로 세 번째 인사로 답례를 했어요.
495 그분은 지나가다 돌아오고 다시 지나가면서
매번 점점 더 멋진 인사를 하셨어요.
그래서 저도 그분이 왔다 갔다 하는 걸 뚫어져라 쳐다보면서
그분께 매번 답례를 했던 거예요.
만일 때마침 밤이 오지 않았다면
500 저는 계속해서 그러고 있었을지도 몰라요.
절대 양보하고 싶지 않았어요. 그분보다 제가
덜 예의 바르다는 평가를 받고 싶지는 않았거든요.

아르놀프

대단하군.

아녜스

다음 날 저희 집 문 앞에서
한 할머니가 제게 다가와 이렇게 말씀하셨어요.
505 〈아가씨, 자비로운 하느님이 축복을 내리사
그 아름다운 매력을 오래도록 간직하기를!
신께서 아가씨를 이리도 사랑스럽게 만든 것은
자신이 준 선물을 남용하라는 뜻이 아니었다우.
아가씨는 한 사내의 마음을 다치게 했고
510 그 사람은 오늘 그걸 불평하고 있다는 걸 알아야 해요.〉

아르놀프

(방백)

아! 사탄의 앞잡이! 저주받을 늙은이 같으니!

아녜스

전 놀라서 물었죠. 〈제가 누굴 다치게 했다고요?〉
그분이 말하길, 〈그래, 다쳤지. 진심으로 다쳤고말고.
어제 아가씨가 발코니에서 봤던 그 총각 말이오.〉
제가 말했어요. 〈세상에 어쩌다 그렇게 되신 거래요? 515
무의식중에 제가 그분께 뭐라도 떨어뜨렸나요?〉
그분 말씀이, 〈아니, 아가씨 눈이 운명의 일격을 가한 거지.
그 양반의 고통은 모두 아가씨 눈길에서 나온 거야.〉
제가 소리쳤죠. 〈어머나 세상에! 그런 놀라운 일이 다 있죠?
제 눈에 다른 사람에게 해를 끼치는 나쁜 게 들어 있다고요?〉 520
그분 대답이, 〈그렇다우. 아가씨는 모르겠지만
아가씨 눈에는 사람에게 치명적인 독이 들어 있어요.
한마디로 그 불쌍한 총각은 지금 죽어 가고 있다우.〉
인정 많은 노파는 계속해서 말했어요. 〈만일 아가씨가
잔인하게 그 총각의 도움 요청을 거절한다면, 525
그 총각은 이틀 내로 송장이 되고 말 거라우.〉
저는 말했죠. 〈세상에! 그렇다면 너무 고통스러울 거예요.
한데 그분이 제게 어떤 도움을 바라는 건가요?〉
그분이 대답하길, 〈아가씨, 그이가 바라는 건 그저
아가씨를 만나고 얘기를 나누는 행복뿐이에요. 530

아가씨의 눈길만이 그 사람의 파멸을 막고
그것 때문에 생긴 병을 치료할 수 있다우.〉
그래서 전 말했어요. 〈이런! 물론이죠! 그분이 그러시다면
원하는 한 얼마든지 절 보러 올 수 있어요.〉

아르놀프

(방백)
535 아! 저주받은 마녀, 영혼의 독사여!
인정을 가장한 간계를 부렸으니 지옥에나 떨어져라!

아녜스

그래서 그분은 절 보러 왔고, 병이 나았어요.
주인님, 주인님 생각에도 제가 옳지 않았나요?
어쨌든 양심상 제가 도움을 주지 않아서
540 그분을 죽게 내버려 둘 수는 없지 않았나요?
전 고통받은 사람들을 너무나 동정하고
닭 한 마리가 죽는 것도 눈물 없이는 못 보잖아요?

아르놀프

(낮게)
이 모든 일은 그저 순진한 영혼에서 비롯된 것이니
나의 경솔한 부재를 탓할 수밖에 없구나.
545 이 선량한 마음을 보호자도 없이
교활한 유혹자의 계략에 내맡겨 놓았으니 말이야.

이 날강도 같은 놈이 무모한 애정 공세를 펼치며 사태를
단순한 농담 이상으로 밀고 나가진 않았을까 걱정이군.

아녜스

어디 안 좋으세요? 뭔가 화가 나신 것 같은데,
제가 말씀드린 일에 무슨 잘못이 있나요? 550

아르놀프

아니요. 그러나 두 사람이 만난 다음 이야기를 알고 싶소.
그래, 그 젊은이가 방문했을 때 어떻든가?

아녜스

세상에! 그분이 얼마나 좋아했는지, 절 보자마자
어떻게 병이 싹 사라졌는지 주인님이 보셨어야 해요.
그분이 예쁜 상자에 넣어 제게 주신 선물과 555
우리 집 알랭과 조르제트가 나눠 가진 돈도 그렇고요.
주인님도 틀림없이 그분을 좋아하고, 우리가 말한 대로…….

아르놀프

그래. 한데 그자랑 단둘이 있을 때는 뭘 했소?

아녜스

그분은 한없는 사랑으로 절 흠모한다고 맹세했고,
세상에서 가장 친절한 말들을 제게 해줬어요. 560

어떤 것과도 비교 불가능한 그런 말들을요.
그분이 말씀하시는 걸 들을 때마다
감미로움이 절 간질이고 뭔지는 모르겠지만
이 안에서 감동적인 무언가가 요동쳤어요.

아르놀프

(방백)

565 오! 치명적인 비밀을 괴롭게도 탐문해야 하다니!
탐문자인 내게만 모든 고통이 가해지는 구나!
(아녜스에게)
그런 말들이나 친절함 말고 그 사람이
혹시 뭐랄까 애무 같은 건 하지 않았소?

아녜스

아! 많이 했죠! 그는 제 손과 팔을 잡았고,
570 지치지도 않고 거기에 입맞춤을 했어요.

아르놀프

아녜스, 어디 다른 곳은 잡지 않았고?
(그녀가 당황한 것을 보며)
아아!

아녜스

어, 그이가 제게서…….

아르놀프

뭐라고?

아녜스

가져갔…….

아르놀프

어이구!

아녜스

그걸…….

아르놀프

좋았소?

아녜스

제가 어떻게,

주인님이 저한테 화를 내실 거예요.

아르놀프

아니요.

아녜스

아뇨, 그러실 거예요.

아르놀프

제기랄, 아니래도!

아녜스

그럼 맹세하세요.

아르놀프

좋아, 맹세하오.

아녜스

575 그가 제게서 가져갔어요…… 화내실 거예요.

아르놀프

아니요.

아녜스

맞아요.

아르놀프

아니, 아니, 아니, 아니라니까. 제길! 대체 무슨 일이야! 그자가 당신한테서 뭘 가져갔소?

아녜스

그분이…….

아르놀프

(방백)

이거 환장하겠군.

아녜스

그분이 주인님이 주신 리본을 가져가 버렸어요.
솔직히 말씀드리면 그걸 막을 수가 없었어요.

아르놀프

(숨을 몰아쉬며)
리본은 그렇다 치고. 내가 알고 싶은 것은 580
그자가 당신 팔에 입 맞춘 거 말고 다른 짓은 안 했냐는 거요.

아녜스

네? 사람들은 다른 것도 하나요?

아르놀프

아니 천만에.
그러나 그자가 걸렸다는 그 병을 고친답시고
당신에게 뭔가 다른 치료를 요구하진 않았소?

아녜스

아뇨. 그러나 짐작하시겠지만 만약 그분이 부탁했다면 585
저는 그분을 구하기 위해 모든 걸 허락했을 거예요.

아르놀프

하늘의 자비 덕에 큰일 없이 위기를 모면했군.
또 그런 일이 생길 땐 놈은 나와 한판 붙어야 할 거야.
쉿! 아네스, 이건 당신이 순진해서 생긴 일이오.
590 그러니 아무 말 안 하겠소. 일어난 일은 돌이킬 수 없는 법.
나는 그 바람둥이 녀석이 당신을 감언이설로 꼬드겨
당신을 욕보인 다음 웃고 즐기려 했다는 걸 알고 있소.

아네스

어! 아녜요. 그분은 스무 번도 넘게 사랑한다고 말한걸요.

아르놀프

이런! 당신은 그자의 맹세가 어떤 건지 모르고 있소.
595 하지만 어쨌든 선물 상자를 받아들이고,
잘생긴 한량들의 허튼소리를 들어 주면서
감상에 젖어서 그들이 손에 입 맞추고
마음을 간질이도록 내버려 두는 것은
죄악 중에서도 가장 치명적인 죄악임을 알아야 하오.

아네스

600 죄악이라고요? 이유가 뭐죠? 말씀 좀 해주세요.

아르놀프

이유라고? 그런 행동에는 하늘이

격노하신다는 지엄한 법이 이유요.

아녜스

격노요? 하지만 왜 그런 일에 격노하죠?
그건 정말이지 달콤하고 기분 좋은 일인걸요!
이 모든 것에서 느끼는 지고의 기쁨이 전 좋아요. 605
지금까지 전 이런 것들에 대해 무지했었어요.

아르놀프

그렇소. 그 모든 애정 표현과 친절한 말들,
부드러운 손길은 큰 기쁨인 게 맞소.
그러나 그것들은 정숙한 상태에서 맛보아야 하오.
해서 결혼을 하면 거기서 죄악이 사라지는 거지. 610

아녜스

결혼을 하면 더 이상 죄악이 아니라구요?

아르놀프

그렇소.

아녜스

그럼 서둘러 저를 결혼시켜 주세요.

아르놀프

당신이 원한다면 나도 그러길 바라오.

사실 당신을 결혼시키기 위해 내가 다시 온 거요.

아녜스

그게 가능해요?

아르놀프

그렇소.

아녜스

615 주인님이 저를 행복하게 해주겠네요!

아르놀프

암, 결혼이 당신을 기쁘게 할 거라는 걸 의심한 적은 없소.

아녜스

주인님이 바라시는 건 우리 둘이…….

아르놀프

그보다 확실한 건 없소.

아녜스

일이 그렇게 되면 주인님을 안아 드리겠어요!

아르놀프

음, 나도 똑같이 해줄 거요.

아녜스

전 사람들이 저를 놀리는지 아닌지 구분을 못 해요. 620
진심으로 말씀하시는 거죠?

아르놀프

그럼, 곧 보게 될 거요.

아녜스

우리가 결혼하나요?

아르놀프

그렇소.

아녜스

언제요?

아르놀프

오늘 밤 당장.

아녜스

(웃으며)

오늘 밤 당장이요?

아르놀프

오늘 밤 당장. 그렇게 좋소?

아녜스

네.

아르놀프

당신이 만족한 걸 보는 게 내가 바라는 바요.

아녜스

625 이런! 제가 주인님께 큰 빚을 졌어요!

그리고 그분과 함께라면 만족할 거예요!

아르놀프

누구와 함께?

아녜스

아, 그게…… 저기.

아르놀프

저기…… 저기는 나랑 상관없소.

당신은 남편을 선택하는 데 좀 서두르는 것 같구려.

요컨대 내가 당신을 위해 준비한 건 다른 사람이오.
내가 말하지만 부탁건대 저기 그 남자에 관해서라면 630
그자가 당신을 속여 먹은 그 병 때문에 죽든 말든
지금부터 그자와의 모든 교제를 끊어야 하오.
그자가 집에 와서 당신에게 칭찬의 말을 할라 치면
정숙하게 그의 면전에서 문을 닫아걸고,
문을 두드리면 창문으로 돌멩이를 던져서 635
다시는 오지 못하게 진심으로 간청하란 말이오.
내 말 듣고 있소, 아녜스? 나는 구석에 숨어서
당신의 행동을 지켜보고 있겠소.

아녜스

세상에! 그분은 너무 잘생겼어요. 그분은…….

아르놀프

아, 뭔 말이 그리 많아!

아녜스

제 맘은 그렇게는 못 할…….

아르놀프

더 이상의 말은 필요 없소. 640
이제 올라가시오.

아녜스

하지만 왜요? 주인님이 바라신 게……?

아르놀프

돼소.

난 당신의 주인이요. 명령이니 그만 올라가시오. 복종하시오.

제3막

제1장

아르놀프, 아녜스, 알랭, 조르제트

아르놀프

그래, 모든 일이 잘 풀렸어. 내 기쁨은 비할 데가 없소.
여러분들은 내 명령을 아주 잘 따라 주었고,
그 젊은 바람둥이의 계획을 완전히 헷갈리게 했지. 645
자, 이런 게 바로 현명한 지도자의 쓸모라는 거야.
아녜스, 당신의 순진함이 기습을 받았던 거요. 당신이
미처 깨닫지 못한 채 어떤 지경에 이르렀는지를 보시오.
나의 지도가 없었다면 당신은 그 길로 쭉
지옥과 파멸의 대로를 걷게 되었을 거요. 650
젊은 바람둥이들이 늘 하는 짓은 너무나 뻔하오.
무릎 아래 레이스를 붙이고, 리본과 깃털을 주렁주렁 매달고
부풀린 가발을 쓴 채, 이를 드러내며 달콤한 말을 쏟아 내지.

그러나 내가 말하지만 그 아래 발톱을 감추고 있어요.
655 그들은 진짜 사탄들이오. 그 썩은 주둥이로
여성의 명예를 집어삼키려 하지.
그러나 또 한 번 미리 조심을 한 덕에
당신은 정숙하게 그 난관에서 빠져나온 거요.
당신이 그 녀석에게 돌을 던지는 태도를 보니
660 모든 계획에 대한 녀석의 기대가 땅에 떨어졌고,
내가 당신더러 준비하라고 말했던 결혼을
절대 늦춰서는 안 된다는 것을 더욱 확신하게 되었소.
하지만 무엇보다도 내가 당신에게
유익한 말 몇 마디를 해두는 게 좋겠소.
(알랭과 조르제트에게)
665 가서 의자를 내오너라. 너희들, 혹시라도 또…….

조르제트

주인님의 모든 가르침을 저희는 명심할 것입니다요.
저기 그 남자분이 우리를 속이려 들긴 했어요.
하지만…….

알랭

만일 그가 또 오면, 저는 절대 술을 마시지 않겠어요.
실상 그자는 얼간이더군요. 지난번에 우리한테
670 금화 두 닢을 줬는데, 무게가 별로 안 나갔어요.[8]

8 당시의 금화는 실제 금 함량에 따라 가치가 매겨졌는데, 무게가 덜 나

아르놀프

저녁 식사를 위해 필요한 걸 전부 사오너라.
그리고 내가 방금 말한 대로 결혼 계약서 작성을 위해서
둘 중 누구든 오는 길에 사거리 모퉁이에 사는
공증인을 여기로 모셔 오도록 해라.

제2장

아르놀프, 아녜스

아르놀프

(앉아서)
아녜스, 일감을 내려놓고 내 말을 들어 보시오. 675
고개를 들고 얼굴을 이리 좀 돌려 봐요.
(이마에 손가락을 갖다 대며)
여기, 대화할 땐 여기를 보란 말이오.
그리고 아주 사소한 단어 하나까지 깊이 새겨 두시오.
아녜스, 나는 당신과 결혼하오. 당신은 하루에도 백 번씩
당신이 맞이하는 행운에 진심으로 감사해야 할 거요. 680
당신이 처해 있던 그 천한 신분을 생각하면서
동시에 나의 호의를 찬미해야 하는 거요.
가난한 시골 처녀라는 비천한 상태에서

가고 가벼운 금화는 그만큼 값어치도 떨어졌다.

명예로운 시민의 신분으로 당신을 끌어올려 주었고,
685 수많은 청혼을 거부했던 남자와
잠자리와 포옹을 나눌 수 있게 해줬으니 말이오.
수십 군데 혼처를 만족시킬 수 있었던 이 마음은
그들을 거부하고 당신에게 그 명예를 주었소.
그러니 이 영광스러운 인연이 아니었다면 당신이
690 얼마나 하찮은 존재로 머물렀을지 항상 염두에 둬야 하오.
그런 생각들은 당신에게 좋은 가르침이 되어
내가 당신에게 마련해 줄 자리에 마땅한 사람이 되게 하고,
언제나 당신 자신을 알게 만들어, 내가 지금 하는 일을
내 스스로 자랑스럽게 여기도록 해줄 것이오.
695 아녜스, 결혼은 장난이 아니오.
아내라는 지위는 엄격한 의무를 수반하오.
내가 바라는 바로 말하자면, 당신이 방종하게
즐기면서 살라고 그 지위를 주는 게 아니란 말이오.
여성은 단지 복종을 위해서만 존재하오.
700 절대 권한은 수염이 난 남자 측에 있소.
비록 남자와 여자가 이 사회의 두 반쪽이긴 하지만
이 두 반쪽은 결코 동등하지 않아요.
한쪽은 우월하고 다른 쪽은 열등하오.
한쪽은 매사에 자기를 다스리는 다른 쪽에 복종해야 하오.
705 훈련받은 병사가 자신을 이끄는 상관에게
존경하고 복종을 바치듯이
하인이 자기 주인에게, 아이가 아버지에게,

가장 하급의 사제가 상급 성직자에게 하는 복종은
그 온순함이나 순종, 겸손함,
그리고 깊은 존경심 면에서 아내가 710
자신의 대장이자 영주요 주인인 남편에게
바쳐야 하는 복종에 한참 못 미치는 것이오.
남편이 아내를 진지하게 바라볼 때,
아내의 의무는 곧바로 눈을 내리까는 것이고,
남편이 부드러운 눈길로 친절을 베풀 때라도 715
감히 고개를 쳐들고 남편을 똑바로 봐서는 안 되오.
요즘 여성들은 이걸 잘 이해하지 못하고 있소만
당신은 다른 사람을 본보기로 자신을 망치지 마시오.
이런 추잡한 바람둥이 여자들을 흉내 내면 안 되오.
온 도시가 그녀들의 나쁜 행실에 대해 떠들고 있으니까. 720
그리고 사악한 놈의 유혹 공세에 넘어가지 마시오.
누가 됐든 젊은 바람둥이 녀석의 말을 듣지 말란 말이오.
아녜스, 당신을 나의 반쪽으로 삼는 것은
당신에게 내 명예를 넘겨주는 일임을 기억하시오.
이 명예는 깨지기 쉬워 아주 작은 일로도 상처를 입는 법이니, 725
절대 그런 문제를 갖고 장난을 해서는 안 되오.
그리고 행실이 바르지 못한 여인들은
지옥의 펄펄 끓는 가마솥에 영원히 던져진다오.
내가 지금 하는 이야기는 시시껄렁한 잔소리가 아니오.
그러니 당신은 이 말을 가슴 깊이 새겨 두어야 하오. 730
당신의 영혼이 내 말대로 헤픈 여자가 되는 걸 피한다면 그 영혼은 영원히 한 송이 백합처럼 희고 순수할 것이오.
그러나 만일 그 영혼이 약속을 어기고 명예에 흠집을 낸다면
그 영혼은 석탄처럼 시커멓게 되고 말 것이오.
735 당신은 모든 이에게 흉측한 존재로 보일 것이고,
언젠가는 악마의 소유물이 되어
지옥의 물속에서 영원히 끓어오르게 될 것이오.
자비로운 신의 가호가 당신을 그로부터 지켜 주시길!
자, 예를 갖추시오. 수녀원의 견습 수녀가
740 자신의 성무일도를 달달 외워야 하는 것처럼
결혼을 할 때도 그만큼의 준비를 해야 하는 거요.
여기 내 주머니에 중요한 글이 있소.
(그가 일어선다)
당신에게 아내의 임무를 가르쳐 주는 글이오.
누가 썼는지는 몰라도 분명 영혼이 아름다운 사람일 게요.
745 나는 이것이 당신의 유일한 화젯거리가 되길 바라오.
받으시오. 어디 잘 읽나 한번 봅시다.

아녜스

(읽는다)
〈결혼의 원칙 또는 기혼 여성의 의무 - 일상의 실천 강령 첨부〉

강령 1
정숙한 관계를 맺어
타인의 침상에 들어가는 여인은

작금의 세상 돌아가는 방식에도 불구하고
여인을 취하는 남자가 오로지 그 자신을 위해서만 750
그리한다는 사실을 머리에 새겨 두어야 한다.

아르놀프

그 말이 뜻하는 바는 내가 설명해 주리다.
하지만 우선은 계속 읽어 봐요.

아녜스

(계속한다)
강령 2
아내는 그녀를 소유한
남편이 바라는 것 이상으로 755
치장을 해서는 안 된다.
아름다움에 대해 신경 쓰는 유일한 이유는 남편이다.
따라서 다른 이들이 그녀를 추하다고 생각하더라도
하등 중요하게 여길 필요가 없다.

강령 3
추파 던지기 연습이나 760
화장수, 분, 머릿기름,
그리고 화색이 돌게 하는 오만 가지 재료를 멀리하라.
그것들은 매일의 명예에 치명적인 독이다.
예쁘게 보이려는 노력은

765 남편들에게는 별로 중요하지 않다.

강령 4
외출 시에는 명예가 요구하는 대로
머리 두건 아래로 시선을 감추어야 한다.
왜냐하면 자기 남편의 마음에 들기 위해선
다른 누구의 마음에 들어서도 안 되기 때문이다.

강령 5
770 남편을 찾아오는 사람들 외에는
아무도 집 안에 들이지 않는 것이
올바른 규칙이다.
안주인에게만 용무가 있는
바람기 넘치는 사람들은
775 바깥주인을 편안하게 하지 못한다.

강령 6
아내는 남자들의 선물을
단호히 거절해야 한다.
왜냐하면 우리가 사는 이 시대에는
어떤 것도 공짜로 주어지는 법이 없기 때문이다.

강령 7
780 집 안의 세간살이 중에는 싫더라도

책상, 잉크, 종이, 펜이 있어서는 안 된다.
제대로 된 관습에 따르면 집 안에서
글로 쓰는 모든 것은 남편이 작성한다.

강령 8
사람들이 아름다운 모임이라 부르는
이 방종한 사교계는 785
언제나 여인들의 정신을 타락시킨다.
거기서 불쌍한 남편들을 상대로
음모가 꾸며지니
좋은 정책을 펼쳐 그것을 금지해야만 한다.

강령 9
명예에 헌신하려는 여자라면 자고로 790
마치 불길한 것을 삼가듯이
노름을 삼가야 한다.
왜냐하면 노름은 너무 기만적이어서
종종 자기 전 재산을 걸 때까지
여인을 몰아가기 때문이다. 795

강령 10
여인은 여가를 위한 산책,
또는 들판에서 하는 야외 식사 등을
절대 시도해서는 안 된다.

현명한 자들에 따르면
800 이런 선물을 위해 돈을 지불하는 사람은
언제나 남편이기 때문이다.

강령 11……

아르놀프

나머진 혼자서 끝내도록 해요. 머지않아 차차로
당신에게 이 강령들을 제대로 설명하리다.
해야 할 일이 하나 생각났소.
805 말 한마디면 충분하니 늦진 않을 게요.
들어가시오. 그리고 이 책을 소중히 간직하시오.
공증인이 오거든, 잠시 기다리라고 하고.

제3장

아르놀프

저 여자를 아내로 삼는 것보다 더 잘한 일은 없어.
내가 바라는 대로 이 영혼을 바꿔 놓을 거야.
810 마치 내 손에 쥔 밀랍 조각과 같으니
내 맘에 드는 형태로 만들 수가 있지.
내가 없는 동안 아녜스가 너무 순진한 바람에

하마터면 놈한테 당할 뻔했군.
진실을 말하자면, 우리가 소유한 여자가 그쪽 방면에서
잘못을 저지르는 게 차라리 더 나은 거야. 815
이런 종류의 실수들에 대한 처방은 간단하거든.
단순한 사람들은 누구나 교훈을 잘 따른단 말씀이야.
그래서 누군가 그들을 옳은 길에서 벗어나게 했을 때,
말 몇 마디면 즉시 원래 자리로 되돌아오게 할 수 있거든.
하지만 영리한 여자는 완전히 다른 동물이야. 820
우리의 운명은 오직 그 여자 머리에 달려 있어.
어떤 것도 그 여자 생각을 딴 데로 돌릴 순 없어.
우리의 가르침도 거기서는 헛된 것일 뿐,
그 좋은 머리는 우리의 원칙을 비웃고,
종종 자신들의 범죄를 미덕으로 바꾸고, 825
사악한 목적을 달성하기 위해 남을 속이는
가장 교묘한 수단을 찾는 데 유용하게 쓰이지.
우리가 당하지 않으려고 애를 써봐야 헛일이야.
영리한 여자는 악마처럼 간통에 뛰어나지.
이런 여자가 슬슬 변덕을 부려 우리의 명예에 대해 830
선고를 내리는 순간, 별수 없이 굴복할밖에.
거기에 대해선 정직한 남자들이 할 말이 많을 거야.
어쨌든 나의 경솔한 녀석은 그런 일로 웃을 이유가 없어.
지나치게 떠들어 댄 대가를 거두게 되었으니 말이야.
이거야말로 우리 프랑스인들이 늘 저지르는 잘못이지. 835
운 좋게 연애 사건에 휘말리면

비밀을 지키는 일이 늘 귀찮아지거든.
어리석은 허영심이 너무나 매력적으로 보여서
입을 다물고 있느니 차라리 목을 맬 지경이란 말이야.
840 아! 여자들이란 이런 정신 나간 녀석들을 선택할 때면
어찌나 쉽게 악마의 유혹에 넘어가는지!
게다가 그……! 저기 녀석이 온다. 아직까지는 잘 숨겨 보자.
그리고 녀석의 괴로움이 어떤지 좀 알아보자.

제4장

오라스, 아르놀프

오라스

방금 어르신 댁에서 오는 길인데,
845 운이 좋지 않았던지 어르신을 만나 뵐 수가 없었어요.
그러나 여러 번 들르다 보면 언젠가는…….

아르놀프

이런! 참! 제발 그런 쓸데없는 인사말은 그만하세.
이따위 격식들보다 더 짜증나는 건 없어.
내 맘대로 할 수만 있다면, 그딴 것들은 폐지하고 말 거야.
850 그건 짜증나는 관습이네. 대부분의 사람들이
멍청하게도 그런 말을 하느라 시간의 3분의 2를 쓰거든.

자, 격식일랑 집어치우세. 자네 연애는 어찌 되어 가나?
오라스 선생, 자네 일이 어디까지 갔는지 좀 알 수 있을까?
좀 전에는 무슨 일로 잠시 넋을 좀 놓고 있었네.
어쨌든 그 이후로 자네 일에 대해 생각을 해봤는데, 855
초반에 일이 진척되는 속도를 보고 감탄했네.
그래서 그 일에 대해 흥미를 갖게 됐지.

오라스

사실, 어르신께 제 마음을 털어놓은 이후로
제 사랑에 불행이 닥쳤습니다.

아르놀프

아? 그런가? 무슨 일인데?

오라스

잔인한 운명이 860
아름다운 그녀의 주인을 시골에서 데려왔습니다.

아르놀프

이런 불행할 데가!

오라스

게다가 매우 유감스럽게도
우리 두 사람의 은밀한 교제 사실을 눈치챈 것 같아요.

아르놀프

세상에, 어쩌다 그자가 이 사실을 알게 되었나?

오라스

865 저도 모르겠습니다. 하지만 그가 아는 게 확실해요.
저는 평소와 다름없이 제가 가던 시간에
그 젊은 처자를 찾아가서 잠시 보려고 했습니다.
그런데 그때 말투와 표정이 싹 바뀐
하녀와 하인이 제 앞을 막아서더니만
870 〈가세요, 댁은 우릴 성가시게 합니다〉라며
제 면전에서 무례하게 문을 확 닫아 버리는 겁니다.

아르놀프

면전에서 문을?

오라스

면전에서요.

아르놀프

그건 좀 심했군.

오라스

저는 닫힌 문을 통해 그들에게 얘기를 하려고 했어요.
그러나 제가 하는 말마다 그들의 답변은

〈못 들어와요, 주인님이 금지하셨어요〉라고 하더군요. 875

아르놀프

그러니까 문을 전혀 열지 않더란 말이지?

오라스

네. 그리고 창문에서

아녜스도 주인 양반의 귀환을 확인해 줬어요.

오만함이 가득한 태도로 저를 쫓아내면서

손을 들어 돌멩이를 하나 던지더군요.

아르놀프

뭐라고? 돌멩이를?

오라스

작지 않은 크기의 돌이었어요. 880

그걸로 손수 제 방문에 대한 답례를 한 거지요.

아르놀프

이런! 그 정도면 시시한 장난은 아니겠네.

자네가 좀 곤란한 상황에 처한 것 같구먼.

오라스

사실 이 골치 아픈 귀환으로 인해 제가 좀 궁지에 몰렸습니다.

아르놀프

885 그렇겠지. 자네를 생각하니 나도 속상하네그려.

오라스

그 양반이 모든 걸 망쳤어요.

아르놀프

그래, 하지만 그건 별거 아니네.

자넨 잃어버린 것을 다시 회복시킬 방법을 찾아볼 테지.

오라스

뭔가 머리를 써서 이 질투쟁이 양반의

철저한 경계를 무너뜨리기 위해 노력해야겠지요.

아르놀프

890 그건 자네한테 쉬운 일일세. 어쨌거나 그 여자가

자넬 사랑하니까.

오라스

물론이죠.

아르놀프

자넨 끝까지 해볼 텐가.

오라스

그러고 싶습니다.

아르놀프

그 돌멩이가 자넬 실망시켰다지.

한데도 그다지 놀라는 기색이 없구먼.

오라스

그럼요.

전 대번에 그 남자가 거기 있다는 사실을 알아차렸습니다.

모습을 드러내지 않은 채 이 모든 것을 지시하고 있었지요. 895

하지만 절 놀라게 했고, 아마 어르신도 놀라실 일은

지금부터 들려드릴 다른 이야기랍니다.

이 젊고 아리따운 아가씨가 보인 대담하기 짝이 없는 행동은

순진한 그녀로부터 나올 수 없는 예상치 못한 것이었어요.

정말 사랑은 위대한 스승이라는 사실을 인정해야만 해요. 900

사랑은 우리에게 전에 없던 모습이 되라고 가르칩니다.

종종 습성을 완전히 바꾸어 버리는 것도

사랑의 교훈에 따르면 한순간의 일에 불과해요.

사랑은 우리 안에서 본성의 장애물들을 부숴 버리죠.

사랑의 갑작스러운 효과는 기적처럼 보이기도 해요. 905

수전노가 순식간에 인심이 후한 사람이 되고

겁쟁이가 용사로, 야만인이 문명인이 되어 버리잖아요.

또 사랑은 가장 둔한 영혼조차도 명민하게 만들고,

가장 순진한 사람에게도 재치를 줍니다.
910 네, 바로 이 마지막 기적이 아녜스한테서 일어났어요.
왜냐하면 저를 물리치면서 이런 말을 불쑥 내뱉었거든요.
〈물러가세요. 제 영혼은 방문을 거부합니다.
전 당신이 무슨 말을 하는지 잘 압니다. 이게 제 대답이에요.〉
그러고는 어르신을 놀라게 했던 그 돌멩이, 아니 조약돌이
915 짧은 편지와 함께 제 발 앞에 떨어진 겁니다.
저는 의미심장한 말들을 담아 돌멩이와 함께 던져진
잘 가다듬은 편지를 보면서 경탄했습니다.
어르신도 이런 행동이 놀랍지 않으세요?
사랑이 머리를 명민하게 만든다는 얘기가 아니겠어요?
920 사랑의 열렬한 불꽃이 한 사람의 마음에
놀라운 영향을 미친다는 사실을 부인할 수 있을까요?
이러한 요령과 편지에 대해 무슨 말씀을 하시겠어요?
음! 어르신은 이 기막힌 재치에 감탄하지 않으세요?
질투심 많은 제 경쟁자가 이런 즐거운 놀이에서
925 어떤 역할을 했는지 보는 게 재미있지 않으세요?
말씀 좀 해보세요.

아르놀프

그래, 아주 재미있군.

오라스

그럼 좀 웃어 보세요.

(아르놀프, 억지로 웃는다)
그 남자는 처음부터 저의 사랑에 대항해
자기 집에 숨어 돌멩이를 준비해 놓고는
마치 제가 담을 넘어 들어가기라도 할 것처럼
어처구니없는 공포에 사로잡혀 저를 쫓아내려고 930
모든 사람들을 저에 맞서도록 선동하고 있었어요.
자기가 꾸민 술책 때문에 그토록 순진하게 남아 있길
바랐던 여자한테 두 눈 뜨고 당하고 있는 것도 모르고요!
사실을 고백하자면 저는 그자가 돌아와
제 사랑이 큰 곤란에 빠지기는 했지만 935
이 상황이 정말이지 너무나 웃겨서
생각할 때마다 배를 잡고 웃지 않을 수가 없네요.
그런데 보니까 어르신은 별로 웃지를 않으시네요.

아르놀프

(억지로 웃으며)
미안하네. 내 딴에는 많이 웃는 거라네.

오라스

자, 친구로서 어르신께는 편지를 보여 드리지요. 940
그 여인은 가슴이 느끼는 모든 것을 여기에 적어 놓았어요.
하지만 감동적이면서도 친절하고,
천진난만하고 순진한 말들이 가득 담긴 이 편지는,
말하자면 한 순결한 존재가 처음으로 받은

945 사랑의 공격을 표현하기 위해 쓴 것이었어요.

아르놀프

(낮은 목소리로)
방탕한 것, 글을 깨우쳐서 이렇게 써먹는구나.
내 뜻에 반해 글을 배웠어.

오라스

(읽는다)

〈당신께 편지를 쓰고 싶지만 어디서부터 시작해야 할지 막막하기만 합니다. 저한테는 당신이 알아 두셨으면 하는 몇 가지 생각이 있습니다. 하지만 당신께 이 말씀을 드리려면 어떻게 해야 하는지 모르겠어요. 게다가 저는 제 말을 믿지 못하겠습니다. 저를 항상 무지 속에 가두어 두려 했다는 것을 알게 된 이후로 저는 행여 좋지 않은 말을 쓸까 봐, 또 해서는 안 될 말을 할까 봐 걱정이 됩니다. 사실 저는 당신이 제게 무슨 일을 하신 건지 모릅니다. 하지만 저는 당신에 맞서 제가 해야 한다고 하는 일이 죽을 만큼 괴롭게 여겨집니다. 또 당신 없이 지내야 한다면 세상에서 가장 큰 고통을 겪게 될 거고, 당신과 함께라면 정말 행복할 거라고 느끼고 있습니다. 어쩌면 이런 이야기를 하는 것은 잘못일 겁니다. 하지만 저는 이야기를 하지 않을 수가 없어요. 전 그저 이것이 잘못이 아니기를 바랍니다. 누군가 제게 젊은 남자들은 모두가 거짓말쟁이고, 그들의 말을 들어서는 안 되며, 당신이 제게 말씀하신 모든 것이 저를 농락하기 위해서라고 얘기하시더군요. 하지만 저는 당신에게서 그런 일들을 상상도 할 수 없었다는 걸 분명히 말씀드립니다. 저는 당신의 말씀에 감동했고, 그것이 거짓이라고 믿을 수가 없습니다. 제게 솔직하게 말씀해 주세요. 왜냐하면 저는 아무런 악의가 없는데 당신이 절 속이신다면 그것은 세상에서 가장 큰 잘못을 범하는 일이 될 것이고, 저는 그로 인한 괴로움으로 아마도 죽게 될 것입니다.〉

아르놀프

하! 음탕한 계집!

오라스

무슨 일이세요?

아르놀프

나 말인가? 아무것도 아닐세. 기침이 나서.

오라스

이보다 더 달콤한 표현을 본 적이 있으세요?
부당한 권력을 쥔 자의 저주받을 감시에도 불구하고 950
이보다 아름다운 천성이 모습을 드러낼 수 있을까요?
경탄할 만한 영혼의 바탕을 심술궂게 망가뜨리고

이 명철한 정신을
무지와 어리석음 안에서 짓누르려고 하다니
955 필시 벌을 받아 마땅한 죄악이 아닙니까?
사랑은 이미 그 베일을 찢어 버리기 시작했어요.
만일 어느 행운의 별이 도와준다면,
제가 바라듯 이 순 짐승이자
사기꾼, 망나니, 상놈, 야만인을 그냥…….

아르놀프

또 보세.

오라스

이런, 벌써 가시게요?

아르놀프

960 갑자기
급한 일이 하나 생각나서 말일세.

오라스

한데 그 여인이 어르신 댁 근처에 갇혀 있어서 말인데,
혹시 그 집에 접근할 만한 사람 누구 아세요?
있다면 거리낌 없이 부탁 좀 드릴게요. 이럴 때
965 친구끼리 돕는 것은 당연한 일이잖아요.
이제 거기엔 저를 감시하는 사람들만 있어요.

방금 보고 왔지만 하녀와 하인은
제가 무슨 짓을 해도 절대 무례함을 거두지 않고
제 말을 들으려고도 하지 않는답니다.
제겐 이런 일을 맡길 만한 노파가 한 명 있었어요. 970
솔직히 그런 쪽으론 비범한 재능을 지닌 사람이었죠.
처음에 저한테 도움도 많이 줬어요.
그런데 이 불쌍한 여인이 나흘 전에 그만 죽었지 뭡니까.
어르신, 뭐라도 좀 방도가 없겠습니까?

아르놀프

아니, 정말 모르겠네. 나 아니라도 자네가 잘 찾아내겠지. 975

오라스

그럼 안녕히 가세요. 제가 어르신을 믿는 건 아시겠지요.

제5장

아르놀프

녀석 앞에서 얼마나 자존심이 상했는지!
엄청난 불쾌감을 감추려니 정말 고통스럽더군!
뭐라고? 순진한 여자한테 그런 재치가 있었다고!
이 음흉한 계집이 내 앞에서만 그런 척을 한 것이거나 980

아니면 악마가 그 영혼에 이런 술책을 불어넣은 게지.
어쨌든 그 저주받을 편지 때문에 내가 초죽음이 됐구나.
보아하니 그 음흉한 놈이 그 애의 정신을 타락시켰어.
놈이 나를 밀어내고 그 애 마음에 자리를 잡은 거야.
985 그것은 나의 절망이고 치명적인 고통이야.
그 애의 마음을 빼앗기는 바람에 난 이중으로 고통스러워.
명예만큼이나 사랑도 훼손을 당했으니 말이야.
내 자리가 찬탈된 것을 보니 분노가 치밀어 올라.
또 내가 신중을 기했는데도 배신당한 게 화가 나고.
990 나도 알아. 그녀의 방탕한 사랑을 벌하기 위해서는
그녀의 잘못된 운명이 진행되도록 놔둘 수밖에 없고
결국 그녀 스스로 나를 위한 복수를 하게 되겠지. 그러나
사랑하는 사람을 잃는다는 건 정말 가슴 아픈 일이구나.
맙소사! 이 선택을 위해 내가 그토록 숙고를 했는데도
995 어쩌다 내가 이토록 그녀의 매력에 빠져들게 되었나!
그 여자는 부모도 없고 도와줄 사람도 돈도 없지.
그 여자는 나의 보살핌과 선의와 애정을 배신했어.
그러나 이 더러운 짓거리에도 난 그녀를 사랑해.
이 사랑 없이는 살 수가 없을 정도로 말이야.
1000 멍청한 놈, 부끄럽지도 않느냐? 아! 죽겠구나, 분해.
내 뺨따귀를 천 번이라도 갈겨 주어야 할 판이구나.
잠깐 들어가 보자. 그 계집이 그런 속 시커먼 짓을 하고도
어떤 태도를 보이는지 살펴봐야겠구나.
하늘이시여, 제 이마에 치욕을 면해 주소서.

아니, 제가 그런 불운을 겪는 게 하늘의 뜻이라면 1005
적어도 그런 사건들을 당했을 때
몇몇 사람들이 보이는 의연함을 제게도 베풀어 주소서.

제4막

제1장

아르놀프

솔직히 어디 한 군데서 가만히 있을 수가 없구나.
수많은 걱정에 마음이 어지러워서 말이야.
1010 집 안에서나 밖에서나 그 껄렁대는 젊은 놈의
수작을 좌절시키도록 규율을 잡아야 할 텐데.
그 배신자 계집이 어떤 눈으로 나를 보던지!
자기가 저지른 짓에 대해 전혀 감정의 동요가 없더군.
나를 거의 죽기 직전 상태로까지 몰아갔으면서도
1015 그녀를 보면 전혀 상관없는 사람인 줄 알겠어.
보면 볼수록 그녀는 평온해 보이고,
그럴수록 내 속만 더 부글부글 끓어오르는 게 느껴져.
게다가 가슴을 타들어 가게 하는 이 뜨거운 분노는
외려 그녀에 대한 내 사랑을 더 배가시키는 것 같았어.

나는 그녀 때문에 신경이 날카로워지고 격분하고 절망했어. 1020
그런데 그녀가 지금처럼 아름다워 보인 적이 없었고,
그녀의 눈이 그토록 초롱초롱하게 빛나 보인 적도,
내가 그 눈을 보며 이토록 간절한 욕망을 느낀 적도 없었어.
그러니 내 슬픈 운명이 마침내 치욕으로 끝을 맺는다면
나는 여기 이 가슴에 느껴지듯 아마 죽고 말 거야. 1025
이럴 수가! 나는 한없는 사랑과 신중함으로
그녀의 교육을 지도해 왔고,
어릴 때부터 내 집에 데리고 와서 함께 지내며
그녀에 대한 장밋빛 희망을 안고 살아왔어.
내 마음은 점점 커져 가는 매력에 기대어 1030
13년 동안 나를 위해 그녀를 애지중지 가꾸어 왔지.
한데 이 모든 노력이 어떤 젊은 얼간이 놈한테 홀딱 빠져서
코앞에서 놈에게 그녀를 빼앗기는 걸 보기 위해서였던가!
그것도 내가 그녀와 이미 반쯤 결혼한 상태에서!
아니, 제길! 안 돼, 빌어먹을! 이 어리석은 젊은 친구야. 1035
주위를 어슬렁대 봐야 소용없다. 내 고생이 수포가 되든가,
아니면 기필코 네놈의 희망을 헛된 것으로 만들 테니까.
절대 네놈은 나를 비웃지 못할 게다.

제2장

공증인, 아르놀프

공증인

아! 저기 오시네! 안녕하십니까. 제가 시간을 딱 맞춰 왔습죠.
1040 원하시는 계약서를 작성할 준비가 됐습니다.

아르놀프

(그를 못 보고)
어떻게 하면 좋을까?

공증인

통상적인 형식으로 하시면 됩니다.

아르놀프

(그를 못 보고)
주의할 점을 보다 면밀히 검토해 봐야겠어.

공증인

나리에게 손해 가는 일은 하나도 없을 겁니다.

아르놀프

(그를 못 보고)
모든 돌발 상황에 대해서도 대비를 해야 해.

공증인

1045 제 손에 일이 들어오기만 하면 충분합니다.

혹시 기만당할 수도 있으니 할당 몫을 확인하기 전에
계약서에 서명을 하시면 절대 안 됩니다.

아르놀프

(그를 못 보고)
행여나 뭔가가 알려지는 바람에
이 일이 세간의 화제가 되지는 않을까 두렵구나.

공증인

아, 그거요! 그런 소동을 막는 일은 쉽습니다. 1050
결혼 계약을 비밀리에 작성할 수도 있거든요.

아르놀프

(그를 못 보고)
한데 어떻게 그 여자와 이 상황을 타개할 수 있을까?

공증인

두에르[9]는 아내가 가져오는 지참금에 따라 결정됩니다.

아르놀프

(그를 못 보고)

9 두에르*Le douaire*는 관습적*coutumier*이든 결혼 계약 시 미리 정해 놓든*préfix* 간에 사망한 남편의 재산에 대해 미망인에게 할당된 몫을 지칭하는 법률 용어이다. 두에르는 프랑스 구체제하에서 기혼자 관련 법의 필수 요소 중 하나라고 할 수 있다.

난 그녀를 사랑해. 이 사랑이 나의 큰 걱정거리지.

공증인

1055 그 경우라면 부인께 좀 더 유리하게 작성할 수 있지요.

아르놀프

(그를 못 보고)

그런 사건을 겪었는데, 어떻게 그녀를 대해야 할까?

공증인

법령에 따르면 신부가 가져온 지참금의 3분의 1을 신랑이 두에르로 할애합니다. 하지만 이 법령은 아무것도 아닙니다. 원하신다면 더 많이 할애할 수도 있습니다.

아르놀프

(그를 못 보고)

만일…….

공증인

(아르놀프가 그를 본다)

1060 프레시퓌[10]로 말하자면, 양쪽 모두에게 해당됩니다.

제 말씀은 신랑이 적당하다고 생각하는 만큼 신부에게

10 프레시퓌*Le préciput*는 재산을 상속할 때 특정인이 지닌 우선권으로, 일종의 유산 선취권을 말한다.

재산을 물려줄 수 있다는 겁니다.

아르놀프

(그를 알아보고)

어?

공증인

신부에게 특혜를 줄 수도 있지요.

만일 신부를 무척 사랑하거나 은혜를 베풀고 싶다면요.

이걸 두에르라 부르든 프레픽스라 부르든 간에

그 권리는 아내의 사망과 함께 소멸됩니다. 1065

그것은 남편에게 되돌아가지 않고 아내로부터 상속권자로

바로 이전되거나

여러 가지 의사에 따라 관습적으로 결정되거나

혹은 공식 계약을 통해 증여될 수도 있는 것으로,

일방적으로 정하거나 상호 합의로 정할 수 있습니다.

그런데 왜 어깨를 들썩이시죠? 내 말이 우스워요? 1070

내가 계약서 형식을 모르기라도 한단 말입니까?

누가 그런 걸 나한테 가르칠 수 있겠어요? 아무도 없을걸요.

부부가 되면 법적 행위를 통해 부러 그걸 포기하지 않는 한

관습법상으로 가구와 부동산과 취득 재산을

부부가 공동으로 소유한다는 걸 내가 모를까 봐서요? 1075

신부 소유의 재산 3분의 1이 공유 재산에

포함된다는 걸 내가 모를까…….

아르놀프

아니요, 맞는 말이오.

아주 잘 알고 계십니다. 한데 누가 당신한테 뭐라 그랬소?

공증인

당신이 나를 바보 취급하려 했잖아요.

1080 어깨를 들썩이고 인상을 쓰면서 말입니다.

아르놀프

이런 망할 놈의 상판이랑 같이 썩 꺼져 버려라!

잘 가시오. 이래야 당신을 처리할 수 있겠군.

공증인

계약서를 쓰자고 나를 오라 한 게 아니었나요?

아르놀프

그랬소. 내가 부탁했지. 하지만 상황이 달라졌소.

1085 때가 되면 당신한테 다시 요청할 거요.

거참, 말도 많고 대화하기 피곤한 작자로군!

공증인

저 사람 머리가 좀 돌았군. 분명히 내 생각이 맞아.

제3장

공증인, 알랭, 조르제트, 아르놀프

공증인

(알랭과 조르제트 앞으로 다가가며)
댁들이 주인을 위해 나를 찾아왔었던 거 아니었나?

알랭

맞습니다.

공증인

댁들이 그 양반을 어떻게 생각하는지 모르지만
이 길로 가서 그 작자한테 이르시오. 1090
몹쓸 놈의 또라이라고 말이야.

조르제트

틀림없이 그렇게 합지요.

제4장

알랭, 조르제트, 아르놀프

알랭

주인님…….

아르놀프

이리 가까이 오너라. 너희들은 나의 충복이자
선하고 진정한 친구들이야. 내가 알려 줄 소식이 있다.

알랭

공증인이…….

아르놀프

됐다. 그 이야기는 다른 날에 하자.
1095 누군가 내 명예를 두고 못된 장난을 치려고 한다.
내 자식들아, 너희 주인의 명예가 실추된다면
그것이 너희들에게도 얼마나 큰 모욕이 되겠느냐!
그리되면 너희들은 아무 데도 나타나지 못할 것이고,
누구든지 너희를 보면 손가락질을 해댈 것이니 말이야.
1100 이 일은 나만큼이나 너희들과도 관련된 일이니
너희들 편에서도 감시를 철저히 해서
이 바람둥이 녀석이 어떻든 간에 그것을 못 하게…….

조르제트

나리가 전에 저희에게 방법을 알려 주셨잖아요.

아르놀프

그러나 놈의 번지르르한 말에 넘어가지 않게 늘 조심해라.

알랭

오! 물론입죠.

조르제트

저흰 어떻게 방어해야 하는지 알고 있습니다요. 1105

아르놀프

만일 그가 슬그머니 와서 〈알랭, 내 착한 친구여, 내 우울한 마음을 위로하게 좀 도와주겠나〉라고 하면 어쩔 테냐?

알랭

바보시군요.

아르놀프

(조르제트에게)

좋아. 〈조르제트, 귀여운 아이,
너는 참 상냥하고 착한 사람인 것 같아.〉

조르제트

멍청이로군요.

아르놀프

(알랭에게)

1110 잘했어! 〈이렇게 정직하고 덕성 가득한
계획에 무슨 해가 될 게 있다고 그러느냐?〉

알랭

사기꾼이네요.

아르놀프

(조르제트에게)

아주 좋아! 〈내가 겪는 이 괴로움을 네가
불쌍히 여겨 주지 않으면 나는 분명 죽을 거야.〉

조르제트

미련퉁이에다 철면피로군요.

아르놀프

참 잘했어!

1115 〈나는 대가 없이 뭘 바라는 사람이 아니네.
나를 섬기는 사람은 꼭 기억해 둔단 말이야.
자, 알랭, 여기 이걸로 미리 술이라도 한잔하고,
조르제트, 너는 이걸로 페티코트라도 한 벌 사 입어라.
(그들은 둘 다 손을 뻗어 돈을 가져간다)
이건 내 고마움의 표시의 맛보기에 불과하다.

내가 너희들에게 원하는 것은 단지 1120
예쁜 너희 아가씨를 볼 수 있게 해달라는 거야.〉

조르제트

(그를 밀치며)
다른 데나 가보슈!

아르놀프

그거 좋군!

알랭

(그를 밀치며)
여기서 나가요.

아르놀프

좋아!

조르제트

(그를 밀치며)
어서, 빨리요!

아르놀프

좋아. 대단해! 그거면 됐다.

조르제트

제가 제대로 했나요?

알랭

이렇게 하는 게 주인님이 바라시는 거지요?

아르놀프

1125 그래, 잘했다. 돈 받은 것만 빼고. 그것도 받지 말았어야지.

조르제트

아, 그건 생각을 못 했네요.

알랭

원하시면 다시 한번 해볼까요?

아르놀프

아니다.

됐다. 둘 다 물러가거라.

알랭

그저 분부만 내리십시오.

아르놀프

아니야, 일단 물러가거라. 그게 좋겠다.

돈은 그냥 주마. 자, 이따 보자꾸나. 1130
눈 똑바로 뜨고 모든 걸 감시해라. 나를 잘 보필하란 말이다.

제5장

아르놀프

길모퉁이에 사는 구두 수선공을 염탐꾼으로 삼아
모든 걸 정확히 살피라고 해야겠어.
아녜스를 항상 집 안에 데리고 있으면서
잘 감시하고, 특히나 집안에 드나드는 1135
리본 장수, 가발 제조업자, 미용사, 손수건 제조업자,
장갑 제조업자, 중고 만물상들을 쫓아내야 해.
이런 작자들이 매일같이 은밀하게 손을 써서
불륜의 성공을 만들어 내는 거야.
실제로 나는 세상 돌아가는 걸 봤고, 저들의 술책도 알고 있지. 1140
녀석의 입장에서 쪽지나 연애편지를 이리 들여오려면
솜씨가 꽤나 좋아야 할걸.

제6장

오라스, 아르놀프

오라스

여기서 어르신을 만나 뵙게 되니 기뻐요.
방금 아슬아슬하게 도망쳐 나왔거든요. 정말이에요.
1145 어르신과 헤어지고 나서 뜻하지 않게
아녜스가 혼자 발코니로 나오는 걸 봤어요.
근처 나무들로부터 신선한 공기를 마시려고 했나 봐요.
절 알아보고는 신호를 보낸 뒤 곧이어
정원으로 내려와서 문을 열어 주더군요.
1150 하지만 그녀의 방에 막 들어서자마자
아녜스는 계단에서 질투쟁이 영감의 목소리를 들었어요.
그런 상황에서 그녀가 할 수 있었던 일은
고작해야 저를 큰 옷장 속에 숨기는 것이었지요.
그는 바로 들어왔어요. 물론 전 그를 보지 못했지만,
1155 그가 말없이 큰 걸음으로 걸어다니는 소리를 들었어요.
때로는 비통하게 한숨을 내쉬고,
가끔은 탁자를 쾅쾅 내려치고,
주변에서 알짱거리는 강아지를 때리고,
갑자기 눈에 띄는 옷가지들을 집어던지기도 했고요.
1160 심지어 그 사람은 분노에 찬 손짓으로 아름다운 여인이
벽난로 장식 삼아 놓아둔 꽃병까지 깨뜨렸어요.
필시 아녜스가 꾸며 냈던 술책이 곧 오쟁이 지게 될
그 어리석은 남자의 귀에 들어갔던 게지요.
마침내 방 안을 뱅뱅 돌며 어쩌지도 못하는 것들에게
1165 이런저런 방식으로 화풀이를 해댄 다음,

걱정에 사로잡힌 그 질투쟁이는 자기 속내를 말하지 않고
방에서 나갔습니다. 저도 옷장에서 나왔고요.
우리는 그 사람이 무서워서 더 오래
함께 있을 수는 없었습니다.
그건 너무 위험했으니까요. 하지만 전 오늘 밤 1170
좀 늦은 시간에 그녀의 방에 몰래 들어가기로 했어요.
기침을 세 번 해서 제가 왔다는 걸 알려 주면
신호에 맞춰 창문이 열리게 될 거예요.
그러면 사다리를 놓고 아녜스의 도움으로
제 사랑이 그곳에 도달할 길을 찾아보는 거지요. 1175
제 유일한 친구인 어르신께 이 일을 알려 드리고 싶었어요.
마음의 기쁨은 나눌수록 더 커진다지요.
지고의 행복을 수백 번 음미한다 해도
누군가 알아주는 사람이 없으면 만족하지 못하는 법이니까요.
어르신께서도 제 일이 성공하기를 바라시리라 믿어요. 1180
그럼 이만. 저는 필요한 일을 생각해야 해서요.

제7장

아르놀프

뭐라고? 나를 절망으로 몰아넣는 운명의 별은
내게 잠시 숨 돌릴 틈도 허락하지 않을 셈인가?

내가 그토록 용의주도하고 신중하게 신경 썼던 것들이
1185 그 둘의 공모로 이렇게 연방 좌절되는 것을 봐야 하는가?
내가 이 나이에 순진한 여자아이 하나와
경박한 젊은 놈한테 당하게 될 거라고?
사람들이 보아 왔듯이 나는 지난 이십 년간
현명한 철학자로서 남편들의 비참한 운명을 관조했고
1190 가장 신중한 사람들조차 불행에 빠뜨리는
이 모든 사건들에 대해 세심하게 연구해 왔어.
내 영혼은 남들의 치욕을 반면교사 삼아
아내를 얻더라도 모든 불명예로부터
내 이마를 지켜 내고 남들의 이마와는 구별되게
1195 만들어 줄 방법을 모색해 왔지.
이 숭고한 목적을 위해 현명한 사람이
생각할 수 있는 일은 모두 실천에 옮겼다고 믿었건만,
마치 운명의 명령에 따르면
이 지상 어떤 남자도 그 법칙에는 예외가 없다는 듯이
1200 이런 일에 대해 쌓아 온
나의 경험과 모든 지식에도 불구하고,
또 모든 면에서 신중하게 행동하고자
이십 년 이상 숙고해 온 노력에도 불구하고,
수많은 남편들이 밟았던 전철을 피하지 못하고
1205 나 역시 똑같은 불명예를 짊어져야만 했단 말인가?
아! 망나니 같은 운명아! 넌 거짓말을 한 게 될 거다.
놈이 쫓고 있는 대상을 소유한 사람은 아직까지는 나다.

못돼 먹은 바람둥이 녀석이 그녀의 마음을 훔쳐 갔지만
적어도 그 나머지는 가져가지 못하도록 막고야 말 것이다.
네놈들이 사랑의 쾌거를 위해 선택한 오늘 밤은 1210
너희들 생각만큼 그렇게 달콤하게 지나가지는 않을 것이다.
많고 많은 불행 중 그나마 다행인 것은
이 경솔한 놈이 나를 겨냥해 만든 함정에 대해 떠들어 대고,
내게 치명타를 입힌다면서
자기의 경쟁자한테 비밀을 털어놓았다는 거야. 1215

제8장

크리잘드, 아르놀프

크리잘드

자, 그럼, 산책하기 전에 저녁이나 먹을까?

아르놀프

아니, 오늘 저녁은 굶을 생각이네.

크리잘드

이런 변덕은 어디서 나온 겐가?

아르놀프

부디 용서하게. 다른 곤란한 일이 좀 있어서.

크리잘드

결혼을 한다더니, 안 하는 건가?

아르놀프

1220 남의 일에 지나치게 신경을 쓰는군.

크리잘드

아니! 왜 그리 까칠하게 구는 게야! 뭐가 고민인가?
친구, 혹시라도 자네 사랑에
무슨 불상사라도 닥친 겐가?
자네 얼굴만 봐도 그렇다는 걸 알겠네.

아르놀프

1225 무슨 일이 닥치든 간에 적어도 내가
바람둥이들의 접근을 너그러이 용인하는
그런 사람들과 같아질 일은 없을 걸세.

크리잘드

참으로 이상한 일이네. 자네처럼 배운 것도 많은 사람이
늘 그런 일에 그토록 겁을 먹고 있는 걸 보면 말이야.
1230 게다가 지고한 행복의 기준을 거기에다 두고서

세상의 다른 행복은 생각조차 안 하지 않는가.
자네 생각에는 수전노, 불한당, 사기꾼, 악질, 겁쟁이가
되는 건 이 흠집에 비하면 아무것도 아니란 말이지.
게다가 사람이 어떻게 살아왔든 간에
오쟁이 지지만 않으면 명예로운 남자가 된다는 말이고. 1235
그러나 깊이 한번 따져 보세. 왜 자네는 우리의 명예가
이런 불가항력적인 사건에 달려 있다고 믿으려는 겐가?
어째서 천성이 좋게 태어난 영혼이 피할 수 없는
부당한 악덕 때문에 스스로를 책망해야 한단 말인가?
말해 보게. 왜 아내를 맞아들이면서 자기 선택에 대해 1240
꼭 칭찬이나 비난을 받아야 한다고 생각하지?
어째서 신의를 저버린 아내가 안겨 줄 치욕 때문에
두려움에 떨고 있는 괴물을 만들려고 하느냔 말이야?
생각해 보게. 교양인이라면 오쟁이 진 남편의 신세에 대해
좀 더 가볍게 여길 수도 있지 않은가. 1245
어느 누구도 우연의 습격에서는 안전하지 않은 법이네.
이런 사건은 그저 무심하게 대해야 하는 거란 말이야.
세상 사람들이 뭐라고 떠들든
모든 악은 그것을 어떻게 받아들이느냐에 달려 있다네.
왜냐하면 이러한 어려움들 속에서 제대로 행동하려면 1250
다른 모든 것에서처럼 극단을 피해야 하니까 말이야.
물론 지나치게 너그러운 사람들을 모방해서는 안 되지.
그들은 이런 종류의 일을 자랑해 대며
자기 마누라 뒤를 따라다니는 한량들을 언급하면서

1255 도처에서 칭찬을 하고 그들의 재능을 치켜세우고
그들과 긴밀한 친분이 있음을 드러내면서
그들의 여흥이나 모임에 참석한다네.
대범하게도 아무데나 나서려는 이런 무골호인들을 보면서
사람들이 놀라는 건 너무나도 당연하지.
1260 이런 행동은 필시 전적으로 비난받을 만한 거야.
그러나 다른 쪽 극단도 그 못지않게 손가락질 받을 만하네.
내가 이 한량들의 친구들을 높이 평가하지 않듯이
난 난폭한 사람들에게도 찬성할 수가 없네. 그들의
무분별한 원한은 폭풍처럼 휘몰아치고 으르렁거리면서
1265 자기들이 일으킨 소란에 모든 이의 이목을 집중시키지.
그렇게 밖으로 드러냄으로써 아무도 자신들의 행동을
모르는 사람이 없게 만들고 싶어 하는 것 같거든.
이 두 집단 사이에 적절한 진영이 있네.
이 진영의 사람은 그런 일이 닥쳐도 신중하게 자제하지.
1270 우리가 그런 일을 어떻게 받아들여야 하는지 안다면
여자가 우리에게 행하는 최악의 일에 얼굴 붉힐 필요 없네.
사실 사람들이 뭐라고 떠들든 간에 오쟁이 지는 일도
덤덤하게 덜 끔찍한 모습으로 여겨질 수가 있어.
내 자네에게 말하지만 수완이라는 것은 모두
1275 그런 상황을 좋은 국면으로 돌릴 줄 아는 데 쓰여야 하네.

아르놀프

그렇게 멋진 연설을 하셨으니, 오쟁이 진 남편 조합에서

우리 나리께 사의를 표해야 쓰겠구먼.
자네가 말하는 걸 들은 사람은 누구나
기뻐하며 조합에 가입하게 생겼네그려.

크리잘드

그런 말을 하진 않았네. 나도 그것은 비난했지 않은가. 1280
하지만 우리에게 아내를 주는 것은 운명이니
주사위 놀이 하듯 그에 따라야 한다고 말하는 거야.
원하는 숫자가 나오지 않으면
기민하고 침착하게 제대로 놀이를 해서
운을 바꾸려고 노력해야지. 1285

아르놀프

그 말인즉슨 항상 잘 자고 잘 먹으면서
이 모든 게 별거 아니라고 자신을 설득하라는 얘기군.

크리잘드

자네는 농담을 하려는 모양인데, 있는 그대로 말하자면
세상에는 그보다 더 겁낼 만한 일이 수없이 많네.
자네가 그토록 두려워하는 그 일보다 1290
훨씬 더 큰 불행을 가져올 그런 일들 말이야.
자넨 내가 두 가지 선택지 가운데 하나를 골라야 한다면
자네가 말하는 그런 처지가 되기보다는
덕성 있는 여자의 남편이 되는 걸 더 좋아하리라고 생각하나?

1295 그 훌륭하신 숙녀들은 까다로워 작은 일에도 시비를 걸지.
이 미덕의 수호자이자 정숙한 악녀들은
항상 자신들의 방정한 품행을 내세워 자기방어를 해.
그깟 작은 잘못 하나를 저지르지 않는다는 이유로
남자들을 만만하게 볼 권리를 얻고
1300 남자에게 충실하다는 걸 근거로 삼아
자신들의 모든 것을 용인해 주길 바라지.
재차 말하지만, 친구, 이걸 알아 두게. 사실
오쟁이 지는 일도 우리가 만드는 일일 뿐일세.
때로는 몇몇 이유로 그것을 원할 수도 있고 말이야.
1305 오쟁이 지는 것도 다른 일들처럼 즐거운 면이 있다네.

아르놀프

자네라면 그런 일을 당하고도 만족할 수 있을지 몰라도
나로 말하자면 그런 걸 시도해 볼 성격이 못 된다네.
그런 일을 겪느니 차라리…….

크리잘드

이런! 맹세는 하지 말게. 그 맹세를 어길 수도 있으니 말이야.
1310 운명이 그리 결정했다면 자네가 마음을 써봐야 소용없네.
그 일에 대해서는 자네의 의견이 받아들여지지 않을 게야.

아르놀프

내가 오쟁이 진 사내가 된다고?

크리잘드

자네 정말 어디가 아픈 게로군!
자네를 도발할 생각은 없지만 많은 사람이 오쟁이 지네.
물론 그들은 외모나 마음, 재산이나 집 그 무엇으로도
자네와는 비교가 안 되긴 하지만. 1315

아르놀프

나로 말하자면 그런 사람들과 어떤 비교도 원치 않네.
하지만 그런 농담은 한마디로 나를 짜증나게 만드네.
부디 이만 헤어지세.

크리잘드

화가 단단히 났구먼.
그 이유를 알게 되겠지. 잘 있게나. 하지만 명심하게.
이 문제에 대해서 자네가 명예를 위해 무엇을 하든 간에 1320
그렇게 되지 않을 거라고 맹세한다는 것은
벌써 반쯤은 우리가 얘기한 대로 된 거라는 사실을 말이야.

아르놀프

나는 다시 한번 맹세하겠네. 그리고 이 길로 가서
이 사건에 대한 좋은 해결책을 찾아보겠네.

제9장

알랭, 조르제트, 아르놀프

아르놀프

1325 얘들아, 자 이제 너희들의 도움이 절실히 필요하다.
나는 너희들의 열성에 감동했다.
그러니 이번 기회에 그것을 드러내 보려무나.
내가 믿는 만큼 너희들이 나를 잘 섬긴다면
보상에 대해서는 염려하지 않아도 된다.
1330 너희들도 아는 그 녀석이 (하지만 한마디도 하지 마라!)
내가 알아낸 바로는 오늘 밤 나를 속이려 하고 있다.
사다리를 타고 아녜스의 방으로 들어갈 생각이라니
우리 셋이서 놈에게 함정을 파놓아야 해.
너희들은 각자 몽둥이를 하나씩 들고 있다가
1335 녀석이 사다리 꼭대기 칸에 서게 될 때쯤
(내가 적절한 시간에 창문을 열 것이니)
이 사기꾼에게 달려들어 실컷 두들겨 패기만 하면 된다.
놈의 등짝에 오래도록 기억이 남아서
다시는 여기에 올 생각이 들지 않도록 말이다.
1340 하지만 어떤 경우에도 내 이름을 불러서는 안 되고,
내가 뒤에 있다는 것을 드러내서는 안 된다.
너희 둘 다 나의 노여움을 풀어 줄 생각은 있겠지?

알랭

매질만 하면 된다면, 주인님, 저희한테 맡겨 주십쇼.
두고 보세요. 제가 팼다 하면 호되게 팹니다요.

조르제트

제 손도 말이죠. 보기엔 그리 튼튼하지 않아도 1345
팰 때는 제 몫을 다하고야 끝을 보지요.

아르놀프

그만 물러가거라. 그리고 절대로 입을 놀리지 말거라.
(혼자)
자, 이것이야말로 이웃에게 유용한 교훈이 될 게다.
이 도시에 있는 모든 남편들이
자기 마누라들의 정부를 이런 식으로 맞이한다면 1350
오쟁이 진 남자들의 숫자가 그토록 많지는 않았을 텐데.

제5막

제1장

알랭, 조르제트, 아르놀프

아르놀프

멍청한 놈들! 폭력을 휘두르다니 대체 무슨 짓이냐?

알랭

주인님, 저희는 주인님께 복종했습니다.

아르놀프

그런 변명으로 피해 보려 해도 소용없다.
1355 내가 좀 때려 주라고 했지 때려죽이라고 하지는 않았다.
등짝을 패라고 했지 언제 머리를 패라고 했느냐.
그저 몽둥이로 위협해서 이 소동을 가라앉히란 얘기였지.
하늘이여! 운명은 저를 어떤 사건 속에 던져 놓는 겁니까!

이자가 죽었으니 이제 어떻게 해야 하는가?
집 안으로 들어가라. 그리고 내가 너희들한테 내렸던 1360
그 결백한 명령에 대해서는 아무 말도 말아라.
곧 날이 밝을 테니 이런 불행한 사태를 두고
어떻게 해야 할지 생각 좀 해봐야겠다.
맙소사! 어쩌면 좋을까? 갑작스레 이 일을 알게 되면
오라스의 아버지가 과연 뭐라고 할 것인가? 1365

제2장

오라스, 아르놀프

오라스

그게 누구였는지 가서 좀 알아보자.

아르놀프

정말 예측할 수가…….
(그를 몰라보고 지나가던 오라스와 부딪친다)
실례지만 누구요?

오라스

아르놀프 어르신이세요?

아르놀프

그런데 댁은……?

오라스

오라스예요.

부탁드릴 일이 있어 지금 댁으로 가는 참이었어요.

아침 일찍 나오셨네요!

아르놀프

(낮게)

1370 아니, 정말 헷갈리는군!

내가 홀렸나? 아니면 허깨비인가?

오라스

사실 말이지 저 큰일 날 뻔했어요.

하늘의 보살핌에 감사드려야겠어요.

이렇게 때마침 어르신을 만나게 해주시다니 말이에요.

1375 모든 것이 성공했다는 것을 알려 드리려고 왔어요.

심지어 제가 말씀드렸던 것보다 훨씬 더 잘됐답니다.

그것도 모든 걸 망쳐 버리게 되어 있던 사건 덕분에 말입니다.

대체 어떤 경로로 저희가 계획했던 밀회가

의심을 받게 되었는지는 저도 모르겠어요.

1380 제가 창문에 거의 다다른 순간

생각지도 못하게 몇몇 사람들이 나타나지 않겠어요.

그자들이 갑자기 저를 향해 손을 드는 바람에
저는 발을 헛디뎌 그만 아래로 떨어지고 말았어요.
떨어지면서 여기저기 멍은 좀 들었지만
대신 몽둥이질을 당하는 일은 피할 수 있었습니다. 1385
사람들은, 아마도 그 질투쟁이도 있었을 텐데,
제가 자기들 몽둥이질 때문에 떨어졌다고 생각했어요.
어쨌거나 저는 아파서 꽤 오랫동안
그 자리에서 꼼짝 못 하고 있었어요.
그들은 정말로 자기들이 절 죽였다고 생각했어요. 1390
그리고 모두 다 겁을 잔뜩 집어먹었지요.
저는 깊은 침묵 속에서 그들이 떠드는 소리를 들었어요.
폭력의 책임을 두고 서로를 탓했어요.
그러고는 불도 켜지 않고 운명을 탓하며
제가 죽었는지 조심스레 살펴보러 왔지요. 1395
한번 상상해 보세요. 제가 밤의 어둠 속에서
진짜 죽은 사람인 척할 수 있었다는 걸요.
그들은 공포에 휩싸여 뒤로 물러섰어요.
그리고 제가 도망치려고 생각하던 차에
저의 거짓 죽음에 놀란 순진한 아녜스가 1400
재빨리 제 곁으로 다가왔어요.
그 사람들끼리 쑥덕거린 말들이
이미 아녜스의 귀에까지 들어갔고
이 모든 난리 통에 감시를 피할 수 있었기에
그녀는 쉽사리 집을 빠져나올 수 있었던 거지요. 1405

제가 다치지 않은 걸 알게 되자, 그녀는
말로 형언할 수 없을 만큼 큰 기쁨을 터뜨렸어요.
제가 무슨 말씀을 더 드리겠어요? 마침내
이 상냥한 여인은 사랑이 지시하는 충고를 따랐지요.
1410 더 이상 집으로 돌아갈 생각을 하지 않고
자신의 운명을 제게 맡긴 채 모든 위험을 감수한 겁니다.
한번 생각해 보세요. 그 미치광이가 터무니없이
그녀에게 강요했던 그 순진한 상태로 인해
아녜스가 얼마나 끔찍한 위험을 무릅쓸 뻔했을까요.
1415 만일 제가 그녀를 덜 소중히 다루는 그런 남자라면 말이지요.
하지만 제 영혼은 너무나 순수한 사랑으로 불타고 있습니다.
그러니 그녀를 욕보이느니 차라리 죽는 게 낫지요.
그녀에게는 다른 운명을 살기에 마땅한 매력이 있어요.
죽음 말고는 그 무엇도 저를 그녀와 갈라놓지 못할 겁니다.
1420 제 아버지가 크게 격노하실 거라는 건 예측이 됩니다.
하지만 시간을 두고 아버지의 노여움을 가라앉혀야겠지요.
그토록 다정한 아녜스의 매력에 저를 내맡겨 볼 참입니다.
어쨌거나 인생에서는 자족을 해야만 하니까요.
제가 어르신께 바라는 것은 친구로서 아무도 모르게
1425 이 미인을 어르신한테 잠깐 맡길 수 있을까 하는 겁니다.
제 사랑을 위해 그녀가 적어도 하루 이틀 지낼
은신처를 어르신 댁에 마련해 주셨으면 합니다.
그녀가 도망친 사실을 숨겨야 할 뿐만 아니라,
사람들이 그녀를 쫓아오는 것도 막아야 하니까요.

어르신도 아시다시피 저렇게 생긴 아가씨가 1430
젊은 남자와 함께 있으면 이상한 의심을 받기 십상이니까요.
어르신께서는 워낙 신중하신 분이라
제 사랑의 속내를 통째로 다 고백하는 겁니다.
또한 너그러운 친구이시니 오로지 어르신께만
이 사랑의 보물을 맡길 수가 있는 겁니다. 1435

아르놀프

아무 걱정 말게나. 자네의 청대로 해줄 테니 말이야.

오라스

그렇게 큰 호의를 베풀어 주시겠다는 말씀이세요?

아르놀프

기꺼이 그렇게 하고말고. 이런 상황에서
자네를 도울 수 있으니 아주 기쁘군.
하늘이 그녀를 내게 보내준 것에 대해 감사하네. 1440
난 지금껏 어떤 일도 이렇게 크게 기뻐해 본 적이 없어.

오라스

어르신의 친절에 제가 얼마나 큰 덕을 입었는지요!
실은 어르신이 곤란해하실까 봐 걱정을 했었거든요.
하지만 어르신은 세상을 아시고 현명하시니,
청춘의 열정을 너그러이 봐주시는군요. 1445

제 하인 하나가 저 길모퉁이에서 그녀를 보호하고 있습니다.

아르놀프

그런데 어찌하는 게 좋겠는가? 날이 벌써 좀 밝았으니 내가
그녀를 여기서 데려가면, 사람들이 필시 나를 보지 않겠나.
그리고 자네가 우리 집에 나타나면
1450 하인들이 수군댈 게야. 일을 좀 더 확실하게 하려면
그녀를 좀 더 비밀스러운 장소로 데려가야겠네.
우리 집 샛길이 편리하네. 거기서 그 아가씨를 기다림세.

오라스

그것은 예방책으로 꼭 취해야 할 조치겠네요.
전 아녜스를 어르신 손에 넘기기만 하겠습니다.
1455 그러고는 곧바로 조용히 집으로 돌아가겠습니다.

아르놀프

(혼자)
아! 운명이여! 이 뜻밖의 호의적인 사건 덕분에
너의 변덕이 내게 가한 모든 잘못이 보상되는구나!
(외투로 얼굴을 반쯤 가린다)

제3장

아녜스, 아르놀프, 오라스

오라스

내가 당신을 어디로 데려가든 절대 걱정하지 말아요.
그곳은 내가 당신을 위해 마련한 아주 안전한 거처랍니다.
당신이 나와 함께 지내면 모든 것을 망치게 될 거요. 1460
이 문으로 들어가서 이끄는 대로 따라가세요.
(아르놀프는 자신을 알아보지 못하는 아녜스의 손을 잡는다)

아녜스

왜 절 떠나세요?

오라스

사랑하는 아녜스, 그래야만 해요.

아녜스

제발 빨리 돌아오셔야 해요.

오라스

나 역시 불타는 사랑으로 조급한 마음입니다.

아녜스

1465 당신을 보지 못하면 전 조금도 기쁘지 않아요.

오라스

당신이 없으면 나 또한 슬프다오.

아녜스

아아! 그게 사실이라면 그냥 여기 계세요.

오라스

아니! 설마 내 지고한 사랑을 의심하는 건가요?

아녜스

아뇨. 하지만 당신은 제가 사랑하는 만큼 절 사랑하지 않아요.
(아르놀프가 그녀를 끌어당긴다)
아! 너무 세게 당기시네요.

오라스

1470 사랑하는 아녜스,
우리가 여기서 함께 있는 걸 들키면 위험해져요.
당신의 손을 잡아끌고 있는 저 진정한 친구는
우리를 위해 신중하게 열과 성을 다하고 있어요.

아녜스

하지만 모르는 사람을 따라가는 건…….

오라스

아무 걱정 말아요.

그분의 손에서라면 안전하지 않을 수 없으니까. 1475

아녜스

전 오라스의 손에 있는 것이 더 좋겠어요.

오라스

내가 곧…….

아녜스

(자기를 끌고 가는 사람에게)

잠깐만요.

오라스

잘 가요. 아침이 날 쫓아냅니다.

아녜스

그럼 당신을 언제 보나요?

오라스

곧 보게 될 거요. 반드시.

아녜스

그때까지 난 얼마나 쓸쓸히 견뎌야 할까!

오라스

1480 하늘의 덕으로 나의 행복은 더 이상 겨룰 자가 없구나.

이제 두 다리 뻗고 편안히 잘 수 있겠어.

제4장

아르놀프, 아녜스

아르놀프

(얼굴을 외투로 가리고)

이리 오시오. 머무르실 곳은 그쪽이 아니오.

내가 당신의 거처를 다른 곳에 마련해 두었소.

숙녀분을 충분히 안전한 곳에 모셔다 드리리다.

나를 알아보겠소?

아녜스

(그를 알아보고)

에구머니!

아르놀프

바람둥이 아가씨, 이럴 때 1485

내 얼굴은 당신의 온 감각을 얼어붙게 하는 모양이군.

여기서 날 보는 게 내키지 않겠지.

당신을 사로잡고 있는 사랑의 계획을 내가 방해하는 걸 테고.

(아녜스는 오라스를 볼 수 있을까 해서 주위를 둘러본다)

그런 눈으로 도와달라고 그 바람둥이 녀석을 찾지 마.

당신을 도와주기에는 너무 멀리 가버렸으니까. 1490

아! 아! 아직 이렇게 어린데 그런 술책을 부린단 말인가!

유례를 찾아볼 수 없는 순진함으로

아이를 귀로 만드는 거냐고 물어보던 당신이

야밤에 밀회를 약속하고 애인을 따라가려고

소리 없이 집을 빠져나올 줄도 안단 말이지! 1495

제기랄! 그 잘난 혀로 그놈한테 어찌나 다정하게 속삭이던지!

어디 좋은 학교라도 다닌 모양이지.

대체 어떤 빌어먹을 인간이 갑자기 그 많은 걸 가르쳐 줬지?

이젠 유령을 만나는 것도 두렵지 않은 거야?

밤이 되면 이 바람둥이 녀석이 당신을 대담하게 만드는 건가? 1500

아! 방탕한 계집, 어떻게 이렇게까지 배신을 할 수가 있어?

내가 그렇게 잘해 주었는데도 그런 음모를 꾸미다니!

내가 가슴속에 새끼 뱀을 품고 있었구나.

세상을 알자마자 배은망덕한 심보로

1505 자기를 쓰다듬던 사람한테 해악을 끼칠 생각을 하다니!

아녜스

왜 저한테 화를 내시나요?

아르놀프

내가 정말 크게 잘못했구나!

아녜스

전 제가 한 일 중에서 뭐가 잘못인지 모르겠어요.

아르놀프

바람둥이 녀석을 따라간 것이 추악한 행동이 아니더냐?

아녜스

그분은 절 아내로 삼고 싶다고 말씀하셨어요.

1510 전 주인님의 가르침을 따른 거죠. 제게 설교하시기를

죄악에서 벗어나려면 결혼을 해야 한다고 하셨잖아요.

아르놀프

하지만 당신을 아내로 삼으려던 것은 나, 바로 나였어.

내가 당신한테 충분히 알아듣게끔 행동했을 텐데.

아녜스

그래요. 하지만 우리끼리니까 솔직히 말씀드리는 건데,
그 일에는 주인님보다는 그분이 더 제 취향에 맞아요. 1515
주인님에게 결혼은 골칫거리에다 고통스러운 것이지요.
말씀하실 때마다 결혼을 끔찍하게 묘사하시니까요.
지겨워요! 하지만 그분은 환희에 차서 그 얘기를 해요.
결혼하고 싶은 마음을 갖게 한다고요.

아르놀프

아! 이 배신자! 그건 당신이 그놈을 사랑해서야.

아녜스

네, 그분을 사랑해요. 1520

아르놀프

내 앞에서 감히 뻔뻔스럽게도 그런 말을 하다니!

아녜스

그게 사실인데 어째서 그 말을 못 하나요?

아르놀프

그놈을 어떻게 사랑할 수가 있어! 이 건방진 것!

아녜스

아아!

제가 어쩔 도리가 있나요? 그분만이 이 일의 원인인걸요.

1525 그리고 일이 진행되는 동안은 그런 생각을 못 했어요.

아르놀프

하지만 사랑의 욕망을 쫓아내려고 했어야지.

아녜스

즐거움을 주는 것을 쫓아낼 방법이 있나요?

아르놀프

그것이 내 기분을 상하게 할 거라는 걸 몰랐느냐?

아녜스

제가요? 전혀요. 이것이 주인님께 무슨 해가 되나요?

아르놀프

1530 그렇군. 내가 기뻐해야 할 이유가 있는 게로군.

결국 당신은 날 사랑하지 않는다 이 말인가?

아녜스

주인님을요?

아르놀프

그래.

아녜스

맙소사! 아니요.

아르놀프

아니라니, 어떻게?

아녜스

제가 거짓말을 하길 바라세요?

아르놀프

왜 나를 사랑하지 않는 거지? 뻔뻔스러운 아가씨?

아녜스

세상에! 그건 저를 힐책하실 일이 아니잖아요.
주인님은 왜 그 사람처럼 자기를 사랑하게 만들지 않았나요? 1535
제 생각에, 제가 그걸 막은 적은 없었는데요.

아르놀프

나는 내 혼신의 힘을 다해 노력했지.
하지만 내가 들인 노력은 모두 수포로 돌아갔어.

아녜스

그럼 오라스는 그것에 대해 주인님보다 많이 알고 있네요.
1540 자기를 사랑하게 만드는 데 아무 어려움이 없었으니까요.

아르놀프

이 발칙한 계집이 따져 가며 되받아치는 것 좀 보게나!
저런! 재치 있는 재녀도 저보다 더 많은 말을 할 수 있을까?
아! 내가 저 애를 잘못 알았구나. 세상에! 사랑에 대해서는
어리석은 계집이 가장 능숙한 남자보다 더 많이 아는구나.
1545 자, 그렇게 따지기를 잘하시니 말인데,
고약한 추론가 아가씨, 그토록 오랫동안
내 돈을 들여 당신을 먹여 준 것이 그놈을 위해서였나?

아녜스

아뇨. 그분은 주인님께 마지막 한 푼까지 갚을 거예요.

아르놀프

말을 듣다 보니 울분이 점점 커지는군.
1550 이 바람둥이 계집 같으니. 놈이 제 힘으로
당신이 내게 진 빚을 전부 갚을 거라고?

아녜스

사실 전 생각만큼 주인님께 큰 빚을 지지 않았어요.

아르놀프

어릴 때부터 키워 준 것이 별거 아니란 말이냐?

아녜스

그거라면 정말 애를 많이 쓰셨지요.
모든 면에서 아주 훌륭하게 가르치려 하셨으니까요! 1555
그래서 제가 자랑스러워한다고 생각하세요? 머릿속으로
제가 제 자신을 바보라고 생각하지 않을 것 같으세요?
저는 말이죠. 그게 부끄러워요. 나이를 이렇게 먹고도
계속 바보처럼 보이고 싶지 않다고요. 할 수만 있다면요.

아르놀프

당신은 순진함을 내던지고 무슨 대가를 치르더라도 1560
그 바람둥이 녀석한테서 뭔가[11]를 배우겠다 그 말인가?

아녜스

그럼요.
저는 그분으로부터 제가 무엇을 알 수 있는지를 알게 됐어요.
그러니 전 그분께 주인님보다 훨씬 더 많은 빚을 지고 있어요.

11 여기서 〈뭔가〉라는 표현은 제2막 제5장에 등장하는 그 유명한 〈그것*le*〉만큼이나 성적인 내용을 애매모호하게 암시하는 것이다. 몰리에르는 이런 화법이 조롱하고 빈정대기 좋아하며 다른 이의 불행에 관심이 많은 아르놀프의 성격적 특성임을 분명히 드러내고 있다.

아르놀프

내가 무엇 때문에 주저하는지 모르겠군. 저런 건방진 말은
1565 주먹을 한 대 날려 응징해야 하는데 말이야.
저 가시 돋친 냉담한 모습을 보니 화가 치밀어 올라.
몇 대 치기라도 하면 내 속이 좀 후련할 텐데.

아녜스

세상에! 그러고 싶으시다면 그렇게 하세요.

아르놀프

(방백)
저 말과 눈빛에 내 분노가 누그러지고
1570 마음속에 사랑이 다시 되돌아와서
그녀가 저지른 행동의 악랄함을 지워 주는구나.
사랑한다는 것은 묘한 일이야. 저런 배신자들을 위해
남자들이 이토록 약한 모습을 보이게 된다니!
사람은 누구나 자신의 불완전함을 알지.
1575 바람난 여인들은 단지 몰지각하고 경솔할 뿐이야.
그녀들의 정신은 사악하고 영혼은 여리지.
그보다 더 약하고 더 멍청한 것은 없어.
그보다 더 불충한 것은 없단 말이야. 그런데도
이 세상에서는 모두가 이 동물들을 위해 온갖 짓을 다 하지.
그러니 좋아! 화해를 하자.
(아녜스에게)

자, 바람둥이 아가씨, 1580
내가 모든 걸 용서하고 내 사랑을 다시 돌려주마.
그걸로 너[12]에 대한 내 사랑을 가늠해 보거라. 그리고
내가 이토록 너그럽게 대하니 그 대가로 나를 사랑해 다오.

아녜스

제 마음을 다해 주인님의 마음에 들고 싶어요.
제가 그럴 수 있으려면 어떤 대가를 치러야 하나요? 1585

아르놀프

내 가련한 작은 새야, 네가 원한다면 그럴 수 있단다.
(한숨을 내쉰다)
그저 이 사랑의 탄식 소리를 들어 보렴.
생기를 잃은 이 눈빛을 보고, 내 모습을 바라봐 줘.
그리고 그 조무래기 녀석과 녀석이 준 사랑을 버리는 거야.
녀석은 아마 네게 어떤 주문을 걸었던 게야. 1590
넌 나와 함께 있으면 백배는 더 행복할 거야.
네가 바라는 건 대담하게 희롱하는 것이지.
넌 늘 그렇게 하게 될 게다. 자, 내가 맹세하마.
끊임없이 밤낮으로 내가 너를 애무해 주마.
너를 쓰다듬고, 입 맞추고, 깨물어 줄게. 1595
넌 모든 것을 네 뜻대로 할 수 있을 거야.

12 아르놀프가 아녜스를 부르는 호칭은 감정과 상황에 따라 변하는데, 여기서 처음으로 〈당신*vous*〉에서 〈너*tu*〉로 바뀐다.

더는 설명하지 않으마. 이걸로 모든 얘기를 다했다.
(방백)
사랑의 열정은 대체 어디까지 가게 할 수 있는 걸까!
어쨌든 그 무엇도 나의 사랑에 필적할 순 없다.
1600 배은망덕한 아가씨, 내가 뭐로 증명해 주랴?
내가 울기를 바라느냐? 내 스스로 매질이라도 할까?
내 머리카락 절반을 뽑아 버릴까?
아예 죽어 버려? 그래, 네가 원한다면 말을 해라.
잔인한 것, 난 내 사랑을 네게 증명할 준비가 다 됐다.

아녜스

1605 진정하세요. 그렇게 말씀하셔도 전혀 마음에 와닿지 않아요.
오라스는 단 두 마디로 주인님보다 더 큰 감흥을 줄 거예요.

아르놀프

아! 대드는 것도 정도껏 해야지. 내 분노를 너무 돋우는구나.
나의 계획을 고수해야겠다. 이 못된 고집불통 같으니.
당신은 당장 이 도시를 떠나게 될 거요.
1610 내 사랑의 맹세를 거부하고 날 궁지로 몰아넣었으니까.
수녀원 구석 깊숙이 처박아 이 모든 것에 대한 복수를 하겠어.

제5장

알랭, 아르놀프

알랭

주인님, 이게 어찌 된 일인지 모르겠는데,
아녜스가 그 죽은 사람이랑 같이 가버린 것 같습니다요.

아르놀프

아녜스는 여기 있다. 데리고 가서 내 방에 가둬 놓아라.
놈이 그녀를 찾아 내 방으로 오지는 않겠지. 1615
딱 30분 정도면 충분할 거야.
더 안전한 거처를 마련해야 하니 가서
마차를 찾아봐야겠다.
확실히 가둬 두고
무엇보다 그녀에게서 눈을 떼지 말고 잘 감시해라.
낯선 곳에 가게 되면 필시 아녜스의 영혼도 1620
이 사랑의 망상에서 벗어날 수 있을 거야.

제6장

아르놀프, 오라스

오라스

아! 너무 고통스러워서 어르신을 뵈러 왔어요.
아르놀프 어르신, 하늘이 제 불행에 정점을 찍었어요.
너무나 부당하게 치명적인 타격을 가해
1625 제게서 사랑하는 여인을 앗아 가려 합니다.
저희 아버지가 밤길을 달려 여기에 도착하셨대요.
이미 이곳 근처 땅을 밟고 계십니다.
전에 말씀드렸듯이 아버지가
이렇게 급히 오시게 된 이유를 전 모르고 있었어요.
1630 알고 보니 아무런 전갈도 없이 제 혼사를 결정하셨고,
결혼식을 치르기 위해 이리로 오셨다는 겁니다.
어르신은 제 걱정이 얼마나 클지 아시는 분이니 어떻게
이런 난처한 일이 제게 닥칠 수 있는지 설명 좀 해주세요.
어제 어르신께 말씀드렸던 그 앙리크라는 사람이
1635 제게 고통을 주는 이 모든 불행의 근원입니다.
그분이 저희 아버지와 함께 저의 파멸을 완성하러 오셨어요.
그분 외동딸이 바로 저와 정혼한 사람이랍니다.
그 얘기를 듣자마자 저는 기절하는 줄 알았습니다.
무엇보다 그분들 말씀을 더는 듣고 싶지 않았고,
1640 아버지가 어르신을 뵈러 오신다는 말씀을 하시는 바람에
겁에 질린 나머지 이렇게 앞서 달려왔어요.
제발 아버지께는 아무것도 알리지 말아 주세요.
제 약혼에 대해서 말이에요. 아버진 역정을 내실 거예요.
그리고 아버지가 어르신을 전적으로 신뢰하고 계시니

이 혼사를 단념하시도록 말려 주세요. 1645

아르놀프

그러지.

오라스

아버지께 조금 미뤄 달라고 말씀해 주세요.
제 편이시니까 제 사랑을 위해 절 좀 도와주세요.

아르놀프

틀림없이 그리하겠네.

오라스

어르신만 믿겠습니다.

아르놀프

잘 알았네.

오라스

저는 어르신을 저의 진짜 아버지로 여깁니다.
그분께 말씀해 주세요. 제 나이에는…… 아! 저기 오시네요. 1650
제가 어르신께 말씀드리는 것을 잘 들으세요.
(그들은 무대 한 구석에 남아 이야기한다)

제7장

앙리크, 오롱트, 크리잘드, 오라스, 아르놀프

앙리크

(크리잘드에게)

처남이 내 눈앞에 나타나는 것을 보자마자
누가 말해 주지 않았어도 바로 알아볼 수 있겠더군.
처남한테서 예전에 혼인 서약으로 내 사람이 되었던
1655 아름다운 누이의 모습을 볼 수 있었으니 말이야.
만일 잔인한 파르카이 여신들[13]이 내게
이 충실한 아내를 되돌려 줄 수만 있다면 행복할 텐데.
그 사람이 오랜 불행 끝에 자기 피붙이들을 다시 만나는
크나큰 기쁨을 나와 함께 즐길 수 있게 말이야.
1660 하지만 운명의 거부할 수 없는 힘이 우리에게서
사랑스러운 그녀를 영원히 앗아 갔으니
이제 그만 체념하고 그녀가 내게 남겨 준
유일한 사랑의 결실에 만족하려고 애를 써봐야지.
그 결실은 처남과도 관련되는 일이니 처남의 동의 없이
1665 마음대로 처리한다면 잘못을 저지르는 일이 될 거야.
오롱트의 아들을 선택한 것은 그 자체로 영광이지만

13 파르카이는 로마 신화에 등장하는 운명의 세 여신을 지칭하며, 그리스 신화에선 〈모이라이〉라고 불린다. 운명의 실을 뽑는 클로토, 운명의 실을 나눠 주는(탄생) 라케시스, 운명의 실을 끊는 아트로포스(죽음)를 총칭한다.

이 선택이 나만큼이나 처남의 마음에도 들어야지.

크리잘드

이토록 합리적인 선택을 제가 승인할지 의심하신다면
제 판단력을 너무 얕잡아 보는 것이죠.

아르놀프

(방백으로 오라스에게)
알겠네. 내가 제대로 한번 자네를 도와주지. 1670

오라스

(방백으로 아르놀프에게)
조심하세요. 다시 한번…….

아르놀프

아무 걱정 말게나.

오롱트

(아르놀프에게)
아! 애정이 가득한 포옹이로구먼.

아르놀프

자네를 다시 보다니 얼마나 기쁜지!

오롱트

내가 여기 온 것은…….

아르놀프

내게 얘기할 필요 없다네.

자네가 무슨 연유로 왔는지 알고 있으니.

오롱트

1675 벌써 들었나?

아르놀프

그렇네.

오롱트

잘됐구먼.

아르놀프

자네 아들은 이 혼사에 반대하네.

다른 데 마음을 뺏겨서 이 결혼을 슬픈 것으로만 여기지.

심지어 내게 자네 마음을 돌려 달라고 간청하기도 했어.

내 입장에서 자네에게 충고를 하자면

1680 이 결혼이 연기되는 것을 허락하지 않음으로써

아버지의 권위를 드높여야 한다는 거야.

젊은 사람들은 엄하게 다루어야 해.

관대하게 대하면 그들을 망치는 걸세.

오라스

(방백)

아! 저 배신자!

크리잘드

만일 이 혼사가 그리도 내키지 않는다면

그 젊은이한테 그걸 강요해서는 안 된다고 보네. 1685

매형도 나와 의견이 같을 거라고 생각하네.

아르놀프

뭐? 아버지가 아들한테 질질 끌려다니게 놔둘 건가?

자네는 아비라는 자가 물러 터져서

제 자식들을 복종시킬 줄도 모르길 바라나?

얼마나 꼴불견이겠나. 오늘 이 친구가 1690

자기 명령을 따라야 할 자식의 명령을 받게 된다면 말이야!

아니 안 돼. 그는 내 친한 친구야. 그의 명예는 곧 내 거지.

그가 약속을 했으니 그 약속은 지켜져야만 해.

이제 단호한 태도를 보여서

아들의 애정 문제를 통제해야만 하네. 1695

오롱트

천만번 옳은 말씀이야. 이번 혼사와 관련해서는

내가 자네에게 내 아들의 복종을 보증하겠네.

크리잘드

(아르놀프에게)

나로 말하자면 자네가 이 혼사에 대해

이토록 대단한 열성을 보이는 것이 놀랍네.

1700 대체 무슨 연유로 그러는지는 모르겠네만…….

아르놀프

난 내가 하는 일을 알고 있고, 해야 할 말을 하는 것이네.

오롱트

그럼 그렇지. 아르놀프 경, 그 애가…….

크리잘드

그 이름으로 부르면 저 친구 화냅니다.

드 라 수슈 경이라고 해야죠. 아까 말씀드렸잖아요.

아르놀프

상관없네.

오라스

이게 무슨 소리야!

아르놀프

(오라스 쪽으로 몸을 돌리며)

그래, 수수께끼가 이거였네.

이제 내가 왜 그렇게 행동했는지 알겠지. 1705

오라스

이렇게 혼란스러울…….

제8장

조르제트, 앙리크, 오롱트, 크리잘드, 오라스, 아르놀프

조르제트

주인님, 주인님이 안 오시면

아녜스를 붙잡고 있기가 힘들겠어요.

달아나려고 별짓을 다 하고 있거든요.

어쩌면 창문 밖으로 뛰어내릴지도 몰라요.

아르놀프

그녀를 이리로 데려와라. 이 길로 내가 1710

그녀를 데리고 갈 작정이니까.

(오라스에게)

화내지 말게나.

행운이 계속되면 사람이 오만해지는 법이지.
속담에 있듯이 모두 자기 차례가 있는 거라네.

오라스

오, 하느님! 어떤 불행이 나의 비탄에 필적할 수 있을까?
1715 이런 절망의 구렁텅이에 빠진 사람을 본 적이 있을까?

아르놀프

(오롱트에게)
결혼식 날짜를 서둘러 잡게나.
나도 돕지. 그리고 난 이미 참석하기로 정했네.

오롱트

내가 원하던 바네.

제9장

아녜스, 알랭, 조르제트, 오롱트, 앙리크, 아르놀프,
오라스, 크리잘드

아르놀프

(아녜스에게)
자, 아름다운 아가씨, 이리 오시오.

반항이 심해서 붙잡아 두기 어려운 여인이지.
여기 당신의 애인이 있으니 그간의 보답으로 1720
겸손하고 부드럽게 인사나 한번 해주구려.
(오라스에게)
잘 있게. 일이 자네 기대에 어긋나게 되었군.
하지만 모든 연인들이 다 만족할 수는 없는 법일세.

아녜스

오라스, 절 이렇게 데려가게 내버려 두실 건가요?

오라스

고통이 너무 심해서 나도 어찌할 바를 모르겠소. 1725

아르놀프

자, 수다쟁이 아가씨, 그만 갑시다.

아녜스

저는 여기 남고 싶어요.

오롱트

이 불가사의한 상황이 대체 어떻게 된 일인지 말을 해보게.
지금 영문도 모른 채 서로 쳐다만 보고 있지 않은가.

아르놀프

좀 더 한가해지면 그때 자네에게 알려 주겠네.
일단은 잘 계시게.

오롱트

1730 지금 어딜 간단 말인가?
자넨 우리한테 해야 할 말을 아직 하지 않았네.

아르놀프

자네 아들이 투덜거리든 말든 혼사나 성사시키라고
충고하지 않았나.

오롱트

좋아. 하지만 결론을 내기 위해서 말인데,
사람들이 자네한테 모든 얘기를 했다니, 혹시 자네 집에
1735 이 일에 연루된 아가씨가 있다는 얘기는 들어 본 적 없는가?
예전에 앙리크 경이 비밀스러운 관계를 맺고 있던
사랑스러운 앙젤리크와의 사이에서 낳은 딸 말이네.
한데 방금 전 자네가 한 말은 대체 무슨 얘긴가?

크리잘드

저도 저 친구의 행동을 보면서 놀랐습니다.

아르놀프

뭐라고?

크리잘드

우리 누나가 비밀 결혼으로 딸을 하나 낳았는데, 1740
그 아이의 존재를 가족 모두에게 숨겼다네.

오롱트

그러고는 들키지 않으려고 가짜 이름을 붙여
남편으로 하여금 농가에 맡겨 양육시키도록 했지.

크리잘드

한데 하필 그때 우리 매형의 운수가 사나워져서
부득이 자기 고향 땅을 떠날 수밖에 없었다네. 1745

오롱트

그리고 바다 건너 이역만리 타국에서
갖가지 위험을 다 겪어야만 했지.

크리잘드

그곳에서 애를 쓴 덕에 매형은 자기 조국에서
사기와 시샘 때문에 빼앗겼던 것을 다시 얻게 되었다네.

오롱트

1750 프랑스에 돌아오자마자 그 양반이 제일 먼저 한 일은
딸을 돌봐 달라고 부탁했던 아낙을 찾는 것이었지.

크리잘드

한데 그 시골 아낙네가 솔직하게 털어놓기를
그 아이를 네 살 때 자네 손에 맡겼다는 거야.

오롱트

자네가 자선을 베풀어서 그리했다 하더군.
1755 지독한 가난에 너무 시달려서 말이야.

크리잘드

그 말에 매형은 너무나 기뻐서 잔뜩 흥분한 상태로
그 여인을 앞세워 대번에 여기까지 달려온 거라네.

오롱트

잠시 후 그 여인이 여기 도착하면 만인이 보는 앞에서
그 비밀을 밝히는 것을 자네도 보게 될 걸세.

크리잘드

1760 보아하니 자네가 비탄에 빠진 이유가 뭔지 대강 짐작이 가네.
하지만 이 문제에 있어 운은 자네에게 친절한 걸세.
오쟁이 지지 않는 것이 그리도 중요한 일이라면

결혼하지 않는 것이 가장 확실한 방법이지 않겠나.

아르놀프

(완전히 흥분한 상태로 자리를 떠나며 말을 못 한다)

으악!

오롱트

왜 아무 말도 없이 도망을 치는 거야?

오라스

아! 아버지,

이 놀라운 비밀의 전모를 곧 알게 되실 겁니다. 1765

이곳에서 우연찮게도 현명하신 아버지가

미리 계획해 두셨던 일이 이루어졌습니다.

저는 상호적인 열정의 달콤한 매듭으로

이 아름다운 여인과 언약을 맺었습니다.

한마디로 아버지가 찾으시던 사람이 바로 이 여인입니다. 1770

제가 거절하면 아버지의 역정을 돋울 거라 믿은 그 사람요.

앙리크

내가 아까 그녀를 보았을 때 틀림없다고 생각했다.

그때부터 계속 내 가슴에 감정이 북받쳐 오르더구나.

아! 내 딸아! 난 이 감미로운 기쁨에 나를 내맡기련다.

크리잘드

1775 매형, 저도 매형만큼이나 기꺼이 그리하렵니다.
하지만 이 장소는 그런 기쁨에 전혀 어울리지 않아요.
안으로 들어가 이 모든 복잡한 수수께끼들을 풀어 버리고
우리 친구 아르놀프의 노고에 대해 보답을 합시다.
그리고 훌륭하게 모든 일을 해준 하늘에 감사를 드립시다.

역자 해설

몰리에르와 〈위대한〉 희극의 탄생

1

미국 브로드웨이 공연계에 토니상이 있고 영국 공연계에 올리비에상이 있다면 프랑스 연극계에는 몰리에르상이 있다. 1987년 처음 시행된 후 매년 4~5월에 파리와 근교의 주요 극장에서 〈몰리에르의 밤Nuit des Molières〉이라는 시상식을 개최하고, 당해 연도 각 부문 최고작을 선정해 시상하는 몰리에르상은 프랑스 영화계의 세자르상과 함께 프랑스 공연 예술계를 대표하는 상으로 인정받고 있다. 토니상이라는 명칭이 20세기 초 미국의 유명한 연극인 앙투아네트 페리Antoinette Perry의 별명 토니Tony에서 비롯되었고, 올리비에상이 20세기 영국 최고의 배우이자 영화감독인 로런스 올리비에Laurence Olivier의 이름을 딴 거라면, 몰리에르상은 다름 아닌 17세기에 프랑스가 배출한 세계 최고의 극작가 몰리에르에 대한 오마주라고 할 수 있다.

여기서 한 가지 질문을 던져 보자. 1987년에 프랑스 연극

상을 제정하면서 어째서 사망한 지 3백 년도 넘은 몰리에르를 소환한 것일까? 이는 물론 오랜 역사를 자랑하는 프랑스 연극에 대한 프랑스인들의 자부심의 발로일 테지만, 프랑스에서 지금까지 시공간을 초월해 전 세계적으로 가장 사랑받는 극작가가 몰리에르라는 사실을 상기한다면, 어쩌면 당연한 선택이었다고 할 수 있다. 그에 더해 몰리에르가 평생토록 비단 극작가로서뿐만 아니라 뛰어난 배우이자 연출가요 극단주로서, 그야말로 〈총체적 연극인〉의 삶을 살았다는 점에서 모든 연극인의 축제이자 권위 있는 시상식에 이름을 남기기에는 그 누구보다 적합한 인물이라는 사실에 이의를 제기할 사람은 없을 것이다.

몰리에르가 오늘날 프랑스 연극계에서 차지하는 위상과 영향력을 가늠하기 위해서는 〈몰리에르의 집Maison de Molière〉이라는 별칭으로 불리는 프랑스 국립 극장 코메디 프랑세즈Comédie Française의 공연 기록을 살펴보는 것만으로 충분할 듯하다. 코메디 프랑세즈는 1680년 절대 군주 루이 14세의 명에 따라 비극을 주로 공연하던 부르고뉴 극단Hôtel de Bourgogne과 몰리에르 극단La troupe de Molière을 전신으로 하는 희극 전문 게네고 극단Hôtel du Guénégaud이 하나로 통합되면서 창설되었다. 설립 이후부터 지금까지 프랑스 고전극의 전통을 계승하면서도 엄선해 발굴한 새로운 레퍼토리를 무대에 올리고 있는 코메디 프랑세즈에는 2010년 5월 1일 기준으로 총 1,024명의 작가가 등록되어 있다. 기록에 따르면 그 작가들 중 가장 많이 공연된 작가는 단연코 몰리에르로, 총 공연 횟수는 장장 3만 3,400회에 달한다. 이어 2위와 3위는 몰리에르와 함께 프랑스 고전주의 연극의 전성기를 이끈 장 라신Jean Racine과 피에르 코르네유Pierre Corneille에게 돌아가는데, 두 작가의 작품은 각각 9,408회, 7,418회가 공연되었다. 개별 작품의 공연 수를 살펴보면 몰리에르의 독보적 위상은 더욱 확연히 드러난다. 놀랍게도 공연 수 기준 상위 10편에 이름을 올린 것은 7위를 차지한 코르네유의 「르 시드Le Cid」를 제외하고는 모두 몰리에르의 작품들이다. 가장 많이 공연된 「타르튀프Le Tartuffe」(3,115회)에 이어 2위 「수전노L'avare」(2,491회)와 3위 「상상으로 앓는 환자Le malade imaginaire」(2,408회)가 뒤를 잇고 있으며, 「아내들의 학교L'école des femmes」도 순위권 내에 한 자리를 차지하고 있음이 확인된다. 이런 점에서 보자면 코메디 프랑세즈의 또 다른 이름인 〈몰리에르의 집〉은 단순한 별칭을 넘어 이 극단의 정체성을 구성하는 하나의 핵심 요소를 잘 반영하는 것이라고 할 수 있다.

2

하지만 몰리에르가 활동했던 17세기 프랑스로 거슬러 올라가 보면, 오늘날 누구나 인정하는 그의 이러한 위상이 완전히 자리 잡기 위해서는 조금 더 시간이 흘렀어야만 했음을 확인할 수 있다. 물론 몰리에르는 살아생전 이미 많은 관객들로부터 사랑을 받았고, 루이 14세와 그의 추종자들의 비호를 받으며 당대 최고의 희극 배우이자 가장 위대한 극작가로 간주되었던 것이 사실이다.

그렇지만 그런 성공의 이면에서 몰리에르는 평생 동안, 한편으로는 자신의 성공과 왕의 총애를 질투하고 시기하던 경쟁자들, 그리고 자신의 작품 속에서 풍자의 대상이 되었던 다양한 이해 집단의 가차 없는 공격을 막아 내야 했고, 다른 한편으로는 비극에 비해 희극을 저급한 장르로 취급하는 세간의 비평에 맞서 싸워야 했다. 왕실 전담 실내 장식 업자인 아버지 슬하에서 경제적으로 풍요로운 유년 시절을 보냈던 몰리에르가 연극에 대한 열정에 사로잡혀 21세에 안락한 부르주아의 생활을 포기하고 가난하며 천대받는 연극인의 삶에 뛰어든 이후, 1673년 53세의 나이에 「상상으로 앓는 환자」 공연 직후에 쓰러져 피를 토하고 사망할 때까지 오롯이 연극을 위해 바쳤던 세월은, 어쩌면 그에게 그리 호의적이지만은 않았던 세상에 맞서 연극인으로서 자신의 꿈과 재능을 증명하기 위해 고군분투했던 시간들이었다고 해도 과언은 아닐 것이다.

이처럼 치열했던 연극인의 삶에서 몰리에르가 이루어 낸 가장 큰 업적을 들자면, 그것은 의심의 여지 없이 17세기 희극의 지위를 비극의 그것에 버금가는 것으로 끌어올린 데 있을 것이다. 몰리에르가 태어난 17세기 초반 희극을 주도했던 것은 다름 아닌 중세의 전통을 이어받아 대중성에 기반을 둔 소극(笑劇)이었다. 그런데 수 세기에 걸쳐 민중의 사랑을 받아 온 소극은 그 강인한 생명력에도 불구하고 프랑스 연극사에서 단편적인 취급을 받거나 부정적인 평가를 받아 왔던 게 사실이다. 특히 후일 고전주의라는 이름으로 규정되는 17세기 프랑스 연극 이론의 주창자들은 소극에 대해 단호하게 부정적인 입장을 취했는데, 예컨대 웃음의 생산을 위해서는 농담도 고상하게 해야 한다고 주장했던 니콜라 부알로Nicolas Boileau는 대중 소극을 즐기던 관객들을 폄하하고 소극 레퍼토리의 저속함을 비웃었으며, 도비냐크 신부L'abbé d'Aubignac 역시 대중 소극의 저속한 스타일에서 난무하던 어릿광대의 행동과 언어를 경멸하며 그것을 즐기는 관객들의 낮은 소양을 한탄했다.

소극은 그 기원상 중세 성사극 혹은 교훈극에 삽입된 막간극에서 비롯된 짧은 길이의 연극을 의미한다. 이렇게 짧은 막간극이라는 시간적 한계 때문에 소극의 줄거리는 매우 단순할 수밖에 없었다. 또한 인물들 역시 일상적이거나 전형적인 성격을 지녔거나, 혹은 어떤 도그마에 사로잡힌 인물들로 극이 진행되는 동안 처음에 주어진 성격과 행위를 복잡하게 만들거나 발전시키지 않는다. 이처럼 하나같이 경직된 성격의 소유자인 이 인물들은 속임수와 기만을 중심으로 전개되는 줄거리 속에서 폭력적이고 외설적인 대사를 주고받으며 과장된 몸짓이나 따귀 때리기, 몽둥이질 같은 난폭한 행위를 통해 웃음을 유발한다. 이런 면에서 소극은 등장인물을 구현하는 연기자의 신체적 차원이 매우 중요한 역할을 하는 장르라고 할 수 있다.

그 자신 타고난 희극 배우였고, 파리에 정착하기 전 12년 동안 지방에서 유랑 극단을 이끌었던 몰리에르는 대중에게 폭발적 웃음을 야기시키는 소극의 해학적 효과를 잘 알고 있었다. 그리하여 작품마다 경중의 차이는 있지만 이러한 소극적 요소를 적재적소에 활용할 줄 아는 영리함을 발휘했다. 예컨대 몰리에르는 대표적으로 「우스꽝스러운 재녀들 Les précieuses ridicules」이나 「스카팽의 간계 Les fourberies de Scapin」에서처럼 군중의 심리에 직접적으로 호소하는 바가 큰 몽둥이찜질 같은 신체적 요소를 동원하는 한편, 때론 초기 소극 「날아다니는 의사 Le médecin volant」에서 두드러지듯 배우에게 신출귀몰하는 곡예사 수준의 고난도 신체 연기를 요구하는 장면을 삽입함으로써 웃음의 세계를 창조했다. 우리가 이 책에 실은 세 편의 희극에도 그 정도는 약하지만 몽둥이찜질이라든가, 모자를 계속해서 썼다 벗었다 하거나, 계속해서 인사를 주고받는 등의 소극적 연기의 요소들이 곳곳에 배치되어 있다.

그러나 위대한 극작가 몰리에르의 독창성과 탁월성은 여러 가지 차원에서 소극적 요소들을 활용하면서도 형식과 내용 면에서 소극의 한계를 뛰어넘는 획기적인 형태의 작품들을 세상에 내놓았다는 데 있다. 우선 형식 면에서 보자면 몰리에르는 그의 지방 유랑 극단 시기에 발표된 초기 소극들에서부터 이미 일반적인 소극의 형태, 즉 산문으로 쓰인 단막극 형태에 안주하지 않고 3막, 5막 등으로 그 길이를 확장하는 한편, 필요에 따라 산문이나 운문을 선택하여 나름대로 변화를 꾀하기 시작했으며, 작품에 따라 다양한 형식을 시도하는 이러한 방식을 작품 활동 후반부까지도 계속해서 이어 나갔다. 여기에 번역된 세 편의 작품만 살펴보더라도 1661년에 공연된 「남편들의 학교L'école des maris」는 운문 3막극, 그 이듬해인 1662년에 나온 「아내들의 학교」는 운문 5막극, 그리고 그보다 한참 뒤인 1668년에 발표된 「수전노」의 경우는 산문 5막극으로, 세 작품 모두 서로 다른 구성과 형태를 띠고 있다. 그중에서도 운문 5막극으로 쓰인 「아내들의 학교」는 몰리에르 작품 세계의 발전사와 관련해 특히 주목할 만한데, 이유인즉슨 당시 일반적으로 〈위대한〉 비극의 형식으로 간주되던 운문 5막극 형식을 희극에 적용함으로써 결과적으로 비극과 어깨를 나란히 하는 〈위대한 희극〉, 곧 〈대희극*grande comédie*〉의 탄생을 알렸기 때문이다. 운문, 그것도 12음절 시구인 알렉상드랭*alexandrin*으로 운을 맞춰 이어지는 아름답고 수려한 장문의 대사들은 — 비록 여기서는 역자의 능력 부족과 언어적 한계로 산문으로 옮길 수밖에 없었지만 — 당시 극장에 모인 동시대의 청중에게 그동안 비극의 전유물로 여겨졌던 운문의 묘미를 전달함에 부족함이 없었다는 점에서, 몰리에르의 과감한 도전은 비극의 우월성을 확신하고 있던 당대 기존의 시각을 변화시키는 데 큰 역할을 했다고 볼 수 있다.

내용 면에서도 몰리에르는 일찍이 단순한 줄거리와 경직되고 전형적인 인물들로 구성된 소극의 극작법을 넘어서서 인간의 성격을 분류하고 분석하는 동시에, 인간의 보편적인 본성이나 영원한 인간형을 탐구하는 성격희극을 표방하는 한편, 당대의 세태를 날카롭게 관찰하고 신랄하게 비판하며 풍자하는 풍속 희극의 본보기를 관객에게 제시하는 성과를 거두었다. 그리하여 소극에서처럼 즉각적이고 배설적인 웃음을 유발하는 것에 머무르지 않고 관객의 교화까지도 고려하면서 〈즐겁게 하면서 교훈을 준다〉는 고전주의 연극의 대원칙을 직접 실천해 보임으로써 희극이 그 유용성 면에서 비극에 비해 부족함이 없다는 사실을 다시 한번 천명하기에 이른다. 예컨대 「남편들의 학교」, 「아내들의 학교」, 「수전노」 역시 종종 소극의 요소들이 등장하여 웃음을 주면서도 동시에 당시의 풍속을 풍자적으로 비판하고, 한편으로는 허영심, 교만함, 어리석음, 이기심, 탐욕과 집착 같은 보편적인 인간의 결점을 고발하는 과정을 통해 관객에게 자신과 사회를 돌아보고 성찰할 기회를 제공한다는 점에서, 대중성과 도덕성을 조화롭게 통합한 몰리에르식 고전 희극의 특징을 고스란히 보여 주는 작품이라고 하겠다.

3

여기에 번역된 세 편의 작품을 보다 구체적으로 살펴보기 전에 에움길을 돌아 캐나다의 저명한 문학 평론가 노스럽 프라이Northrop Frye가 그의 저서 『비평의 해부*Anatomy of Criticism*』에서 설파했던 희극에 관한 논의를 간단히 짚고 넘어가도록 하자. 20세기 최고의 문학 비평서 중 하나로 여겨지는 방대한 분량의 이 저서에서 프라이는 일반적으로 우리가 얘기하는 보통의 문학 장르들보다 더 폭이 넓은, 혹은 논리적으로 볼 때 이런 장르들에 선행하는 이야기 문학의 범주를 설정하고 이를 플롯의 유형이라는 의미에서 〈뮈토스*mythos*〉라고 부른 바 있다. 그에 따르면 장르 발생 이전의 이야기 문학의 요소인 뮈토스는 모두 네 가지로 구분되는데, 봄의 뮈토스인 〈희극〉, 여름의 뮈토스인 〈로맨스〉, 가을의 뮈토스인 〈비극〉, 겨울의 뮈토스인 〈풍자와 아이러니〉가 그것이다. 그중에서 우리의 관심사인 희극적 뮈토스에 대한 프라이의 분석을 따라가 보면, 그 복잡성의 정도에는 차이가 있겠지만 큰 틀에서 희극의 플롯은 젊은 여인과 결혼하고 싶어 하는 젊은 남자가 대개의 경우 양친의 반대라는 장애에 부딪치지만 결말에 가까워지면 어떤 역전이 일어나 결국은 그 젊은 여성을 아내로 맞이하게 되는 형식으로 이루어진다.

여기서 발생하는 희극적 움직임은 보통 어떤 한 종류의 사회로부터 다른 종류의 사회로 이행하는 움직임이다. 즉 극의 시초에는 장애가 되는 등장인물이 극중의 사회를 지배하고 있다면, 극의 결말에서는 주인공과 여주인공이 서로 결합함으로써 주인공 주위에 새로운 사회가 만들어지는 것이다. 이 새로운 사회의 출현은 흔히 극의 대단원에 열리거나 혹은 대단원 바로 직후에 열릴 것으로 예상되는 어떤 파티나 축하연으로 나타나는데, 흔히 주인공의 결혼식이 그 역할을 담당한다.

프라이에 따르면 이러한 희극적 형식을 전개하는 데는 두 가지 방법이 있다. 하나는 주로 방해꾼들에게 역점을 두는 방법이고, 다른 하나는 발견과 화해의 장면에 치중하는 방법이다. 전자는 희극적인 아이러니, 풍자, 리얼리즘과 풍속 희극에서 볼 수 있는 일반적인 경향인 데 비해, 후자는 셰익스피어를 위시한 다른 유형의 로맨스 희극에서 자주 등장한다. 풍속 희극의 경우에는 윤리적인 관심이 젊은 주인공과 여주인공보다는 방해꾼에게 집중되기 마련인데, 특히 몰리에르의 희극에서는 이러한 양상이 두드러진다.

몰리에르는 많은 작품에서 윤리적인 관심을 단 한 사람의 방해꾼, 예컨대 이해심이 없는 부친, 수전노, 인간을 혐오하는 자, 위선자, 우울증에 걸린 자 등에게 집중시키면서 관객의 관심을 고조시킨다. 그 덕분에 스가나렐, 아르놀프, 타르튀프, 아르강, 아르파공 등의 주인공들은 많은 경우 작품의 제목에 이름을 빌려 주기도 하면서 우리에게 잊힐 수 없는 인물이 되는 반면, 그들의 손아귀에서 빠져나오려고 발버둥치는 수많은 발레르, 앙젤리크, 클레앙트, 오라스, 엘리즈 등은 그다지 뚜렷하게 기억에 남지 않게 된다. 솔직히 몰리에르 작품에 등장하는 너무나 인상 깊은 방해꾼들에 비하면, 대부분 틀에 박힌 성격의 소유자들인 젊은 주인공과 여주인공들은 예컨대 「아내들의 학교」에 등장하는 아녜스와 같은 특별한 경우를 제외하면 항상 아주 재미있는 인물은 아니라는 것을 고백해야겠다.

한편, 희극은 보통 해피엔드를 향해 움직인다. 해피엔드에 대한 관객의 반응은 대개 그렇게 끝나는 것이 당연하다는 것인데, 이는 어딘가 윤리적인 판단처럼 들린다. 그런데 여기서 중요한 것은 이러한 윤리적 판단이 미덕을 지녔느냐 마느냐와 같은 좁은 의미에서의 윤리적 성격을 의미하는 게 아니라, 사회적인 성격을 띠고 있다는 사실이다. 몰리에르의 작품에서도 확인되듯 희극적인 세계에 반대되는 것은 악한 것이 아니라 어리석은 것이다. 그렇다면 무엇이 방해꾼을 어리석어 보이도록 하는 것일까? 프라이에 따르면 그것은 다름 아닌 편집증 때문이다. 방해꾼은 자신의 편집증에서 헤어나오지 못하고, 극 중에서 그가 맡은 역할은 무엇보다도 먼저 자신의 망집을 되풀이하는 일이다.

편집성의 원리는 쓸모없는 행동을 반복하는 것에 기반하고, 이러한 의식적인 속박을 문학적으로 모방하는 것에서 우스꽝스러움이 생겨난다. 비극에서의 반복이 논리적으로 파국에 이르는 원인이 된다면, 희극에서의 반복은 웃음을 유발하는 동인이다. 웃음은 얼마간의 반사 운동이며, 다른 반사 운동처럼 단순히 반복되는 패턴에 의해서 조장될 수 있기 때문이다. 희극에서 편집성에 빠져 있는 사람은 보통 나이가 많고, 상당한 사회적 특권과 권력을 가진 사람인 탓에 자신의 망집을 통해 극 중의 사회를 무리하게 한쪽 방향으로 나아가게 할 수 있다. 그리하여 편집성이 때로는 우스꽝스러운 법이나 불합리한 법률의 주제와 밀접한 관련을 맺게 되는 경우도 있다. 하지만 모두가 알다시피 희극의 극적 전개는 결국에는 이런 짓을 파괴시켜 버리는 쪽으로 향해 간다.

희극의 결말은 일반적으로 플롯의 역전에 의해서 조작된다. 로마의 희극에서 여주인공은 보통 노예거나 기생이지만, 차차 어떤 지체 높은 이의 딸이라는 것이 알려지게 됨으로써 그녀를 사랑하는 주인공이 체면을 잃지 않고 그 여주인공과 결혼할 수 있게 되듯이, 「수전노」에서 클레앙트와 엘리즈가 사랑하는 마리안과 발레르는 가난하고 신분이 낮은 처지에서 마지막에 돈 많은 나폴리 귀족 출신 앙셀므의 딸과 아들로 밝혀지고, 「아내들의 학교」에서 부모도 돈도 없이 아르놀프에게 매여 있던 순진한 처녀 아녜스 역시 막판에 갑자기 등장한 돈 많고 인자한 아버지 덕분에 자신을 사랑하는 오라스에게 부끄럽지 않은 배필이 된다.

희극에서 인지란 등장인물들이 자기들의 친척이 누군지, 그들이 교제하는 이성 가운데 친척이 아닌 사람은 누군지를 식별하고, 그리하여 누가 그들의 결혼 상대자가 될 수 있는가를 발견하게 되는 것을 가리키는데, 이것은 지금까지 결코 변하지 않는 희극의 특질 가운데 하나이다. 그런데 앞서 언급했듯 희극에서는 주된 성격상의 흥미가 패배한 등장인물들에게 집중되기 때문에, 대체로 플롯의 갑작스러운 변화가 성격의 일관성보다 극적으로 더 우위를 차지하게 되는 경향이 있다. 하지만 「수전노」의 아르파공에게서 볼 수 있듯 플롯을 조작한다고 해서 반드시 성격이 변모되는 것은 아니며, 마찬가지로 「아내들의 학교」의 아르놀프처럼 어떤 성격의 변모가 일어난다고 해서 희극의 규범이 깨어지는 것 또한 아니다. 신빙성 없는 개심, 기적적인 변모, 신의 도움 등은 희극과는 떼려야 뗄 수 없는 관계를 가지고 있으며, 이는 희극을 즐기는 관객이라면 어느 정도는 용인하고 받아들여야 할 극작의 기본적인 장치에 해당되는 것이라고 할 수 있다.

지금까지 살펴본 희극적 뮈토스의 특징은 복잡성의 정도와 다양한 변주 방식에도 불구하고 몰리에르의 많은 작품 속에서 하나의 고갱이로 자리 잡고 있다. 특히 여기서 번역된 「남편들의 학교」, 「아내들의 학교」, 「수전노」의 경우는 모두 젊은이들의 사랑과 결혼을 방해하는 아버지 혹은 아버지 역할을 하는 나이 든 경쟁자 사이의 대립이 마침내 극적 반전에 의해 해결되고, 관객이 바라던 해피엔드로 마무리되는 줄거리를 기본으로 하고 있다. 더 나아가 세 작품 모두 나이가 많고 돈도 있으며 어느 정도 사회적 지위를 지녔지만 기존 질서와 가부장적 이데올로기 등을 강요하는 기성세대와, 부모에게 종속되어 있지만 유행에 민감하고 자신들의 사랑에 솔직한 젊은 세대를 대비하면서 당시 사회의 유행과 풍습, 결혼 제도, 사랑과 연애의 풍속도 등에 대한 비판적인 성찰의 장을 제공한다는 점에서 프라이가 얘기한 희극적 뮈토스의 주요 양상을 충실히 반영하고 있다고 하겠다.

하지만 이 작품들은 방해를 무릅쓰고 결혼에 성공하는 젊은이들의 이야기를 공통적 플롯으로 하고 있으면서도 극의 형식이나 내용, 주제를 다루는 방식 등에서는 각자 자기만의 고유한 특성과 색깔을 지니고 있다. 1년 6개월 간격으로 무대에 오른 「남편들의 학교」와 「아내들의 학교」는 공통적으로 친부 대신 어린 여자아이를 맡아 키웠던 양부가 결혼할 나이가 된 그 아이를 아내로 삼으려는 과정에서, 순진한 줄로만 알았던 여자아이가 기지를 발휘해 젊은 애인과 내통함으로써 이기적이고 본성을 제어하려는 늙은 양부를 골탕 먹이고 결혼에 성공한다는 이야기가 중심이지만, 「남편들의 학교」가 3막인 데 비해 「아내들의 학교」는 5막으로 구성되어 있는 것은 물론, 플롯의 구성이나 이야기 전개 방식, 인물들의 성격, 문체와 세부적인 디테일 등에서 차이를 보이며 몰리에르 수용사에서 두 작품의 명성과 입지가 달라지는 계기를 만들었다.

그런가 하면 1668년에 발표된 「수전노」의 경우는 파리에 입성해 탁월한 희극 작가로서의 명성을 쌓아 가기 시작했던 1661년과 1662년에 발표된 두 편의 〈학교〉 시리즈와는 달리 몰리에르가 이미 수많은 작품들을 통해 스스로의 연극 세계를 확장시키며 거장의 반열에 오른 시기에 공연된 작품이라는 점에서, 또한 무엇보다 주인공 아르파공의 돈에 대한 집착이 훨씬 강하게 부각되는 성격희극의 대표작이라는 점에서 「남편들의 학교」, 「아내들의 학교」와는 조금 다른 각도에서 살펴볼 필요가 있을 듯하다.

4

1661년 몰리에르는 파리 팔레루아얄 극장Le théâtre du Palais-Royal에 정착해 새로운 삶을 시작하려고 기지개를 펴고 있었다. 12년간의 지방 유랑 극단 생활 끝에 1658년 루이 14세의 동생인 오를레앙 대공의 후원을 받게 되고, 그의 주선으로 루브르궁에서 최초의 왕실 공연을 성공리에 마친 덕분에 루이 14세로부터 프티 부르봉Petit Bourbon의 무대를 이탈리아 극단과 함께 사용하도록 허가받았던 몰리에르 극단은, 마침내 1660년 과거 리슐리외Armand Richelieu 추기경이 건립한 팔레루아얄 극장을 사용하도록 국왕의 윤허를 받았다.

이 극장에 정착한 후 첫 번째로 무대에 올린 신작 「나바르의 동 가르시Dom Garcie de Navarre」가 흥행에 실패하자, 몰리에르는 그로부터 여섯 달도 지나지 않은 1661년 6월 24일, 새로운 작품 「남편들의 학교」를 무대에 올리며 반격의 칼을 빼들었다. 전작의 실패에 머물러 있기에는 왕실의 후원과 지원을 통해 갑작스레 파리 연극계 중심부로 진출한 몰리에르에 대한 시샘과 적대가 너무나 컸기 때문이다. 희극과 소극의 요소가 적절히 균형을 이루고 있는 이 작품에 대해 파리의 관객은 환호했다. 로레Loret의 말에 따르면, 이 작품은 파리 전체를 유혹했고, 몰리에르는 극단을 이끌고 퐁텐블로성Château de Fontainebleau에 가서 왕과 대신들 앞에서 공연하는 한편, 재무장관 푸케Nicolas Fouquet 소유의 보르비콩트성Château de Vaux-le-Vicomte에서도 공연했다. 왕의 동생인 오를레앙 대공은 몰리에르가 서둘러 출판했던 이 연극의 인쇄본에서 헌사의 대상이 되었다. 심지어는 몰리에르를 비판했던 적들까지도 이 작품의 주제가 꽤 잘 전개되었다며

약간의 칭찬을 하는가 하면, 이 작품이 5막으로 구성되지 않은 것을 아쉬워했다고 전해진다.

하지만 우리가 알다시피 「남편들의 학교」는 몰리에르의 작품들 중 대표작으로 여겨지진 않는다. 몰리에르 전집을 편집 출간한 로베르 주아니Robert Jouanny가 평가하듯, 이 작품에는 「아내들의 학교」의 매력이나 우아함도 없고, 「타르튀프」의 신랄함도 없으며, 「동 쥐앙Dom Juan」의 장대함, 「인간 혐오자Le misanthrope」의 비통한 인간성, 「부르주아 귀족Le bourgeois gentilhomme」의 즐거운 익살도 없다. 하지만 이 작품에서 몰리에르는 현학적 태도 없이 담대하고 솔직한 터치로 그려 낸 희극적인 연기를 통해 웃음을 선사하는 와중에도 젊은 처녀들의 교육과 지도 혹은 아내들을 다루는 기술에 대해 진지한 질문을 제기함으로써 관객들이 이 문제에 대해 생각할 수밖에 없게 만든다는 점에서 이미 노련한 거장의 면모를 보여 주었다.

「남편들의 학교」는 극 초반부터 제목이 지닌 진지함을 부인하지 않는다. 극은 스가나렐과 아리스트라는 두 형제 사이에서 벌어진 〈교훈적〉인 토론에서 시작된다. 아리스트는 레오노르를 신뢰 속에서 다정하고 자유로운 방식으로 기른다. 스가나렐은 이자벨을 튀르크인들의 방식으로 난폭하게 다룬다. 이 두 가지 중 어떤 것이 좋은 방법일까? 누가 최고의 남편이 될까? 답은 극이 진행되면서 내려지겠지만 작품의 줄거리는 이미 어디를 향해 갈 것인지 알고 있고, 관객 역시도 줄거리만큼이나 곧바로 그것을 알게 된다. 마지막 장은 제1막에서 제기된 문제에 대한 명쾌한 답변이다.

하지만 그렇다고 해서 이 작품이 주제 연극이나 사상 연극이 지닌 결정적인 결점을 그대로 노출하고 있다고 생각해서는 안 된다. 왜냐하면 여기서 막들의 연결을 이끄는 것은 사상이나 시스템이 아니라 분명히 인물들의 성격이기 때문이다. 아리스트와 스가나렐은 추론가로서 자신들의 삶에 대한 철학을 설파하고 있지만, 동시에 몰리에르의 생생한 묘사를 통해 살아 있는 인물로 우리 앞에 모습을 드러낸다. 스가나렐은 거만한 이기주의의 벽에 갇힌 채 사랑에 대해 그것의 가장 저속한 형태인 소유욕만을 알 뿐이지만, 예순이 넘은 나이에도 불구하고 정신적으로는 젊고 합리적이며 사려 깊은 아리스트는 자애로운 사랑이 무엇인지를 몸소 보여 준다.

이 작품에서 몰리에르의 윤리적 관심은 스가나렐이라는 방해꾼에게 집중된다. 스가나렐은 자신이 줄거리를 주도하며 끌고 간다고 생각한다. 그는 이자벨한테 속는 줄도 모르고 그녀가 시킨 심부름을 기뻐하며 재빠르게 처리한다. 하지만 사실 그가 하는 일은 자기에게 해를 끼치는 것이었다. 순진하고 젊은 아가씨 이자벨은 놀라운 지략과 대담한 술책으로 조용하지만 가차 없이 운명의 끈을 조종한다. 그로부터 자신에게 향하는 모든 눈길을 보지 못한 채 이리저리 끌려다니는 스가나렐의 우스꽝스러움이 나온다. 무뚝뚝한 이기심과 더불어 여성의 절대적 소유에 집착하는 질투심 많은 남자는 그토록 두려워했던 오쟁이 진 남자의 운명을 피할 길 없이 자신의 편집증에 대한 정당한 보상을 받게 될 것이다.

1662년 12월 26일에 공연된 「아내들의 학교」에서는 「남편들의 학교」에서 다루었던 주제가 다시 한번 본격적으로 전개된다. 동일하게 〈학교〉라는 이름을 달고 나온 두 작품을 두고 당시 일각에서는 이름만 같을 뿐 유사한 것이 없다는 비판이 제기되기도 했지만, 이 두 〈학교〉에서 인간들을 가르치고 있는 것이 똑같은 사랑임을 몰라보기는 실로 어려운 일이다. 아리스트와 아녜스는 그 학교의 착한 학생들로서 그들의 행동은 현명했고 따라서 보상을 받았다. 반면 다른 두 인물인 스가나렐과 아르놀프는 그들의 이기적인 허영심 때문에 사랑이라는 선생의 교훈을 잘 듣지 못했고, 그 결과 벌을 받은 것이다. 형제인 스가나렐과 아리스트 사이에 펼쳐졌던 논쟁은 친구 사이인 아르놀프와 크리잘드의 대화 속에서 반복된다. 이자벨의 간계와 후견인의 허를 찌르는 술책은 아녜스의 행동에서도 마찬가지로 모습을 드러내며, 아르놀프는 스가나렐이 그랬듯 절대적 소유욕과 이기심, 본성을 강제하고 억누르면서 교육시키려 했던 자만심에 의해 파멸의 길을 걷게 된다.

하지만 여기서 관건은 얼핏 전작의 재탕으로 여겨질 수 있는 이 모든 것들이 「아내들의 학교」에서는 훨씬 더 우아하고 세련된 필치로 자연스럽게 그려진다는 것이다. 극적인 상황과 주인공들의 행동은 작위적이지 않게 플롯에 녹아들며 등장인물들의 심리적 갈등은 시적이고 우아한 표현을 통해 관객에게 기쁨을 선사한다. 또한 주인공들의 성격도 단면적이거나 기계적인 단순함을 넘어 상황에 따라 다면적이고 복합적인 양상으로 전개된다. 예컨대 「남편들의 학교」에서 발레르와 직접 만난 적도 없는 상태에서 취해진 이자벨의 대담한 행동이 앞뒤 상황을 고려할 때 다소 무모하고 억지스럽게 느껴질 소지가 있다면, 「아내들의 학교」에서 오라스와의 만남을 계기로 이루어진 아녜스의 변모는 순결하고 순진무구한 한 존재가 사랑의 본능에 눈뜨게 됐을 때 어떻게 변화할 수 있는지를 보여 주는 설득력 있는 사례로 여겨질 만하다. 이러한 차이는 두 여주인공이 각각 자신이 사랑하는 애인에게 보낸 편지만 비교해 봐도 여실히 드러난다.

마찬가지로 아르놀프 역시 어느 정도는 소극의 주인공처럼 희화화된 채 기계적인 웃음을 유발하는 스가나렐에 비하면 훨씬 입체적이고 복합적인 인물로 그려진다. 아르놀프는 당대의 방식대로 교양인이다. 그는 친구의 아들인 오라스의 탈선을 도와줄 준비가 되어 있지만, 여성들의 정숙에 대해서는 보다 엄격한 생각을 가지고 있다. 그의 환대는 다정하고, 돈주머니는 인색하지 않으며, 우정은 신실하고, 아이러니는 쾌활하다. 하지만 허영심이 많고 이기적인 그는 자신의 자유는 하나도 빼앗기지 않는 상태에서 결혼하기를 바란다. 행여 오쟁이 진 남편이 될까 봐 두려움 속에서 그는 자신의 불명예를 피하기 위해 모든 것을 미리 예비한다. 그가 아녜스에게 바라는 것은 자신의 작품이 되는 것, 그가 인내심을 가지고 주조하는 밀랍의 조각품이자 그가 전적으로 소유하는 영혼 없는 대상이 되는 것이다. 그녀로부터 사랑을 받겠다는 생각조차 그에게는 없었다. 그런 상황에서 오라스의 표현처럼 마치 자동인형 같았던 〈한 순결한 존재가 처음으로 받은 사랑의 공격〉으로 인해 깨어난다. 깜짝 놀란 아르놀프는 재앙을 목격하고, 순식간에 그의 안에서 상처가 벌어진다. 그렇다. 그제야 그는 자기를 벗어나는 여인을 사랑하고 있었음을 아프게 깨닫게 되는 것이다. 제3막 제5장에서 아르놀프가 오라스로부터 아녜스의 배신을 전해 듣고 그 〈더러운 짓거리에도〉, 〈이 사랑 없이는 살 수가 없을 정도로〉 그녀를 사랑한다는 것을 처음으로 고백하며 절규할 때, 제5막 제4장에서 오라스를 향한 아녜스의 마음을 돌리고자 모든 것을 줄 테니 사랑을 달라고 애원하며 〈사랑의 열정은 대체 어디까지 가게 할 수 있는 걸까!〉라며 지금껏 무시하던 사랑의 힘을 인정할 때, 관객은 이 사랑의 방해꾼의 파멸에 대해 응당 희극에서 그래 왔듯 냉정하게 조소를 던지며 돌아서기가 망설여질 것이다. 왜냐하면 몰리에르의 최고 걸작 중 하나로 평가받는 이 작품에서 사랑의 훼방꾼이자 질투쟁이인 이 남자는 사실 그 누구보다도 더 깊이 사랑에 빠진 자이며, 떠나가는 사랑을 속절없이 바라봐야 하는 사랑의 패배자이기도 하니까 말이다.

5

우리가 살펴볼 마지막 작품 「수전노」가 무대에 오르기 전까지 몰리에르에게는 여러모로 우여곡절이 많았다. 우선 몰리에르는 루이 14세로부터 프랑슈-콩테 지방의 정복을 기념하기 위해 베르사유성Château de Versailles에서 열릴 축제에 올릴 작품을 만들라는 명령을 받았다. 기다리는 것을 좋아하지 않는 왕의 명령을 받들고자 몰리에르는 급하게 「조르주 당댕Georges Dandin」을 완성했지만, 그에게는 또 다른 걱정거리들도 있었다. 당시 몰리에르는 반종교 개혁의 선봉에 있던 성체회의 행태를 풍자했다는 이유로 반대 세력의 격렬한 저항을 받아 상연이 금지된 상태였던 「타르튀프」의 부활을 위한 절차를 밟고 있었다. 마지막으로 건강 상태가 지속적으로 그를 괴롭혔다. 「수전노」에서 아르파공의 특징으로 등장하는 바로 그 고약한 기침으로 인해 새 작품 집필에 몰두하기가 어려웠던 것이다. 이런 이유들이 복합적으로 작용해서였을까. 1668년 9월 9일, 팔레루아얄 극장에서 공연된 「수전노」는 5막으로 구성되어 있으면서도 전통에 반하여 산문으로 작성되었다. 전해지는 이야기에 따르면, 어느 공작은 〈뭐라고! 몰리에르가 미친 게 아니고서야 우리를 바보 취급하는 것도 아니고 산문으로 된 5막짜리 연극을 보게 한단 말이야? 여태껏 그보다 더 기이한 일을 본 적이 있나?〉라며 분개했고, 이런 상황이 반영된 것인지 초연 당시 작품에 대한 대중의 반응은 그다지 좋지 않았다. 하지만 시간이 흐르면서 이 작품에 대한 관객의 반응은 달라졌고, 우리가 알다시피 결과적으로는 극단의 레퍼토리에서 가장 중요한 자리를 차지하게 되었다.

이 작품은 우선 각각 마리안과 발레르를 사랑하는 아르파공의 아들 클레앙트와 딸 엘리즈가 아버지의 반대에 부딪쳐 곤경을 겪다가, 결국 마지막에 등장한 앙셀므의 정체가 밝혀지면서 원하는 결혼을 이루게 되는 해피엔드의 줄거리를 얼개로 하고 있다는 점에서, 앞서 프라이가 언급했던 희극적 뮈토스의 형식을 기본 구조로 깔고 있다. 더구나 여기서는 젊은 연인들의 사랑을 방해하는 아버지가 아들의 연인을 두고 경쟁을 벌이는 실제적인 라이벌로 등장한다. 그런 까닭에 두 진영 간의 대립은 더욱 격렬할 수밖에 없었고, 다소 급조된 느낌에도 불구하고 모든 갈등이 일거에 해결되고 두 쌍의 결혼을 예고하며 끝나는 마지막 장면은 관객에게 그만큼 더 큰 희극적 쾌감을 선사할 수 있었다.

한편, 몰리에르가 로마 시대의 희극 작가이자 배우였던 플라우투스Titus Maccius Plautus의 작품 「아우룰라리아 Aulularia」에서 영감을 얻어 집필한 이 작품은 로마 시대의 재료를 차용하면서도 이를 동시대의 프랑스로 옮겨 와 17세기에 급부상한 프랑스 부르주아지의 풍속도를 예리한 필치로 그려 내고 있다는 점에서 탁월한 풍속 희극 작가로서의 몰리에르의 진면목이 고스란히 드러나는 좋은 예이기도 하다. 예컨대 마리안을 사이에 두고 충돌하는 아르파공과 클레앙트는 돈에 대해서도 서로 다른 관점을 노출한다. 즉 아르파공이 돈을 벌어서 저축하고 불려야 하는 대상으로 생각한다면, 클레앙트는 돈을 생활의 질을 윤택하기 위해 사용해야 할 수단으로 여긴다. 이처럼 서로 다른 가치관을 충돌시키는 방법을 통해 몰리에르는 얼핏 보면 단순한 연적으로만 여겨지는 아버지와 아들의 관계를 당시 부르주아지 계층에서 관찰되던 세대 간의 갈등을 보여 주는 장치로 확장시키고 있는 것이다.

하지만 이 작품의 가장 큰 매력은 뭐니 뭐니 해도 작품 제목에 이름을 빌려 준 주인공 아르파공으로부터 나온다. 아르파공은 악덕 중에서도 가장 구체적이고 전염성이 큰 악덕에 사로잡힌 남자다. 그는 자기 자식보다, 사랑이나 명예보다, 어쩌면 자기 자신보다 돈을 더 사랑한다. 극도의 인색함과 돈에 대한 탐욕으로 자기 주변의 모든 것을 질식시키고 마는 이 인물은 마치 이기주의라는 괴물의 현신인 듯하다. 그가 하는 말과 행동은 극 중에서 마리안이, 프로진이, 클레앙트와 엘리즈가 표현하듯 비난과 혐오감을 불러일으킨다. 그의 정념은 슬프고 지질하다.

그러나 희극의 대가 몰리에르는 그런 그를 우스꽝스럽게 만들 줄 알았다. 가공할 아르파공은 자신의 강박 속에서 스스로를 옭아매고, 매번 자기의 의도와는 달리 제멋대로 인색함을 부릴 기회를 놓친다. 불행은 호시탐탐 그를 노린다. 그는 부르주아 계층의 사람이고, 따라서 아무리 거지처럼 가난하게 살고 싶다 해도 자신의 돈으로 마차와 말, 관리인과 마부, 요리사, 하녀와 하인을 부리는 비용을 지불해야 한다. 또한 그는 아버지이기도 하다. 그에게는 벌써부터 탐욕스럽게 자신 몫의 유산을 기다리고 있는 아들과 딸이 있다. 설상가상으로 그는 사랑에 빠진 자다. 사랑은 그로 하여금 속마음과는 달리 너그러운 사람이 되도록 부추긴다. 그의 천성인

책략에도 불구하고 아르파공은 모두로부터 속임수를 당한 것이다. 그가 등장하자마자 이미 사람들은 그가 쫓기고 있음을 느낀다. 그는 두려움에 떨고, 큰 소리로 이야기한다. 그것은 편집증에 사로잡힌 자의 전형적인 처신이다. 돈밖에 모르는 인색함이라는 편집증적인 기벽, 이것은 아르파공이 지닌 치명적인 성격적 결함이다.

몰리에르의 「수전노」는 많은 비평가들이 이야기하듯 인색함과 돈에 대한 탐욕을 다루는 성격희극이다. 그러나 몰리에르의 아르파공은 사람들이 손쉽게 생각하듯이 수전노 전체를 대변하는 하나의 전형이 아니라, 목구멍까지 인색함을 꽉 채운 채 더 많은 부를 축적하기 위해 발버둥 치는 현실의 부르주아 수전노의 모습으로 우리에게 생생하게 다가온다. 몰리에르에게 있어 아르파공은 그만의 고유한 가치를 지닌 특수한 인물 혹은 성격이다. 자식을 비롯해 가장 가까운 사람들에게 속고, 사랑을 빼앗기고, 마침내 이 모든 놀이에서 유일한 패배자가 되었음이 확실한 상황에서도 한 치도 물러섬이 없이 자식들의 결혼 비용과 소송비를 앙셀므와 흥정하고, 심지어 자신이 결혼식에 입을 옷 한 벌까지 얻어 내고야 마는 뻔뻔함, 모두가 기쁨에 들떠 마리안의 집으로 향하는데도 전혀 아랑곳없이 자신은 소중한 돈 상자를 보러 가겠다고 말하는 못 말리는 일관성, 이런 아르파공의 모습을 보면서 관객 대부분은 저의 없는 웃음을 터뜨리게 될 것이다.

하지만 웃음을 멈추고 책을 덮거나 극장 문을 나서는 순간 어쩌면 우리는 이 비열한 구두쇠의 모습에서 우리와 닮은

자를, 우리의 형제를 알아보게 될 수도 있다. 만일 그런 일이 일어난다면 몰리에르의 희극은 〈즐겁게 하면서 교훈을 준다〉는 고전주의 연극의 대원칙이 충실히 지켜지는 〈미덕의 학교〉였음이 시공간의 차이를 넘어 또다시 입증되는 셈일 것이다.

끝으로, 이 책에 실린 세 작품의 번역 원본으로는 Molière, *Œuvres complètes I, II*, éd. R. Jouanny(Paris: Bordas, 1989, 1993)를 사용했으며, 극의 흐름상 독자의 이해를 돕기 위해 필요한 경우 역자의 판단에 따라 다른 판본을 참조하여 번역 원본에 없는 지문을 추가했음을 밝힌다.

2021년 8월
신정아

몰리에르 연보

1622년 출생 1월 15일 파리에서 아버지 장 포클랭Jean Poquelin과 어머니 마리 크레세Marie Cressé 사이에서 태어남. 본명 장바티스트 포클랭Jean-Baptiste Poquelin.

1631년 9세 아버지가 궁정 실내 장식 업자의 직위를 얻고, 장바티스트는 당시 파리에서 최고의 명성을 자랑하던 클레르몽 학교Collège de Clermont에서 인문학 공부를 시작함. 이 시기에 에피쿠로스 철학에 동조하는 가상디Gassendi와 교류한 것으로 추정됨.

1632년 10세 어머니 마리 크레세 사망. 아버지는 이듬해 재혼하지만 새어머니도 3년 후 사망함. 외조부 루이 크레세Louis Cressé는 부르고뉴 극단Hôtel de Bourgogne을 비롯해 파리의 여러 공연장으로 손자를 데려가 장바티스트가 연극에 관심을 갖는 데 중요한 계기를 제공했다고 함.

1637년 15세 아버지가 자신의 직책에 대한 승계권을 획득하고, 장바티스트는 아버지의 가업을 승계하기로 서약함.

1640년 18세 오를레앙에서 법학을 공부하여 변호사 자격을 취득하고 파리에서 잠시 변호사 일을 한 것으로 전해지지만, 몰리에르의 수학 사실을 입증하는 자료는 거의 남아 있지 않음.

1643년 21세 연극인 집안이었던 베자르Béjart 집안 사람들을 알게 된 장바티스트는 가업의 승계를 포기하고 여배우 마들렌 베자르Madeleine Béjart의 주도로 창단된 유명 극단Illustre Théâtre에 참여. 이 시기의 장바티스트는 극단의 평범한 일원이었던 것으로 보임.

1644년 22세 유명 극단의 초연. 처음으로 몰리에르Molière라는 예명을 사용함. 극단이 재정적으로 위기에 처한 이 시기부터 몰리에르가 극단의 주도적인 인물 중 하나로 나서면서 극단 명의의 공증 문서에 서명을 시작함.

1645년 23세 파리의 공연 무대를 양분하고 있던 부르고뉴 극단과 마레 극단Théâtre du Marais의 벽을 넘지 못하고 유명 극단이 파산함. 몰리에르는 나흘간 감옥에 수감되었다가 아버지에 의해 보석으로 풀려남. 이 돈은 몰리에르가 어머니로부터 물려받은 재산이었음. 아버지는 자신의 나머지 상속권을 몰리에르의 동생에게 넘겨줌. 몰리에르는 극단의 잔여 인력으로 유랑 극단을 꾸려 파리를 떠나 지방으로 감.

1646년 24세 에페르농 공작Duc d'Épernon의 후원을 받고 있던 샤를 뒤프렌Charles Dufresne의 극단에 합류함.

1646~1650년 24~28세 알비, 카르카손, 낭트, 툴루즈, 나르본 등지에서 공연. 「어릿광대의 질투La jalousie du barbouillé」, 「날아다니는 의사Le médecin volant」 등의 소극을 공연함.

1650년 28세 에페르농 공작이 극단에 대한 후원을 철회함. 몰리에르는 샤를 뒤프렌으로부터 극단의 책임자 자리를 넘겨받음.

1653년 31세 랑그도크 지방 총독인 콩티Conti 공의 후원을 받게 됨. 콩티 공은 관대하고 식견 있는 후원자로서 항시 재기 있는 사람들에 둘러싸여 지내기를 즐겼으며, 몰리에르의 지성과 교양에 매료되었다고 함. 이후 1657년까지 리옹을 거점으로 삼아 랑그도크 지방을 오가며 공연함.

1655년 33세 리옹에서 「덤벙대는 청년L'étourdi」을 공연함.

1656년 34세 베지에에서 「사랑의 원한Le dépit amoureux」을 공연함.

1657년 35세 독실한 신앙인으로 회심한 콩티 공이 몰리에르 극단에 대한 후원을 철회함. 이후에도 리옹과 프랑스 남동부 지방에서 공연을 계속하던 극단은 1658년 북쪽으로 방향을 튼 후, 파리 재입성을 목표로 일단 루앙에 자리를 잡음.

1658년 36세 봄에 루앙에 정착했던 몰리에르 극단은 왕제 오를레앙Orléans 공의 후원을 받게 되고, 그의 주선으로 10월 루브르궁에서 최초의 왕실 공연을 하게 됨. 그들이 공연한 코르네유의 「니코메드Nicomède」는 그저 무난한 정도였으나 이어서 공연한 짤막한 여흥극 「사랑에 빠진 의사Le docteur amoureux」가 왕과 궁정 인사들의 열렬한 반응을 이끌어 내면서 루이 14세로부터 프티 부르봉Petit Bourbon의 무대를 이탈리아 극단과 함께 사용하도록 윤허받음.

1659년 37세 코르네유의 오래된 비극들의 공연이 연달아 실패하며 위기에 처했던 극단은 몰리에르의 결단으로 무대에 올린 「사랑의 원한」이 큰 성공을 거두면서 위기에서 벗어남. 이어 공연한 「사랑에 빠진 의사」 역시 적지 않은 관객을 모음. 11월 「우스꽝스러운 재녀들Les précieuses ridicules」이 큰 성공을 거두면서 관객들의 경탄과 경쟁자들의 분노를 동시에 사게 됨.

1660년 40세 5월 「스가나렐 또는 상상으로 오쟁이 진 남자Sganarelle ou Le cocu imaginaire」 공연. 프티 부르봉 공연장이 폐쇄됨. 부르고뉴와 마레 극단이 몰리에르의 단원들을 빼내려고 시도하며 강력한 경쟁자인 그를 제거하려 들지만, 몰리에르는 국왕으로부터 과거 리슐리외Armand Richelieu 추기경이 건립한 루아얄 극장Théâtre du Palais-Royal을 사용하도록 윤허받음. 단원들도 몰리에르를 중심으로 단합하면서 석 달간의 공백 후 공연을 재개함.

1661년 41세 루아얄 극장에 정착. 개관 공연으로 「사랑에 빠진 의사」 공연. 「나바르의 동 가르시Dom Garcie de Navarre」, 「남편들의 학교L'école des maris」 공연. 8월에는 보르비콩트성Château de Vaux-le-Vicomte의 축제를 위해 재무장관 푸케Nicolas Fouquet가 주문한 「귀찮은 사람들Les fâcheux」을 공연함.

1662년 42세 2월 마들렌 베자르의 여동생인 스무 살 연하의 여배우 아르망드 베자르Armande Béjart와 결혼하여 적지 않은 파장을 불러 일으킴. 그녀가 몰리에르의 딸이라는 적대자들의 주장, 마들렌과 다른 남자 사이에서 태어난 딸이라는 주장에다 그들의 순탄하지 않은 결혼 생활에 대한 여러 가지 풍문이 있으나 확인된 것은 없음. 그들 사이에는 세 자녀가 태어나지만 아들 루이Louis와 피에르Pierre는 어려서 죽고, 딸 에스프리 마들렌Esprit Madeleine만이 몰리에르보다 오래 삶. 이해 12월에 공연된 「아내들의 학교L'école des femmes」는 몰리에르 자신에 대한 조롱으로 해석되기도 하는데, 그의 작품 중 가장 많은 관중을 동원한 성공작이었음. 그때까지 민중들의 저급한 오락거리로 취급당하던 희극을 〈위대한〉 비극의 형식인 운문 5막극으로 써냈을 뿐만 아니라, 동시대의 풍속을 소재 삼아 개인의 자유와 존엄성을 희생시키는 지배 이데올로기에 대한 비판적 시각을 담아낸 이 작품은 코르네유Pierre Corneille의 「르 시드Le Cid」 이후로 가장 심각한 연극 논쟁에 휘말림. 「우스꽝스러운 재녀들」의 성공 이후 몰리에르에 대한 질시를 삭이지 못하던 기존 극단과 연극인들은 이 작품에 대해 갖은 비난을 쏟아부음.

1663년 43세 경쟁자들에 대한 반응을 자제하던 몰리에르는 1663년 「아내들의 학교」 재공연을 끝낸 직후 비난에 대한 답변으로 「아내들의 학교 비판La critique de l'école des femmes」을 공연함. 그로부터 4개월 후에는 실질적으로 이 논쟁을 마무리하는 「베르사유 즉흥극L'impromptu de Versailles」을 무대에 올림.

1664년 44세 루브르궁에서 「강제 결혼Le mariage forcé」 공연. 첫아이 루이의 세례식에 루이 14세가 대부를 맡음. 5월 8일 베르사유에서 열린 〈열락의 섬 축제〉에서 「엘리드 공주La princesse d'Élide」 공연. 5월 12일 같은 축제에서 3막으로 된 「타르튀프Le Tartuffe」 공연. 반종교 개혁의 선봉에 있던 성체회의 행태를 풍자한 이 작품에 대한 반대 세력의 저항은 거셌고, 몰리에르의 확실한 후원자였던 루이 14세마저도 미온적 태도를 보이면서 작품의 상연이 금지됨. 몰리에르는 이의 해제를 위해 소송을 걸고 왕에게 여러 차례 청원서를 제출함으로써 1669년에 공연 허가를 얻어 냄. 6월 라신Jean Racine의 처녀작 「라 테바이드La Thébaïde」

공연. 아들 루이 9개월 만에 사망함.

1665년 45세 2월 「동 쥐앙Dom Juan」 공연. 이 작품 역시 종교계를 자극하여 15회 공연에 그침. 부활절 이후 공연이 중단되고 이후 8월까지 또다시 논쟁이 이어짐. 딸 에스프리 마들렌 출생. 8월 극단이 왕실의 공식적인 후원을 받게 됨. 「사랑이라는 의사L'amour médecin」 공연. 12월 라신의 두 번째 작품 「알렉상드르 대왕Alexandre le Grand」 공연. 라신과의 불화.

1666년 46세 악화된 건강에도 불구하고 「인간 혐오자Le misanthrope」 공연. 이로써 「타르튀프」, 「동 쥐앙」과 더불어 성격희극의 3대 걸작을 완성. 「억지 의사Le médecin malgré lui」 공연. 생제르맹 축제 기간에 「멜리세르트Mélicerte」를 공연함.

1667년 47세 생제르맹 축제에서 「전원 희극La pastorale comique」, 「시실리아 사람 또는 사랑이라는 화가Le Sicilien ou L'amour peintre」 공연. 3월 말 극단의 대표적인 여배우 뒤 파르크Du Parc가 부르고뉴 극단으로 자리를 옮김. 건강이 악화된 몰리에르는 6월까지 휴식기를 보냄. 「타르튀프」의 초연 텍스트를 수정한 「사기꾼L'imposteur」을 공연하지만 하루 만에 공연 금지를 당함. 2주 후 「희극 〈타르튀프〉에 관한 서한」을 발표함.

1668년 48세 1월 「앙피트리옹Amphitryon」 공연. 콩데 공을 위해 「타르튀프」 비공식 공연. 7월 베르사유에서 「조르주 당댕Georges Dandin」 공연. 9월 「수전노L'avare」를 공연함.

1669년 49세 「타르튀프」 공연 허가. 2월에는 왕비 앞에서, 8월에는 왕 앞에서 공연되는 등 44회에 걸친 연속 공연. 몰리에르의 부친 사망. 샹보르에서 「푸르소냑 씨Monsieur de Pourceaugnac」를 공연함.

1670년 50세 1월 샬뤼세Le Boulanger de Chalussay가 몰리에르를 격렬하게 비난하는 극 「우울한 엘로미르Élomire hypocondre」를 공연함. 2월 「멋진 연인들Les amants magnifiques」 공연. 10월 샹보르에서 「부르주아 귀족Le bourgeois gentilhomme」 공연. 이 작품에는 이탈리아 출신 음악가

륄리Jean-Baptiste Lully가 배우로 참여해 발레 희극의 정수를 보여 줌.

1671년 51세 　륄르리에서 발레 비희극 「프시케Psyché」 공연. 이 작품에서도 륄리와의 공동 작업은 계속됨. 「스카팽의 간계Les fourberies de Scapin」, 「에스카르바냐 백작부인La Comtesse d'Escarbagnas」을 공연함.

1672년 52세 　2월 마들렌 베자르 사망. 연극에서 오페라의 독립을 꿈꾸던 륄리는 왕으로부터 공연 중 사용되는 모든 음악에 대한 독점권을 획득함으로써 몰리에르의 발레 희극 공연에 심대한 지장을 초래하고, 두 사람은 결별함. 3월 「학식을 뽐내는 여인들Les femmes savantes」을 공연함.

1673년 53세 　2월 10일 루아얄 극장에서 「상상으로 앓는 환자Le malade imaginaire」 공연. 2월 17일 4회 공연 직후 쓰러져 집에 돌아온 뒤 피를 토하고 숨을 거둠. 사제는 그의 임종에 입회를 거부했는데, 이는 배우들을 종교의 가르침에 어긋나는 자들로 규정한 교회법을 엄격히 적용한 것이기도 하지만, 「타르튀프」를 통해 반종교적인 태도를 드러낸 몰리에르에 대한 반감 역시 작용한 것으로 보임. 결국 부인 아르망드의 청원을 받아들인 국왕의 권유로 파리 주교는 사제가 주관하는 장례식을 허용하지만 오직 사제 두 명만 입회하여 밤에 장례를 치르도록 명령함. 이리하여 2월 21일 밤 몰리에르는 생조제프 묘지에 안장됨. 몰리에르 사망 후 그의 극단은 마레 극단과 합병하고 루아얄 극장을 떠나 게네고 극장으로 옮기면서 게네고 극단Hôtel de Guénégaud으로 개명함.

1680년 　부르고뉴 극단과 게네고 극단이 통합되어 코메디 프랑세즈Comédie Française가 창설됨. 오늘날까지 프랑스 국립 극장의 위상을 유지하고 있는 코메디 프랑세즈는 〈몰리에르의 집Maison de Molière〉이라는 별칭을 지니고 있음.

1682년 　〈몰리에르 전집〉이 처음으로 출간됨.

열린책들 세계문학 273 수전노 외

옮긴이 신정아 1969년 서울에서 태어났다. 한국외국어대학교와 동 대학원 프랑스어과를 졸업하고 파리 통번역학교(ESIT) 번역학부 한불과를 졸업했다. 파리 3대학에서 「17~18세기 라신과 그 작품 수용에 관한 사회 시학적 연구」로 문학 박사 학위를 받았다. 현재 한국외국어대학교 프랑스학과 교수로 재직 중이며, 2012년 캐나다 몬트리올 대학교 언어번역학과 초청 교수로 연구 활동을 했다. 지은 책으로는 『바로크』(2004), 『노랑신호등』(2012, 공저)이 있고, 옮긴 책으로는 『프랑스 연극 미학』(2007, 공역), 『번역가의 초상 – 남성 번역가 편』(2009), 『페드르와 이폴리트』(2013), 『신앙과 지식, 세기와 용서』(2016, 공역) 등이 있다.

지은이 몰리에르 **옮긴이** 신정아 **발행인** 홍예빈 · 홍유진
발행처 주식회사 열린책들 **주소** 경기도 파주시 문발로 253 파주출판도시
전화 031-955-4000 **팩스** 031-955-4004 **홈페이지** www.openbooks.co.kr

ISBN 978-89-329-1273-8 04860 **ISBN** 978-89-329-1499-2 (세트)
발행일 2021년 9월 15일 세계문학판 1쇄

열린책들 세계문학
Open Books World Literature

001 **죄와 벌** 표도르 도스또예프스끼 장편소설 | 홍대화 옮김 | 전2권 | 각 408, 512면

003 **최초의 인간** 알베르 카뮈 장편소설 | 김화영 옮김 | 392면

004 **소설** 제임스 미치너 장편소설 | 윤희기 옮김 | 전2권 | 각 280, 368면

006 **개를 데리고 다니는 부인** 안똔 체호프 소설선집 | 오종우 옮김 | 368면

007 **우주 만화** 이탈로 칼비노 단편집 | 김운찬 옮김 | 416면

008 **댈러웨이 부인** 버지니아 울프 장편소설 | 최애리 옮김 | 296면

009 **어머니** 막심 고리끼 장편소설 | 최윤락 옮김 | 544면

010 **변신** 프란츠 카프카 중단편집 | 홍성광 옮김 | 464면

011 **전도서에 바치는 장미** 로저 젤라즈니 중단편집 | 김상훈 옮김 | 432면

012 **대위의 딸** 알렉산드르 뿌쉬낀 장편소설 | 석영중 옮김 | 240면

013 **바다의 침묵** 베르코르 소설선집 | 이상해 옮김 | 256면

014 **원수들, 사랑 이야기** 아이작 싱어 장편소설 | 김진준 옮김 | 320면

015 **백치** 표도르 도스또예프스끼 장편소설 | 김근식 옮김 | 전2권 | 각 504, 528면

017 **1984년** 조지 오웰 장편소설 | 박경서 옮김 | 392면

019 **이상한 나라의 앨리스** 루이스 캐럴 환상동화 | 머빈 피크 그림 | 최용준 옮김 | 336면

020 **베네치아에서의 죽음** 토마스 만 중단편집 | 홍성광 옮김 | 432면

021 **그리스인 조르바** 니코스 카잔차키스 장편소설 | 이윤기 옮김 | 488면

022 **벚꽃 동산** 안똔 체호프 희곡선집 | 오종우 옮김 | 336면

023 **연애 소설 읽는 노인** 루이스 세풀베다 장편소설 | 정창 옮김 | 192면

024 **젊은 사자들** 어윈 쇼 장편소설 | 정영문 옮김 | 전2권 | 각 416, 408면

026 **젊은 베르테르의 슬픔** 요한 볼프강 폰 괴테 장편소설 | 김인순 옮김 | 240면

027 **시라노** 에드몽 로스탕 희곡 | 이상해 옮김 | 256면

028 **전망 좋은 방** E. M. 포스터 장편소설 | 고정아 옮김 | 352면

029 **까라마조프 씨네 형제들** 표도르 도스또예프스끼 장편소설 | 이대우 옮김 | 전3권 | 각 496, 496, 460면

032 **프랑스 중위의 여자** 존 파울즈 장편소설 | 김석희 옮김 | 전2권 | 각 344면

034 **소립자** 미셸 우엘벡 장편소설 | 이세욱 옮김 | 448면

035 **영혼의 자서전** 니코스 카잔차키스 자서전 | 안정효 옮김 | 전2권 | 각 352, 408면

037 **우리들** 예브게니 자먀찐 장편소설 | 석영중 옮김 | 320면

038 **뉴욕 3부작** 폴 오스터 장편소설 | 황보석 옮김 | 480면

039 **닥터 지바고** 보리스 빠스쩨르나끄 장편소설 | 박형규 옮김 | 전2권 | 각 400, 512면

041 **고리오 영감** 오노레 드 발자크 장편소설 | 임희근 옮김 | 456면

042 **뿌리** 알렉스 헤일리 장편소설 | 안정효 옮김 | 전2권 | 각 400, 448면

044 **백년보다 긴 하루** 친기즈 아이뜨마또프 장편소설 | 황보석 옮김 | 560면

045 **최후의 세계** 크리스토프 란스마이어 장편소설 | 장희권 옮김 | 264면

046 **추운 나라에서 돌아온 스파이** 존 르카레 장편소설 | 김석희 옮김 | 368면

047 **산도칸 – 몸프라쳄의 호랑이** 에밀리오 살가리 장편소설 | 유향란 옮김 | 428면

048 **기적의 시대** 보리슬라프 페키치 장편소설 | 이윤기 옮김 | 560면

049 **그리고 죽음** 짐 크레이스 장편소설 | 김석희 옮김 | 224면

050 **세설** 다니자키 준이치로 장편소설 | 송태욱 옮김 | 전2권 | 각 480면

052 **세상이 끝날 때까지 아직 10억 년** 스뜨루가츠끼 형제 장편소설 | 석영중 옮김 | 224면

053 **동물 농장** 조지 오웰 장편소설 | 박경서 옮김 | 208면

054 **캉디드 혹은 낙관주의** 볼테르 장편소설 | 이봉지 옮김 | 232면

055 **도적 떼** 프리드리히 폰 실러 희곡 | 김인순 옮김 | 264면

056 **플로베르의 앵무새** 줄리언 반스 장편소설 | 신재실 옮김 | 320면

057 **악령** 표도르 도스또예프스끼 장편소설 | 박혜경 옮김 | 전3권 | 각 328, 408, 528면

060 **의심스러운 싸움** 존 스타인벡 장편소설 | 윤희기 옮김 | 340면

061 **몽유병자들** 헤르만 브로흐 장편소설 | 김경연 옮김 | 전2권 | 각 568, 544면

063 **몰타의 매** 대실 해밋 장편소설 | 고정아 옮김 | 304면

064 **마야꼬프스끼 선집** 블라지미르 마야꼬프스끼 선집 | 석영중 옮김 | 384면

065 **드라큘라** 브램 스토커 장편소설 | 이세욱 옮김 | 전2권 | 각 340, 344면

067 **서부 전선 이상 없다** 에리히 마리아 레마르크 장편소설 | 홍성광 옮김 | 336면

068 **적과 흑** 스탕달 장편소설 | 임미경 옮김 | 전2권 | 각 432, 368면

070 **지상에서 영원으로** 제임스 존스 장편소설 | 이종인 옮김 | 전3권 | 각 396, 380, 496면

073 **파우스트** 요한 볼프강 폰 괴테 희곡 | 김인순 옮김 | 568면

074 **쾌걸 조로** 존스턴 매컬리 장편소설 | 김훈 옮김 | 316면

075 **거장과 마르가리따** 미하일 불가꼬프 장편소설 | 홍대화 옮김 | 전2권 | 각 364, 328면

077 **순수의 시대** 이디스 워튼 장편소설 | 고정아 옮김 | 448면

078 **검의 대가** 아르투로 페레스 레베르테 장편소설 | 김수진 옮김 | 384면

079 **예브게니 오네긴** 알렉산드르 뿌쉬낀 운문소설 | 석영중 옮김 | 328면

080 **장미의 이름** 움베르토 에코 장편소설 | 이윤기 옮김 | 전2권 | 각 440, 448면

082 **향수** 파트리크 쥐스킨트 장편소설 | 강명순 옮김 | 384면

083 **여자를 안다는 것** 아모스 오즈 장편소설 | 최창모 옮김 | 280면

084 **나는 고양이로소이다** 나쓰메 소세키 장편소설 | 김난주 옮김 | 544면

085 **웃는 남자** 빅토르 위고 장편소설 | 이형식 옮김 | 전2권 | 각 472, 496면

087 **아웃 오브 아프리카** 카렌 블릭센 장편소설 | 민승남 옮김 | 480면

088 **무엇을 할 것인가** 니꼴라이 체르니셰프스끼 장편소설 | 서정록 옮김 | 전2권 | 각 360, 404면

090 **도나 플로르와 그녀의 두 남편** 조르지 아마두 장편소설 | 오숙은 옮김 | 전2권 | 각 408, 308면

092 **미사고의 숲** 로버트 홀드스톡 장편소설 | 김상훈 옮김 | 424면

093 **신곡** 단테 알리기에리 장편서사시 | 김운찬 옮김 | 전3권 | 각 292, 296, 328면

096 **교수** 샬럿 브론테 장편소설 | 배미영 옮김 | 368면

097 **노름꾼** 표도르 도스또예프스끼 장편소설 | 이재필 옮김 | 320면

098 **하워즈 엔드** E. M. 포스터 장편소설 | 고정아 옮김 | 512면

099 **최후의 유혹** 니코스 카잔차키스 장편소설 | 안정효 옮김 | 전2권 | 각 408면

101 **키리냐가** 마이크 레스닉 장편소설 | 최용준 옮김 | 464면

102 **바스커빌가의 개** 아서 코넌 도일 장편소설 | 조영학 옮김 | 264면

103 **버마 시절** 조지 오웰 장편소설 | 박경서 옮김 | 408면

104 **10 1/2장으로 쓴 세계 역사** 줄리언 반스 장편소설 | 신재실 옮김 | 464면

105 **죽음의 집의 기록** 표도르 도스또예프스끼 장편소설 | 이덕형 옮김 | 528면

106 **소유** 앤토니어 수전 바이어트 장편소설 | 윤희기 옮김 | 전2권 | 각 440, 488면

108 **미성년** 표도르 도스또예프스끼 장편소설 | 이상룡 옮김 | 전2권 | 각 512, 544면

110 **성 앙투안느의 유혹** 귀스타브 플로베르 희곡소설 | 김용은 옮김 | 584면

111 **밤으로의 긴 여로** 유진 오닐 희곡 | 강유나 옮김 | 240면

112 **마법사** 존 파울즈 장편소설 | 정영문 옮김 | 전2권 | 각 512, 552면

114 **스쩨빤치꼬보 마을 사람들** 표도르 도스또예프스끼 장편소설 | 변현태 옮김 | 416면

115 **플랑드르 거장의 그림** 아르투로 페레스 레베르테 장편소설 | 정창 옮김 | 512면

116 **분신** 표도르 도스또예프스끼 장편소설 | 석영중 옮김 | 288면

117 **가난한 사람들** 표도르 도스또예프스끼 장편소설 | 석영중 옮김 | 256면

118 **인형의 집** 헨리크 입센 희곡 | 김창화 옮김 | 272면

119 **영원한 남편** 표도르 도스또예프스끼 장편소설 | 정명자 외 옮김 | 448면

120 **알코올** 기욤 아폴리네르 시집 | 황현산 옮김 | 352면

121 **지하로부터의 수기** 표도르 도스또예프스끼 장편소설 | 계동준 옮김 | 256면

122 **어느 작가의 오후** 페터 한트케 중편소설 | 홍성광 옮김 | 160면

123 **아저씨의 꿈** 표도르 도스또예프스끼 장편소설 | 박종소 옮김 | 312면

124 **네또츠까 네즈바노바** 표도르 도스또예프스끼 장편소설 | 박재만 옮김 | 316면

125 **곤두박질** 마이클 프레인 장편소설 | 최용준 옮김 | 528면

126 **백야 외** 표도르 도스또예프스끼 소설선집 | 석영중 외 옮김 | 408면

127 **살라미나의 병사들** 하비에르 세르카스 장편소설 | 김창민 옮김 | 304면

128 **뻬쩨르부르그 연대기 외** 표도르 도스또예프스끼 소설선집 | 이항재 옮김 | 296면

129 **상처받은 사람들** 표도르 도스또예프스끼 장편소설 | 윤우섭 옮김 | 전2권 | 각 296, 392면

131 **악어 외** 표도르 도스또예프스끼 소설선집 | 박혜경 외 옮김 | 312면

132 **허클베리 핀의 모험** 마크 트웨인 장편소설 | 윤교찬 옮김 | 416면

133 **부활** 레프 똘스또이 장편소설 | 이대우 옮김 | 전2권 | 각 308, 416면

135 **보물섬** 로버트 루이스 스티븐슨 장편소설 | 머빈 피크 그림 | 최용준 옮김 | 360면

136 **천일야화** 앙투안 갈랑 엮음 | 임호경 옮김 | 전6권 | 각 336, 328, 372, 392, 344, 320면

142 **아버지와 아들** 이반 뚜르게네프 장편소설 | 이상원 옮김 | 328면

143 **오만과 편견** 제인 오스틴 장편소설 | 원유경 옮김 | 480면

144 **천로 역정** 존 버니언 우화소설 | 이동일 옮김 | 432면

145 **대주교에게 죽음이 오다** 윌라 캐더 장편소설 | 윤명옥 옮김 | 352면

146 **권력과 영광** 그레이엄 그린 장편소설 | 김연수 옮김 | 384면

147 **80일간의 세계 일주** 쥘 베른 장편소설 | 고정아 옮김 | 352면

148 **바람과 함께 사라지다** 마거릿 미첼 장편소설 | 안정효 옮김 | 전3권 | 각 616, 640, 640면

151 **기탄잘리** 라빈드라나트 타고르 시집 | 장경렬 옮김 | 224면

152 **도리언 그레이의 초상** 오스카 와일드 장편소설 | 윤희기 옮김 | 384면

153 **레우코와의 대화** 체사레 파베세 희곡소설 | 김운찬 옮김 | 280면

154 **햄릿** 윌리엄 셰익스피어 희곡 | 박우수 옮김 | 256면

155 **맥베스** 윌리엄 셰익스피어 희곡 | 권오숙 옮김 | 176면

156 **아들과 연인** 데이비드 허버트 로런스 장편소설 | 최희섭 옮김 | 전2권 | 각 464, 432면

158 **그리고 아무 말도 하지 않았다** 하인리히 뵐 장편소설 | 홍성광 옮김 | 272면

159 **미덕의 불운** 싸드 장편소설 | 이형식 옮김 | 248면

160 **프랑켄슈타인** 메리 W. 셸리 장편소설 | 오숙은 옮김 | 320면

161 **위대한 개츠비** 프랜시스 스콧 피츠제럴드 장편소설 | 한애경 옮김 | 280면
162 **아Q정전** 루쉰 중단편집 | 김태성 옮김 | 320면
163 **로빈슨 크루소** 대니얼 디포 장편소설 | 류경희 옮김 | 456면
164 **타임머신** 허버트 조지 웰스 소설선집 | 김석희 옮김 | 304면
165 **제인 에어** 샬럿 브론테 장편소설 | 이미선 옮김 | 전2권 | 각 392, 384면
167 **풀잎** 월트 휘트먼 시집 | 허현숙 옮김 | 280면
168 **표류자들의 집** 기예르모 로살레스 장편소설 | 최유정 옮김 | 216면
169 **배빗** 싱클레어 루이스 장편소설 | 이종인 옮김 | 520면
170 **이토록 긴 편지** 마리아마 바 장편소설 | 백선희 옮김 | 192면
171 **느릅나무 아래 욕망** 유진 오닐 희곡 | 손동호 옮김 | 168면
172 **이방인** 알베르 카뮈 장편소설 | 김예령 옮김 | 208면
173 **미라마르** 나기브 마푸즈 장편소설 | 허진 옮김 | 288면
174 **지킬 박사와 하이드 씨** 로버트 루이스 스티븐슨 소설선집 | 조영학 옮김 | 320면
175 **루진** 이반 뚜르게네프 장편소설 | 이항재 옮김 | 264면
176 **피그말리온** 조지 버나드 쇼 희곡 | 김소임 옮김 | 256면
177 **목로주점** 에밀 졸라 장편소설 | 유기환 옮김 | 전2권 | 각 336면
179 **엠마** 제인 오스틴 장편소설 | 이미애 옮김 | 전2권 | 각 336, 360면
181 **비숍 살인 사건** S. S. 밴 다인 장편소설 | 최인자 옮김 | 464면
182 **우신예찬** 에라스무스 풍자문 | 김남우 옮김 | 296면
183 **하자르 사전** 밀로라드 파비치 장편소설 | 신현철 옮김 | 488면
184 **테스** 토머스 하디 장편소설 | 김문숙 옮김 | 전2권 | 각 392, 336면
186 **투명 인간** 허버트 조지 웰스 장편소설 | 김석희 옮김 | 288면
187 **93년** 빅토르 위고 장편소설 | 이형식 옮김 | 전2권 | 각 288, 360면
189 **젊은 예술가의 초상** 제임스 조이스 장편소설 | 성은애 옮김 | 384면
190 **소네트집** 윌리엄 셰익스피어 연작시집 | 박우수 옮김 | 200면
191 **메뚜기의 날** 너새니얼 웨스트 장편소설 | 김진준 옮김 | 280면
192 **나사의 회전** 헨리 제임스 중편소설 | 이승은 옮김 | 256면
193 **오셀로** 윌리엄 셰익스피어 희곡 | 권오숙 옮김 | 216면
194 **소송** 프란츠 카프카 장편소설 | 김재혁 옮김 | 376면
195 **나의 안토니아** 윌라 캐더 장편소설 | 전경자 옮김 | 368면
196 **자성록** 마르쿠스 아우렐리우스 명상록 | 박민수 옮김 | 240면

197 **오레스테이아** 아이스킬로스 비극 | 두행숙 옮김 | 336면
198 **노인과 바다** 어니스트 헤밍웨이 소설선집 | 이종인 옮김 | 320면
199 **무기여 잘 있거라** 어니스트 헤밍웨이 장편소설 | 이종인 옮김 | 464면
200 **서푼짜리 오페라** 베르톨트 브레히트 희곡선집 | 이은희 옮김 | 320면
201 **리어 왕** 윌리엄 셰익스피어 희곡 | 박우수 옮김 | 224면
202 **주홍 글자** 너대니얼 호손 장편소설 | 곽영미 옮김 | 360면
203 **모히칸족의 최후** 제임스 페니모어 쿠퍼 장편소설 | 이나경 옮김 | 512면
204 **곤충 극장** 카렐 차페크 희곡선집 | 김선형 옮김 | 360면
205 **누구를 위하여 종은 울리나** 어니스트 헤밍웨이 장편소설 | 이종인 옮김 | 전2권 | 각 416, 400면
207 **타르튀프** 몰리에르 희곡선집 | 신은영 옮김 | 416면
208 **유토피아** 토머스 모어 소설 | 전경자 옮김 | 288면
209 **인간과 초인** 조지 버나드 쇼 희곡 | 이후지 옮김 | 320면
210 **페드르와 이폴리트** 장 라신 희곡 | 신정아 옮김 | 200면
211 **말테의 수기** 라이너 마리아 릴케 장편소설 | 안문영 옮김 | 320면
212 **등대로** 버지니아 울프 장편소설 | 최애리 옮김 | 328면
213 **개의 심장** 미하일 불가꼬프 중편소설집 | 정연호 옮김 | 352면
214 **모비 딕** 허먼 멜빌 장편소설 | 강수정 옮김 | 전2권 | 각 464, 488면
216 **더블린 사람들** 제임스 조이스 단편소설집 | 이강훈 옮김 | 336면
217 **마의 산** 토마스 만 장편소설 | 윤순식 옮김 | 전3권 | 각 496, 488, 512면
220 **비극의 탄생** 프리드리히 니체 | 김남우 옮김 | 320면
221 **위대한 유산** 찰스 디킨스 장편소설 | 류경희 옮김 | 전2권 | 각 432, 448면
223 **사람은 무엇으로 사는가** 레프 똘스또이 소설선집 | 윤새라 옮김 | 464면
224 **자살 클럽** 로버트 루이스 스티븐슨 소설선집 | 임종기 옮김 | 272면
225 **채털리 부인의 연인** 데이비드 허버트 로런스 장편소설 | 이미선 옮김 | 전2권 | 각 336, 328면
227 **데미안** 헤르만 헤세 장편소설 | 김인순 옮김 | 264면
228 **두이노의 비가** 라이너 마리아 릴케 시 선집 | 손재준 옮김 | 504면
229 **페스트** 알베르 카뮈 장편소설 | 최윤주 옮김 | 432면
230 **여인의 초상** 헨리 제임스 장편소설 | 정상준 옮김 | 전2권 | 각 520, 544면
232 **성** 프란츠 카프카 장편소설 | 이재황 옮김 | 560면
233 **차라투스트라는 이렇게 말했다** 프리드리히 니체 산문시 | 김인순 옮김 | 464면
234 **노래의 책** 하인리히 하이네 시집 | 이재영 옮김 | 384면

235 **변신 이야기** 오비디우스 서사시 | 이종인 옮김 | 632면

236 **안나 까레니나** 레프 똘스또이 장편소설 | 이명현 옮김 | 전2권 | 각 800, 736면

238 **이반 일리치의 죽음 · 광인의 수기** 레프 똘스또이 중단편집 | 석영중 · 정지원 옮김 | 232면

239 **수레바퀴 아래서** 헤르만 헤세 장편소설 | 강명순 옮김 | 272면

240 **피터 팬** J. M. 배리 장편소설 | 최용준 옮김 | 272면

241 **정글 북** 러디어드 키플링 중단편집 | 오숙은 옮김 | 272면

242 **한여름 밤의 꿈** 윌리엄 셰익스피어 희곡 | 박우수 옮김 | 160면

243 **좁은 문** 앙드레 지드 장편소설 | 김화영 옮김 | 264면

244 **모리스** E. M. 포스터 장편소설 | 고정아 옮김 | 408면

245 **브라운 신부의 순진** 길버트 키스 체스터턴 단편집 | 이상원 옮김 | 336면

246 **각성** 케이트 쇼팽 장편소설 | 한애경 옮김 | 272면

247 **뷔히너 전집** 게오르크 뷔히너 지음 | 박종대 옮김 | 400면

248 **디미트리오스의 가면** 에릭 앰블러 장편소설 | 최용준 옮김 | 424면

249 **베르가모의 페스트 외** 옌스 페테르 야콥센 중단편 전집 | 박종대 옮김 | 208면

250 **폭풍우** 윌리엄 셰익스피어 희곡 | 박우수 옮김 | 176면

251 **어셴든, 영국 정보부 요원** 서머싯 몸 연작 소설집 | 이민아 옮김 | 416면

252 **기나긴 이별** 레이먼드 챈들러 장편소설 | 김진준 옮김 | 600면

253 **인도로 가는 길** E. M. 포스터 장편소설 | 민승남 옮김 | 552면

254 **올랜도** 버지니아 울프 장편소설 | 이미애 옮김 | 376면

255 **시지프 신화** 알베르 카뮈 지음 | 박언주 옮김 | 264면

256 **조지 오웰 산문선** 조지 오웰 지음 | 허진 옮김 | 424면

257 **로미오와 줄리엣** 윌리엄 셰익스피어 희곡 | 도해자 옮김 | 200면

258 **수용소군도** 알렉산드르 솔제니찐 기록문학 | 김학수 옮김 | 전6권 | 각 460면 내외

264 **스웨덴 기사** 레오 페루츠 장편소설 | 강명순 옮김 | 336면

265 **유리 열쇠** 대실 해밋 장편소설 | 홍성영 옮김 | 328면

266 **로드 짐** 조지프 콘래드 장편소설 | 최용준 옮김 | 608면

267 **푸코의 진자** 움베르토 에코 장편소설 | 이윤기 옮김 | 전3권 | 각 392, 384, 416면

270 **공포로의 여행** 에릭 앰블러 장편소설 | 최용준 옮김 | 376면

271 **심판의 날의 거장** 레오 페루츠 장편소설 | 신동화 옮김 | 264면

272 **에드거 앨런 포 단편선** 에드거 앨런 포 지음 | 김석희 옮김 | 392면

273 **수전노 외** 몰리에르 희곡선집 | 신정아 옮김 | 424면

각 권 8,800~15,800원